- 本书受到教育部人文社会科学研究规划基金资助，为2014年度教育部人文社会科学研究规划基金项目（14YJA752018）——过程与关系：美国现代诗歌形式的实用主义哲学研究——的最终成果。
- 本书受到2016年度国家留学基金资助。

Aesthetic Pragmatism of
Modern American Poetry in the Vein of
Romanticism

浪漫派视域中的美国现代诗歌审美的实用主义

殷晓芳 ◎ 著

厦门大学出版社
国家一级出版社
全国百佳图书出版单位

图书在版编目(CIP)数据

浪漫派视域中的美国现代诗歌审美的实用主义/殷晓芳著.—厦门：厦门大学出版社,2019.6(2021.12重印)
ISBN 978-7-5615-7455-3

Ⅰ.①浪… Ⅱ.①殷… Ⅲ.①诗歌美学—诗歌研究—美国—现代 Ⅳ.I712.072

中国版本图书馆 CIP 数据核字(2019)第 102378 号

出版人	郑文礼
责任编辑	王扬帆
封面设计	李夏凌
技术编辑	许克华

出版发行 厦门大学出版社

社　　址	厦门市软件园二期望海路 39 号
邮政编码	361008
总 编 办	0592-2182177　0592-2181406(传真)
营销中心	0592-2184358　0592-2181365
网　　址	http://www.xmupress.com
邮　　箱	xmup@xmupress.com
印　　刷	厦门集大印刷有限公司

开本　720 mm×1 000 mm　1/16
印张　15.5
插页　1
字数　280 千字
版次　2019 年 6 月第 1 版
印次　2021 年 12 月第 2 次印刷
定价　60.00 元

本书如有印装质量问题请直接寄承印厂调换

厦门大学出版社
微信二维码

厦门大学出版社
微博二维码

目　录

绪　论　诗歌形式、实用主义与美国性 …………………………………… 1

上篇　实用主义美学理论

第一章　爱默生美学：有机形式、视觉经验与实用目的 …………………… 15
第二章　詹姆斯美学：感觉的在场与实用哲学的诗学演变 ………………… 29
第三章　杜威美学：作为感觉经验和矛盾平衡的形式论 …………………… 42

下篇　实用主义诗歌审美

第一部分　现代早期（浪漫派）诗歌的实用主义审美 …………………… 57
第四章　惠特曼诗歌："实验写作"、形式与可分享性 ……………………… 58
第五章　狄金森诗歌：视觉的"灵魂"与隐喻的"肉身" …………………… 75

第二部分　现代（反浪漫派）诗歌的实用主义审美 ……………………… 95
第六章　弗罗斯特诗歌："声音"、"图形"与"隐秘性" …………………… 96
第七章　史蒂文斯诗歌：形式、想象力与"终极之善" …………………… 113
第八章　威廉姆斯诗歌："当下"的审美与客体派的形式 ………………… 128
第九章　奥本诗歌：爱默生的幽灵、诗的语言及人的目的 ……………… 143

第十章　毕肖普诗歌:"时空体"、"当下性"与实用主义……………… 158

第三部分　当代(新浪漫派)诗歌的实用主义审美 ………… 175

第十一章　格里克诗歌:"反对诚实"、抒情诗与实用主义……… 176

第十二章　哈斯诗歌:语言还乡与审美之用 ……………………… 200

尾　声　浪漫派、诗性哲学与哲理诗歌 …………………………… 220

参考文献 ……………………………………………………………… 232

后　记 ………………………………………………………………… 242

绪 论
诗歌形式、实用主义与美国性

本书围绕美国现代诗歌审美与实用主义哲学的关系这一主题展开，主要观点为：发轫于美国历史经验的现代诗歌与实用主义哲学之间具有内在的动态关联，前者从后者那里获得了审美性情、思维模式、意义结构和哲学底色，同时也为后者提供了思想品味、理论灵感、诗学范式和诗性气质。研究诗歌形式的哲学意义，并进而将其与文化意识形态相勾连，这一思路的逻辑基础来自特里·伊格尔顿（Terry Eagleton）的著作《如何读诗》（*How to Read a Poem*，2007）中有关形式概念及其功效的论述。伊格尔顿在书中分别探讨了诗歌的形式与内容的关系、形式的历史性以及形式的意指效果等主题。关于形式与内容的关系，他指出："形式构成了内容而不仅仅是内容的反映。语调、节奏、韵律、句法、谐音、语法、标点等，实际上是意义的发生器而不仅仅是它的容器[①]。"这一论述使形式获得了与意义同等的地位，解构了内容高于形式的二元秩序，同时也将静态和被动的形式变为由诗歌文本的特殊性决定的动态和能动的形式。在为形式的历史性进行维护时，伊格尔顿直言："形式不是与历史的分离而是进入历史的方式。"[②]形式不是超越时间的抽象骨架，它滥觞于特定的历史情境并经受着历史的淘洗和沉淀。形式会因为历史细节的加入和修整而遭遇废弃或得到加强，也正因此，形式能够为考察历史的变迁和与之相应的社会构成和意识形态提供美学进路。在形式的意指效果方面，伊格尔顿认为，诗歌的意义"可以从形式和内容之间的相互嬉戏中获得，是嬉戏设置了二者间的张力与暧昧"[③]。嬉戏是一种意指方式，这一方式与其关乎"说什么"，毋宁强调"如何说"，而就自身即语言的诗歌而论，"诗歌的所指或意义是

---

① EAGLETON T. How to Read a Poem[M]. Malden: Blackwell, 2007: 67.
② EAGLETON T. How to Read a Poem[M]. Malden: Blackwell, 2007: 8.
③ EAGLETON T. How to Read a Poem[M]. Malden: Blackwell, 2007: 69.

诗歌整个的意指过程本身"。①

探查美国现代诗歌审美的实用主义哲学意义,是本书主要的研究向度。实用主义是美国的主流哲学,其分为古典实用主义和新实用主义两个阶段。普遍认为,前者以查尔斯·桑德斯·皮尔士(Charles Sanders Pierce)、威廉·詹姆斯(William James)和约翰·杜威(John Dewey)等为代表,而后者视唐纳德·戴维森(Donald Davidson)、理查德·罗蒂(Richard Rorty)、希拉里·普特南(Hilary Putnam)等为代理人。鉴于本书的研究对象为美国历史经验中的现代诗歌,因此在提炼并归纳实用主义哲学的美学理论时,全书的焦点落在与研究对象最为贴近的詹姆斯和杜威的古典实用主义哲学思想。同时,因受到理查德·帕西耶(Richard Poirier)的《诗歌与实用主义》(*Poetry and Pragmatism*,1992)、乔纳森·列文(Jonathan Levin)的《过渡的诗学:爱默生、实用主义和美国文学的现代主义》(*The Poetics of Transition: Emerson, Pragmatism, and American Literary Modernism*,1999)、卢赛尔·古德曼(Russell Goodman)的《美国哲学与浪漫派传统》(*American Philosophy and the Romantic Tradition*,1990)、凯瑟林·M.维勒(Kathleen M.Wheeler)的《浪漫主义、实用主义与解构》(*Romanticism, Pragmatism and Deconstruction*,1993)、保罗·格瑞姆斯塔德(Paul Grimstad)的《经验与实验写作:从爱默生到詹姆斯的文学实用主义》(*Experience and Experimental Writing: Literary Pragmatism from Emerson to the Jameses*,2013)以及阿尔伯特·杰尔皮(Albert Gelpi)的《现代主义以后的美国诗歌》(*American Poetry after Modernism: The Power of the Word*,2015)的启示,本书将美国实用主义美学理论的起点前置到哲学家拉尔夫·瓦尔多·爱默生(Ralph Waldo Emerson),并在浪漫派的传统内分别考察詹姆斯与爱默生、杜威与爱默生在美学哲学思想上的交集与分野,从而构建出以感觉经验为基础、以过程和关系为特征,及以主体、想象力、自我、世界以及审美、经验、感知、形式与语言等为关键词的实用主义美学理论。根据这一理论,审美经验被理解为审美主体与其境遇间的累积性的互动过程,在这一过程中审美主体历经变迁并努力寻求和把控自我与世界的感觉和知觉关系。美国现代诗人将上述以过程和关系为特征的审美主体对自我和对世界的感知经验,记录在诗歌的体式、韵律、格律、句法、词法和标点等诗歌的本体要素以及注释和空间展布等副文本标记中。因此,观察它们便可对美国现代诗歌审美的实用主义哲学意义略见一斑。

---

① EAGLETON T. How to Read a Poem[M]. Malden: Blackwell,2007:21.

绪　论　诗歌形式、实用主义与美国性 <<

　　大凡提及实用主义，可能就会联想到"不管 A 还是 B，只要能做 C，就是好的 A（或 B）"这个经典句式。诚然，此句包含了实用主义的某些基本思想，即 A 或 B 都是用来做事的工具，它们之所是是由它们的工具性决定的，而它们的价值则取决于它们是否能够完成某事并达到某种效果。然而，因为这个说辞并没有指明如何司事（即做 C 的方式），因此它就潜藏了被误解甚或被误用的危机。尽管工具、行动和价值是实用主义哲学关心的主要内容，但这一哲学的核心在于，首先，它是一种思维方法，它所指的工具首先是思想的工具或方法。实用主义的思想方法具有兼容性、流变性、过程性和实验性等基本特征。琼恩·理查森（Joan Richardson）在《实用主义与美国经验》（*Pragmatism and American Experience：An Introduction*，2014）中指出，作为一种方法论，美国实用主义哲学的筹划是对达尔文理论声言的"作为偶然性生命的我们栖居在一个偶然性的世界里"这一认识的回应。在不断变化且不确定的事实环境中，"实用主义为我们提供了所需要的工具，有了它我们就可以考虑能够在什么地方发现自我，这样在我们设立目标时就知道该如何检验我们的信念"①。其次，实用主义之为工具，是用作求索真理之工具的。实用主义将求索真理视为具有情境性、当下性、实验性和过渡性的实践行为，凸显了经验主体的思维过程及其与世界之间的动态关系，其揭示了在历史境遇中真理概念形成的事件本性。此处如果将普遍的真理概念具体化为美国的国家概念，我们便可理解理查森之所谓的，美国"不是作为'地域'，而是作为'事件'被实现的，它是在时间中展开的概念"②。"作为'事件'而被实现"意味着对概念的真理意义的求索是行动，它是历史性的过程并有价值论的结果，其实现的程度由是否达到了某种目的来判断。

　　美国国家历史经验源起于来自欧洲的清教徒希望在北美新大陆缔造一个"山巅之城"的梦想。在这个隐含着去根性和自立性的概念的指引下，美国人筚路蓝缕、励精图治，于 1776 年以《独立宣言》的发表昭告了国家的建立。然而，在其后创造国家自主神话的同时，美国却也因为笃信"昭昭天命"

---

　　① RICHARDSON J. Pragmatism and American Experience[M]. Cambridge：Cambridge University Press，2014：viii.
　　② RICHARDSON J. Pragmatism and American Experience[M]. Cambridge：Cambridge University Press，2014：ix.

>> 浪漫派视域中的美国现代诗歌审美的实用主义

(Manifest Destiny)[①]这个具有优越感和排异性的先验观念,陷入了旷日持久的种族、环境、人文乃至国际政治的危机。不仅如此,美国人原初怀有的建设纯粹精神圣地的"美国梦"也遭遇到美国内战和资本文化的严重影响,而最终演变为以不计方式谋求物质和成功的俗世追求。在这样的历史场景下,注重当下、崇尚变革、信仰实践的美国有识之士逐渐确立并发展起独立自主的和国家的哲学体系。这个哲学体系依然以真理、知识、意义和价值等哲学的基本概念为核心,但与先验的、静态的和追求绝对意义的传统哲学不同,它强调动态和经验、强调行动和实践、强调哲学基于存在本体和经验事实的诗性意义。美国实用主义哲学的形成与美国国家神话的缔造是互相渗透的,而美国诗歌就是对这一历史经验的实时响应,因此,有理由相信美国诗歌与实用主义哲学之间具有密切的历史关联。事实上,实用主义哲学思想对美国诗歌影响之深,甚或成为诗人对世界审美的集体无意识。

在国家力争独立自主的同时,美国文学也经历着独立身份的求索,其走过了对英国文学母体的依赖期、过渡期和脱离期,直至19世纪的前半叶开始发出真正属于自己的声音。在这一时期,浪漫主义文学骤然勃兴,它标志着美国文学的第一次繁荣。源自德国和英国浪漫派的美国浪漫主义文学,继承了主体的视觉及其想象力在审美中的作用并保留了审美与心理和政治相裹挟的浪漫派特质。普遍认为,美国浪漫主义文学兴起的重要推手是超验主义哲学家爱默生。过往对爱默生的超验哲学研究的结论大体都通向了理想主义,而构成爱默生哲学体系重要部分的语言哲学中更为多元复杂的思想始终没有得到充分的挖掘。这一局面直到斯坦利·卡维尔(Stanley Cavell)和理查德·帕西耶对爱默生的哲学和美学的深入研究才得以扭转:卡维尔看到了爱默生的语言哲学中的怀疑论思想和他对日常语言的重视,而帕西耶则进一步指出,爱默生的语言哲学对美学的贡献是其语言怀疑论和日常语言信仰所引发的诗学变革。爱默生的语言怀疑论针对的是被理性主义排斥所导致的边缘性语言和被机构制度利用后所形成的压迫性和僵死性的语言,为此,他立足于语言发展的自然史视域,呼吁恢复语言原始的图像性,并号召通过隐喻的方式得出关于

---

① "昭昭天命"的核心内容是,美国白人认为,他们拥有上帝赋予的权利去征服整个北美大陆。在1845年,美国民主党人士约翰·沙利文在纽约报纸《晨报》撰文称:"拥有整个北美大陆是上天给予我们的昭昭运道,以此,我们将进行我们伟大的自由实验。"美国的西进运动就是"昭昭天命"最直接的结果之一,他们以用光明驱散黑暗,用知识清除愚昧的观念,在征服荒野的同时给北美印第安人和生态环境造成极大伤害。即便是在21世纪的当下,"昭昭天命"依然不乏拥趸,而这一当时的地域概念已延伸至当下的国际趋势概念。

实在的真理和开发与世界相对应的语言符号的可能性。同时,他还提出通过强化语言中的"弱势"部分(即非实词)去拆解语言中被理性主义和文化规约设置的话语规则的壁垒,以便使语言在自然的良性秩序下发挥制造诗性意义的健全功能。

爱默生的上述主张促成了詹姆斯在其实用主义心理学的"意识流"理论中对语言模糊性地位的重新确立,后者强调语言的模糊性与清晰性一样,都是交流和理解的有效成分。詹姆斯的意识理论及其对语言模糊性的复原,对美国乃至世界现代文学都产生了革命性的影响。此外,詹姆斯强调主体自由和自然主义相结合的"信仰的意志"理论,与爱默生通过视觉感知并以想象的意志实现对自我和世界关系的把握的思路也一脉相承,"信仰的意志"为文学虚构的合法性和捍卫文学的人本主义提供了理论基础。继詹姆斯之后,杜威从爱默生基于对自然的视觉想象所形成的强调流变、关系、过剩和过渡的美学理论中,感受到有机和动态的魅力,他结合了身体对世界(或艺术品)的多元的感觉经验,发展出既有承袭又具创新的审美经验的形式有机论。杜威的审美形式论强调审美主体与世界之间的互动关系,审美主体通过动态协作感受到世界处于变化的形式,同时也为自身的生存和发展获得了富有创造力的形式。

斯蒂芬·库斯曼(Stephen Cushman)在其著作《美国诗歌中的形式的虚构》(*Fictions of Form in American Poetry*,1993)中指出,美国诗歌自爱默生时代就在美国性(American-ness)、想象力和形式的三角间建立起度量关系,即:诗歌的形式与美国国家的特征之间具有类比关系,而类比关系的宽度和厚度则依靠想象力的程度。对此,库斯曼援引爱默生的话说,美国是我们眼中的诗,它的广袤国土为诗人的想象力带来了炫目的光彩,而美国诗歌不久便会形成自己的格律。[①] 美国诗歌将自身的形式特征与美国经验和大众生活熔于一炉,以独特的方式凸显具有美国特色的能指,又以同样的方式促进自身意义的生成。[②] 库斯曼所指的"独特的方式"就是具有实用主义思维或性情的想象力。诗歌审美的本质是对世界的想象,但与强调神圣的主体意志、超越历史和偶然性的浪漫主义想象不同的是,实用主义的想象回到了世界深处的物性基础,它在与物性世界相遇的事件中发生、成长和改变,并同时为世界奉献出自

---

① CUSHMAN S. Fiction of Form in American Poetry[M]. Princeton:Princeton University Press,1993:19.

② CUSHMAN S. Fiction of Form in American Poetry[M]. Princeton:Princeton University Press,1993:5.

身的价值。乔纳森·列文曾这样给出实用主义想象力的定义：

> 实用主义的想象力不是那种乘着直觉力的翅膀进入世界的、不带有一丝偶然和历史污痕的、不可思议的上帝般的力量。相反，想象力是一种人的力量，但它所处的世界会限制、约束并终将击溃任何个人的力量。想象力对自然、社会和文化的物质条件做出反应，除了这些条件，想象力便没有存在的可能。想象力总是在这些物质条件内部被培育并且凭借着它们被维系，但它也想方设法去改造这些物质条件。它从这些物性的原动力中掌握了必要的自律，也在失败以及过往失败的记录中获得了谦逊的姿态。①

由实用主义想象力的定义可见，它是历史性、情境性地发展着的，其具有对对峙力量进行兼容和平衡的特性；它既肯定审美主体的直觉力和自由意志，又允许它们当中带有偶然性和历史性的成分。因为想象力赖以存在的世界不可免除偶然的发生，所以实用主义想象力并不对偶然变化、时间因素和物质成分施以强制性的征服，相反，它要对上述状况做出反应，在与它们的互动中对其进行改变并同时改变自身。实用主义美学承认，不管人的想象力有多么强大，它始终都在世界中并因为世界而发生。但与此同时，想象力也在与世界的遭遇中习得了自律能力，这就使其对世界进行虚构和改造成为可能。尽管如此，实用主义的想象力总是在世界面前保持必要的谦卑，它因此就与历史主义和自然主义有了许多亲近。

肇始于浪漫派传统的实用主义哲学，影响了在浪漫主义运动时期及其后的各个发展时期的美国诗歌，不仅为诗歌戳记上形式的纹理而且也为其夯筑了意义的基底。实用主义的形式论是美学事实与人本主义内容相互糅合的结果，其美学事实包括诗歌分行的特征、格律和韵律的在场和缺席、声音与意义的合作，以及词法、句法和修辞模式等，而人文主义内容则体现为审美主体对世界的思维方式与感知模式、诗歌的历史场景和文化环境等。在浪漫派传统中考察美国诗歌，可见其大体经历了浪漫主义、（现代）反浪漫主义和（当代）新浪漫主义三个阶段，而不同阶段的美国诗歌都呈现出相应的形式特征。根据杰尔皮的研究，如果说浪漫主义的诗歌形式以"有机整体"（即自然的每个符号

---

① LEVIN J. The Poetics of Transition: Emerson, Pragmatism, and American Literary Modernism[M]. Durham: Duke University Press, 1999: 87-88.

都对应着某种精神意义,抑或说,词与物具有一一对应的关系)为特征的话,那么现代诗歌的形式非但不意味着再现与自然的对应,而且几近相反,"形式只是在其各个部分的内部功能中是有机的,它的各个部分从自然中抽象出来又贴合成人工制品,而这个人工制品自有其目的,它的意义实际上在它的建构中被人为地制造出来"①。就此而言,现代诗歌是反浪漫主义的,因为其所凸显的人为把控的构建性与浪漫主义提倡的自然或情感能量流动的有机性是格格不入的。

除了构建性的特征外,现代诗歌形式还表现出列文所总结的过渡性:"过渡是对能够引起变化的思维机制的比喻性称谓,过渡无关于先前的或可能的条件,而与正在展开的过程相关。……过渡既在我们所熟悉并借以操控世界的社会形式和知识范畴之内又超越它们而展开,既利用它们又对它们发起挑战。……过渡在边缘处耕耘从而使新奇和革新之物从其内部滋生出来。"②将过渡性的思维过程展现在诗歌当中,则可见现代诗歌形式在句法和分行方面的破旧立新。如果说浪漫派诗歌忤逆了其前诗歌的格律和韵律的限制的话,那么现代派诗歌则僭越了传统诗歌的句法结构和分行的要求。因为现代诗人将句法和分行与社会形式和知识范畴关联起来,所以他们试图通过对前者的标新立异以表现对后者的改造意向。过渡性思维在界限处发生,它既留于界内又出乎界外,因此其在现代诗歌中的形式表征也是规范和新奇的杂糅。现代以后的诗歌审美虽呈现多元形态,但仍坚持对世界进行浪漫主义书写的却不乏其人。如果说浪漫主义诗歌的本质是肯定诗人作为看者(Seer)和言者(Sayer)的话,那么承袭了这一内核的新浪漫主义诗人在当下的文化条件下则更为关心的是,语言能否通过对大于言者和外在于语言的实在去实现对世界的理解或洞见,语言能否在外部的经验世界里为内在的意识流动进行有效的定位。因此,他(她)们采纳了辩证的,或者更准确地说,悖论的思想——既对现代诗歌的建构性的主张施行解构,又肯定诗人在书写中的主观机制。③ 表现在审美意识和诗歌形式上,新浪漫派诗人则倾向继续采纳过渡性思维或对传统的浪漫派议题实施再语境化的诗歌构造,并希望从中能够发展出与当下

---

① GELPI A. American Poetry after Modernism: The Power of the Word[M].Cambridge: Cambridge University Press, 2015: 2.

② LEVIN J. The Poetics of Transition: Emerson, Pragmatism, and American Literary Modernism[M]. Durham: Duke University Press, 1999: 67.

③ GELPI A. American Poetry after Modernism: The Power of the Word[M].Cambridge: Cambridge University Press, 2015: 277.

历史和经验相结合的诗学模式。

纵观美国诗歌史,早在浪漫主义时期,实用主义的审美品相就已在诗歌中初现端倪。因受爱默生的知识独立宣言——《美国学者》("The American Scholars")及其有机整体的自然美学哲学的影响,沃特·惠特曼(Walt Whitman)认为,美国自身就是伟大的诗篇,而诗歌形式与自然形式之间呼应无二。例如,惠特曼认为,诗行就是波浪,具有后者的动态形状和能量变化;诗句的扩张形式和意合结构就是美国的荒野和杂草的自然生长形态。惠特曼在《致异邦》("To Foreign Lands")的诗中直言,从他的诗中能够看到对美国作为民主政体的定义。惠特曼的诗是自由体的,打破了欧洲传统的诗歌律法。自由体诗的形式不受格律和韵律的约束,而以诗歌主体的思想意识的展开和生命气息的流动决定诗行的长短和声音的节奏。借助诗歌形式揭示意识形态,惠特曼表现出浪漫派诗歌所具有的实用主义的政治工具性。与惠特曼将生命的能量和美学的政治外化于诗歌形式相反,艾米莉·狄金森(Emily Dickinson)则以形式表征其沉默内敛的个性气质和张力对峙的诗歌特性。狄金森批判性地吸收了爱默生的怀疑论思想和过渡性美学,其对诗歌的可能性的彰显、对散文的封闭性的抵触、对传统诗歌的固定形式(包括格律、韵律、句法、词法和分行)的挑战及对诗歌空间样貌的变换,影响了20世纪直至当下的美国诗歌。狄金森极致的身心经验和多元的感性审美,及其突出违背诗歌理式的空间视觉性的形式策略,是对其身后的现当代诗学发展的有益贡献。狄金森的诗歌理念既将人的因素纳入诗歌想象又使诗歌形式超拔于日常经验,达成了在生活的场域内和在可能的世界中的多重力量的悖论式的共存与平衡。

到了现代诗歌时期,罗伯特·弗罗斯特(Robert Frost)、威廉·卡洛斯·威廉姆斯(William Carlos Williams)、华莱士·史蒂文斯(Wallace Stevens)、乔治·奥本(George Oppen)和伊丽莎白·毕肖普(Elizabeth Bishop)等众多经典诗人以诗歌形式进一步直接或间接地对爱默生的实用主义美学哲学思想给予了接受式或质疑性的回应。他(她)们以詹姆斯或杜威的实用主义性情,形成了融诗歌虚构、政治抱负、心理探索和智识增长于一体的审美殊相,同时也成就了诗歌自身作为探究世界真相之事件性过程的认识论和存在论的价值。弗罗斯特的诗歌对爱默生的自然整体感知论及其终极向善的超验主义产生了怀疑,认为自然的神秘性中常常混合着生命的愁绪和悲苦。弗罗斯特探索复杂而混沌的世界所达成的,既不是超验的绝对意义也不是意义的绝对空无,而是对介于两者之间的"某种意义"的偶然发现。史蒂文斯对爱默生的语言哲学思想做出了反思,他发现了语言和自然(或世界)之间的断裂,并希望通过诗人的想象力虚构出一个具有"终极之善"的世界。史蒂文斯为可能性(虚构的世界)而寻求可能的诗歌想象,经历了从身体行动到心理活动、从感觉到冥想的过程,其诗歌所欲求的是实现基于实在事物的虚构世界意义的可能性。同样关心事物的可能性,威廉姆斯的诗歌想象则旨在发现世界真相之多样性、变动性和不确定性。他将事物视为理念的潜藏之所,同时认为想象力的作用在于从日常的素朴事物中重新发现乃至发明某种秩序,这一方面是为了满足诗歌审美的图新需求,另一方面也是为了像惠特曼那样完成诗歌的政治使命。宝妮·考斯泰勒(Bonnie Costello)曾精辟地总结出威廉姆斯的诗歌审美目的:将具体的特殊事物整合到统一的美学作品中而不篡改它们原本的身份;抵制任何修辞或体裁的自然固化;击溃价值的等级;创造事物的表现性的转变;填平艺术与生活间的沟壑。① 为了践行这些诗学理念,威廉姆斯的诗歌取材于日常的生活实践,他对诗歌分行和句法加以控制,有意拆解传统句法的层级秩序和赋予主体优势地位的主谓结构。他反对隐喻而喜欢将具体的日常事物纳入到揭示当下性的换喻关系中,希望借此削弱隐喻所要求的事物间历时性的替代关系。威廉姆斯的诗歌强调变化,这种变化是事物随环境的变化而发生的结果,事物的变化又会引起审美主体感知的变化,而将这一系列连续性的变化落实在诗歌语言上,则表现为杜威在其美学著作《作为经验的艺术》(*Art as Experience*,1958)中所描述和定义的作品的有机形式。

作为现代和当代之间的过渡诗人,奥本和毕肖普在当时的文化语境下继续进行着与爱默生的隔空对话。奥本在美国诗歌史上与威廉姆斯一道被记入客体派诗人的系谱,但与威廉姆斯强调想象力的作用相反,奥本更倾向于诗歌的现实主义。然而,奥本的现实主义并不在于对实在的细节进行客观的描述,而反映在对审美主体的意识行为的客观化的跟进。奥本认为,世界的真相也在追逐真相的过程中,而其诗歌是对追逐真相的意识过程的客观化的记录。对于现代语言的发展趋势,奥本持有与爱默生同样的既怀疑又信任的态度,他怀疑语言因理性主义、极权主义和机构化利用所导致的僵化、堕落与腐败,但又相信通过诗人不懈的追逐和招魂,自然精神会在一定程度上重现于语言。语言在恢复其与自然(世界)相结合的图像性的同时,也会履行其实用的人本主义目的。为了实现语言的人的目的,奥本的诗歌采纳了非理性、反极权等解构式(或非理性)的形式策略。比较而言,奥本对句法和分行的表现性的利用

---

① COSTELLO B. Planet on Tables: Poetry, Still Life, and the Turning World[M]. Ithaca: Cornell University Press, 2008: 55.

>> 浪漫派视域中的美国现代诗歌审美的实用主义

要比威廉姆斯所采取的方式更加极端,他希望以此激起语言使用者对语言功能的质疑性的意识和发问。尽管客体派诗人的标签在某种程度上遮蔽了奥本的浪漫派气质,但他的很多诗歌和诗学理念都是基于对自然和对浪漫派议题的反思和重构而成型的。与奥本诗歌略显隐性的浪漫派特质相比,毕肖普始终让浪漫主义的元素在其诗歌中不断出场,并对它们实施实用主义化的调整和改造。毕肖普基于感官和知觉的诗歌审美映照了华兹华斯的诗性意义发生的心理过程,但她让审美主体与情境的协作所生成的意义却超越了后者将主体抽离于自然场景而产生的形而上的内在意识。在与济慈的自然诗歌的互文中,毕肖普则对其经典的浪漫派诗歌的结构和意象进行了解构和重构,将济慈的"美即真,真即美"的美学真理的论断纳入其对诗歌形式的考量,并借以做出"对形式的自律和形式的不完备之间进行调和的努力"。[1]

美国现代诗歌对浪漫派诗歌的解构和重构体现出反浪漫主义的特质,但其反叛的目的并非要剔除想象力的作用,而是要对浪漫主义高举的上帝般的主体意志进行切合境遇的反拨。现代诗歌要在诗歌虚构、审美形式与人的存在境遇之间进行协商,其最终目的是为人在偶然的世界里如何能够有序而安心地生存谋求出路。当代诗歌继续深化现代诗歌对浪漫主义诗歌的反思和改造,并在其中融入了更为多元的表现方略,而由此形成的诗歌类型则被冠以新浪漫主义的标签。在新浪漫派诗人罗伯特·哈斯(Robert Hass)和路易斯·格里克(Louise Gluck)的诗歌中,审美形式的实用主义哲学纹理依然清晰可见。哈斯继承了爱默生和奥本对现代语言的怀疑论,但他以回溯语言发展的历史进程的方式,还原语言与其图像性日渐分离而演变成理性语言和机械语言的时间轨迹。哈斯在揭露自然语言自行堕落和被外力挟持的同时,呼吁恢复语言的含混性和肉身性,直至将整体性和神秘性归还给语言。哈斯强调诗人的劳作过程及其作品的日常经验成分,而其诗歌展现的就是这样的过程及经验。他的诗歌在形式上样貌多端,时而短小精湛,时而旁逸斜出;其诗体常常介于诗和散文之间,在诗的可能性和散文的规约性之间自如地收放。与哈斯的浪漫派兼具实用性的语言意识和形式策略不同,格里克志在对神话和寓言故事进行再语境化的处理,并以实用主义的思想方法对浪漫主义抒情诗歌的形式和主题进行反思。她关心自我与世界的关系,但对浪漫主义的主体性和崇高观在当下的文化语境中施行了重构;她关心部分与整体的关系,但不是

---

[1] DORESKI C K. Elizabeth Bishop: The Restraints of Language[M]. Oxford: Oxford University Press, 1993: 6.

强制地使部分进入整体而重在以断片的形式去想象曾经的整体;她钟情于过渡意识,使思想永远处于正在进行的状态;她坚持詹姆斯所言的"信仰的意志",认为是我们的信念而不是逻辑决定了我们的经验及其后果。

综上所述,在浪漫派的诗歌传统中,以实用主义哲学理论为指针观察美国现代诗歌的审美模式,能够将哲学家爱默生、詹姆斯和杜威,与诗人弗罗斯特、威廉姆斯、史蒂文斯、奥本和毕肖普等有效地关联在一起。尽管对现代诗歌形式的实用主义哲学研究是本书的主要内容,但考虑到研究的系统性和内容的历史性,对作为其前身的浪漫主义诗歌形式和作为其后续的当代诗歌形式中的实用主义的挖掘,构成了本书不可或缺的组成部分。在结构上,本书分为实用主义美学理论和实用主义诗歌审美两篇:上篇论述了爱默生实用性的语言哲学及自然美学的理论、詹姆斯的实用主义哲学的诗学演进和杜威的实用主义的审美形式论。下篇划分为浪漫派诗歌、现代派诗歌[①]和新浪漫派诗歌三个部分,分别评析惠特曼和狄金森,弗罗斯特、威廉姆斯、史蒂文斯、奥本和毕肖普,以及哈斯和格里克三组诗人的诗歌作品及诗学思想,同时构建出各个时期的诗歌审美与实用主义哲学之间的关联。本书对哲人和诗人的选择围绕浪漫派的系谱,对诗歌作品的取舍则主要依据其能否证明本书的主要论点。鉴于此,本书在哲学一方,没有列入古典实用主义哲学的代表皮尔士和新实用主义哲学家罗蒂,[②]在诗歌方面略过了具有詹姆斯的实用主义性情并执着于诗歌形式改造的现代诗人格特鲁德·斯坦恩(Gertrude Stein),这在一定程度上折损了对主题的支撑力度。

[①] 尽管以"反浪漫派"为章节命名能够形成前后的连续性,但本书在此使用了"现代诗歌",目的是突出其作为本书主要研究对象的位置。

[②] 尽管罗蒂的实用主义思想也深受浪漫派的影响,例如,其将美国实用主义与浪漫主义结合起来,为开明的现代性提供了全方位的洞见;其所强调的偶然性的世界与反讽般的生存与德国的浪漫派反讽概念有诸多相似之处。

上篇
实用主义美学理论

第一章 爱默生美学：有机形式、视觉经验与实用目的

【本章提要】随着实用主义哲学近20年在美国的复兴，对爱默生的哲学思想是否可作为实用主义原型的学术讨论也在开展。尽管在哲学界尚存在分歧，但在浪漫派的坐标系中考察，则会发现爱默生作为詹姆斯和杜威的实用主义哲学起点的适切性。对"何为语言"以及"语言何为"的回答始终是爱默生的语言哲学的关注点，在其看来，语言既是解决问题的工具也是招致问题的渊薮。然而，爱默生对语言的认知在其世界经验的增进中也发生了变化，从最初笃信语言能够实现自然事实与内在精神的完备对应并且能够激发自我和世界改良的作为，到后来发现语言对传达意义的无力及其能指流离失所或被武断带入所指的状况。但不管怎样，他都坚持以语言的方式表征甚或制造经验的意义，并使后者"在作文的过程中得以实现"。不仅如此，爱默生还试图通过新的散文体形式对现代语言规范化和机构化的现状加以整治，其散文体作文将思维方式置于书写之中，即其"随着书写的过程被经历"。将语言和经验融为一体并使其朝向一种既由意志控制又受自然法则决定的形式，从而实现自我和世界的改良目的，这是爱默生的语言实用性的主要表现。

随着实用主义哲学近20年在美国的复兴，对爱默生哲学的实用性的重新认识成为学术研究的话题，而就其是否可作为最初的实用主义者的话题更是其中的热点。对此议题开先河的著述当属帕西耶的《诗歌与实用主义》，他从爱默生的语言哲学中窥探出实用主义的特质，并将詹姆斯《心理学原理》所研究的"意识流"理论的哲学目的和诗学意义与爱默生的语言怀疑论进行了周详的对接与分析。卡维尔随后发表的《将爱默生称为实用主义者何用之有？》（"What's the Use of Calling Emerson a Pragmatist?"）一文，则对相关议题及对爱默生的散文体风格给予实用主义的定性是否适切提出争议。他说："如果爱默生是差异性的美式思维的缔造者的话，那么其身后的詹姆斯和杜威确实

该对他表示感激。但就可被特别认作是实用主义的某种东西而论,我否认他们的思想捕捉到或澄清了爱默生式的事件中所有的理性或道德的成分。"① 然而,近期的卡维尔对爱默生散文体的实用性的认识转向它的生存论意义,指出其文本的内容和书写方式提供了人如何通过语言在世界存在的方法,即"我们将自身铭刻于世界",因此"与语言的纠缠就是一种与我们自身的斗争、以自身为内容的职业"。②

在与前期的卡维尔进行对话的文章中,阿尔布雷希特(James M. Albrecht)指出,对爱默生的批评一直以来都将其视作坚持一元论的理想主义者,而即便是意识到爱默生的多元论本性的学者也在质问其理论中多元性的程度及其目的如何。对此,他以詹姆斯为例讨论了实用主义哲学与爱默生的切近,认为詹姆斯将世界视为既一元又多元的思想来自后者关注个别事实的多样性同时又信奉人的改良能动性的认知。而针对爱默生散文书写中经常出现的矛盾表述,阿尔布雷希特认为,这是他有意采纳的视角主义的策略,其预见了詹姆斯本人对行动、过渡和反教条的坦诚。③ 格兰杰(David A. Granger)则维护帕西耶的观点,并将后者所做的有关爱默生与詹姆斯在语言的使用及其目的上的关联延伸到杜威,指出杜威哲学对日常语言的重新发现是对爱默生的语言怀疑论的继承,其实用性表现为通过语言的操作而达到个体更新和文化更新的目的。④ 赛陀(Naoko Saito)在爱默生的语境下重构了杜威实用主义哲学的生存论意义,得出的结论是:在生活的民主方式和哲学作为教育的方式方面,爱默生是杜威的重要理论来源,并为后者提供了将哲学导向生存目的的思路和方法。

尽管是否可将爱默生称为实用主义者在哲学界尚存在分歧,但在浪漫派的坐标系中考察实用主义的发生和演进,则会发现将爱默生作为詹姆斯和杜威的实用主义哲学起点的适切性,尤其是后者的实用主义在诗学/美学(在感

---

① CAVELL S. What's the Use of Calling Emerson a Pragmatist? [J]. Cardozo Law Review,1996,18(1):171-172.

② CAVELL S. Afterword[M]//ARSIC B, et al. The Other Emerson. Minneapolis: University of Minnesota Press, 2010:306.

③ ALBRECHT J M. What's the Use of Reading Emerson Pragmatically? The Example of William James[J]. Nineteenth-Century Prose,2003,30(2):388-432.

④ GRANGER D A. Rediscovering the Everyday: John Dewey as Emersonian Pragmatism[J]. Educational Theory,1998,48(3):331-349.

觉、情感、想象力和人的意志等)的维度上的延伸更是如此。① 对"何为语言"以及"语言何为"的回答始终是爱默生的语言哲学的关注点,在其看来,语言既是解决问题的工具也是招致问题的渊薮。然而,爱默生对语言的认知在其世界经验的增进中也发生了变化,从最初笃信语言能够实现自然事实与内在精神的完备对应并且能够激发自我和世界改良的作为到后来发现语言对传达意义的无力及其能指流离失所或被武断带入所指的状况。但不管怎样,爱默生都坚持以语言的方式表征甚或制造经验的意义,并使后者"在作文的过程中得以实现"。② 不仅如此,他还试图通过新的散文体形式对现代语言规范化和机构化的现状加以整治和引导,而由此确立的被帕西耶称作"语言怀疑论的形式"的作文方式将自身置于书写之中,即让书写的方式"随着书写的过程被经历"。③ 将语言和经验融为一体并使其朝向一种既由意志控制又受自然法则决定的形式,从而实现自我和世界的改良目的,这是爱默生的语言实用性的主要表现。本章将在浪漫派的线路上结合已有的关于爱默生的美学思想的研究结果,围绕感觉、经验、语言、形式和影响力等关键词,探讨爱默生的有机形式论及感觉认识论的动态发展和实用目的,同时为本书关于詹姆斯和杜威的实用主义美学理论以及诗歌评论的章节夯实基础。

一、自然事实与有机形式

爱默生在其著作中不乏美学论述,④但从未系统地给出形式理论。因此,将其散在的有关形式的言论加以甄别和整合,从而构建其审美形式论很有必要。这一研究思路也恰好应和了爱默生本人的审美逻辑,即其在《诗与想象

---

① 古德曼在其著作中建立了美国哲学与浪漫派传统,尤其是与英国浪漫派诗人柯勒律治和华兹华斯之间的联系,参见GOODMAN R B. American Philosophy and the Romantic Tradition[M]. Cambridge: Cambridge University Press, 1990.

② GRIMSTAD P. Experience and Experimental Writing: Literary Pragmatism from Emerson to the Jameses[M]. Oxford: Oxford University Press, 2013: 33.

③ GRIMSTAD P. Experience and Experimental Writing: Literary Pragmatism from Emerson to the Jameses[M]. Oxford: Oxford University Press, 2013: 3.

④ 爱默生的《自然》《自力》《语言》《诗人》《经验》《诗与想象力》《自然的方法》等散文都可被解读为关于美学的论述。

力》中所说的"向事实索要形式"("ask facts for form")。① 爱默生美学思想的基础是物质的自然,他面向的事实指的是自然的物质现象,而其索要的形式是自然中隐匿的精神真相,即自然的事实在"我"的感知力的作用下所转化成的某种精神上的(即审美的)东西。在爱默生早期的《语言》一文中,他将自然等同于语言,认为"自然是思想的工具",而"词语是自然事实的符号。个别的自然事实是个别的精神事实的象征。自然是精神的象征"(35)。就如其举的例子——在冥想中观察河流(事实)会想到万物皆流(思想)(35)——所示的那样,爱默生在自然的形式与语言的形式之间使用的是类比关系。他同时暗示,其所使用的符号和象征并非现代语言学意义上的抽象化的符号和化石性的象征,它们指的是一种流动的、反对任何固定的意指化过程的东西。

  为了击碎由章法和句法操控的书写程式,爱默生将散文体作为表征自然事实的语言方式。格里姆斯塔德指出,爱默生"关于自然之所言都是关于其散文之所说",而其中最凸显的是自然或散文的"变形"(metamorphosis)特征。② 针对自然的变形,爱默生"前往新的语词组合,在语词中实施变化运动的实验,在写作的流动进程中发现其方向",于是,他的句子"变成了自然自身的装点"。③ 自然的变形原则启示出爱默生的散文体样式,而这种样式本身也如同自然的方法一样处于不断的变形之中。自然是爱默生的思想之物,但他更重视"如何"对自然之物进行思考,认为审美的关键在于如何通过"审"的过渡而达至"美"的原则。如此,他意下的形式就是将思维主体之"我"关乎自然的思想之思(thinking about thinking)④的过程揭示出来,在这个过程中,自然经过"我"的斡旋而呈现出神性的秩序:

    思想中有很类似于矿物质结晶化的过程。我想到的是非凡之美和有趣的事实。在思考它的过程中,我被引入更多的思想,而它们先是部分地

---

  ① EMERSON R W. Emerson's Prose and Poetry[M]. New York: W. W. Norton & Company, 2001: 313. 本章后文出自该著作的引文,将随文标出引文出处页码,不再另注。

  ② GRIMSTAD P. Experience and Experimental Writing: Literary Pragmatism from Emerson to the Jameses[M]. Oxford: Oxford University Press, 2013: 32.

  ③ GRIMSTAD P. Experience and Experimental Writing: Literary Pragmatism from Emerson to the Jameses[M]. Oxford: Oxford University Press, 2013: 32.

  ④ 理查森认为,"思想之思"是爱默生留给美国实用主义哲学的最重要的遗产。据此,詹姆斯将实用主义首先定义为一种思想的方法。详见 RICHARDSON J. Pragmatism and American Experience[M]. Cambridge: Cambridge University Press, 2014: 5-11.

第一章 爱默生美学：有机形式、视觉经验与实用目的

而后则较为充分地显现自身。但在庞杂的思想中我看不见秩序。若要我向他人展现它们，则毫无头绪。没有办法。暂离它们然后折返。在你的思维中驯养它们而不要太过匆忙地迫使其进入你的安排。这样你就会发现它们将形成自己的秩序。而它们呈现的秩序是神性的。它是上帝的建筑。①

爱默生在这里强调"我"的思想秩序的显现过程，其间，"我"的作用是驯养（domesticate）初始时呈荒野状的思想，这说明"我"不在所思的对象中，而是与其保持疏离（detachment），但"我"对其并不实施先入为主的掌控，而是选择了"离开—返回"的路径。"离开"意味着摆脱既有的认识或观念，使"我"清空"小我"，变成"透明的眼球"（29），从而在返回之后能够以变换的视角和想象力，去整合芜杂思想中的细节，使之产生非凡的"美"的形状（思想的结晶化），获得一种包含神性的建筑。"目击"自然表象与整合因其而来的思想是同时发生的，这是爱默生强调认识直观性的原因所在。对此，他指出，"我"或诗人②的任务在于整合：自由与精确的整合、事实与形式的整合。通过整合，诗人的思想能够升至一个平台，在那里，他的目光超越感官而触及道德和精神的真相，③即实现部分与整体、物质与精神的有机统一。他说：

观看者的业绩不是发明，而是将所见之物部署到它们适当的位置，他总是骑在马上的统帅，其目光不仅仅触及细节，还会将团团细节进行正确的安排，使它们进入那最为宏大、最为公正的整体之中。④

劳伦斯·I. 布艾尔（Lawrence I. Buell）曾批评性地指出，"爱默生从未曾

---

① EMERSON R W. Journals and Miscellaneous Notebooks，Vol.3[M]. Cambridge，MA：Harvard University Press，1960—1982：316.

② 爱默生意下的诗人并不特指诗的作者，而是指具有破旧立新的能量并且对生成和直觉而不是认知充满热情的人。参见 MORRIS S. Poetry and Poetics[M]//MOTT W T. Ralph Waldo Emerson in Context. Cambridge：Cambridge University Press，2014：75.

③ WAYNE T K. Critical Companion to Ralph Waldo Emerson[M]. New York：Facts on File，2010：222.

④ EMERSON R W. Past and Present[EB/OL]. [2017-06-06]. http://transcendentalism-legacy. tamu.edu/authors/emerson/essays/pastpres.html.

被严肃地认为是强调整体性的艺术家"，[①]此言的前提是，很多评论者都认为爱默生的散文在形式上乏善可陈，尤其表现为句法凌乱、没有层次。但事实是，爱默生的整体性需要在其作品芜杂的表象下去把握，作为呈现思想之思的形式，他恰以自己的作品诠释出有机整体形式论的真谛，其芜杂"是使世界重新悬浮起来的努力，让它减少静态而增强过渡性，让所描述的世界相应地变得松动，不那么机械，而多一分不确定"。[②]爱默生将思想的过程类比为矿物质的结晶化，隐含着思想的非线性的生成特质。思想如自然物，"是时间性的和空间性的蔓展，而不是线性概念所要求的那样，是无限的和同质的东西"。[③]如此说来，爱默生作为思想之思的形式就是物质与精神的结合，是精神在某个情境之中的异质（或异序）事物中的可视性。这种基于事物和情境的形式论与柏拉图的几何形式论的根本区别在于，几何形式因其抽象而固定，不会因时空场域的变化而动摇。相比之下，有机形式是动态和发展的，它既不是原型也不是目的，因为"自然中没有固定物，宇宙是流动多变的，永久不过是个程度词"（174）。有机形式取决于诗人的感知力和表现力：

  就像神话英雄林柯斯的眼睛可以透视大地，诗人将世界转向透明的玻璃，向我们显示事物原本的序列和安排。因为，以其更好的感知，诗人比我们更靠近事物，看到它们的流动或变形；感知到思想有繁杂的形式；在每个造物的形式内都有一种推其升入更高形式的力量。随目光所及，诗人使用表达生命的形式，他的语言随自然的流动而流动。（189—190）

爱默生的有机整体形式论将自然的生命视为形式的根基，诗人"根据生命使用形式而不是根据形式利用生命"（190），而这生命包括"一切生物活动，性爱、进食、消化、出生、成长，它们都是进入人类精神世界的通道的象征，生命在那里会遭受某些变化，然后显现为新的、更高层级的事实"（190）。爱默生列举出一连串的生命行为，言下之意是它们已经变成生命中的仪式（重复性的）成分，因而会沦落为沉闷乏味的事实。但诗人的眼睛是通透的，能够察觉出重复

[①] BUELL L I. Reading Emerson for the Structures: The Coherence of the Essays[J]. Quarterly Journal of Speech，1972，58(1)：58.

[②] POIRIER R. Poetry and Pragmatism[M]. Cambridge，MA：Harvard University Press，1992：40.

[③] WINDOPH C J. Emerson's Nonlinear Nature[M]. Columbia：University of Missouri Press，2007：91.

之中的偶然与变化,而正是偶然与变化的不确定性才促使事物的新陈代谢的发生。此外,上述生命行为也暗示,"爱默生所感兴趣的不是事物本身而是促使事物成为形式的事件"①。这也印证了他的那句关于作诗的名言——"不是格律而是制造格律的理由造就了诗"(186),生命的感觉为诗的发生提供了基础性的节奏,但由恪守格律而成的诗却要求感觉随着被加以固定的节奏(格律)进行机械的调整。爱默生指出,"真正的诗不是书页上的词,而是词背后的事件、感觉或思想"。② 他将诗等同于词与物的结合,而"正是这词物合一的立场决定了诗人表达行为的特征。诗人能够意识到被用作象征(即语言)的事物中的不可穷尽的魅惑,他因此而有能力以差异的方式表现同一"。③

值得注意的是,爱默生将表达活动谓之引向精神的"通道"(the passage)的象征而不是已经达到的精神状态的象征,强调的是生命过程(或整体)的过渡阶段,以及其间可能会发生的复杂的能量流动和生态变形;此外,"通道"意味着未完结,它"将熟悉之物带入与未知的接触中,这是一个将智识进一步延入事物神秘边沿的过程"。④ 于是,每个通道都会引入一种新的状态,如此将会有无尽的重新开始。爱默生指出,审美意味着"具有过渡性质的想象活动的持久操练"⑤,而作为诗人造物的由语言呈现的诗,其内部就应该有一种新旧更迭但终将趋于统一(整体)的进步和发展的力量。在爱默生的"通道"审美中,有一种事物间的网络关系模式被给予极高的审美肯定,它指示一种与起源无涉的扩张性的努力,"强调联结和异质性、体现消解二元关系的复杂性原则、指涉对关系网中裂隙的持续修补、不接受对开始和结局的认同、拆解焦点或源头的层级秩序等"。⑥ 这种网络关系在自然物上的示例便是爱默生所选择的"杂草",在"杂草"这个寻常物中,他发掘出了非同寻常的生成和蔓延的关系;

---

① HUDNUT R K. The Aesthetics of Ralph Waldo Emerson[M]. Lewiston: The Edwin Mellen Press, 1996: 12.

② RICHARDSON R D. Mind on Fire[M]. Berkeley: University of California Press, 1995: 177.

③ HUDNUT R K. The Aesthetics of Ralph Waldo Emerson[M]. Lewiston: The Edwin Mellen Press, 1996: 74.

④ LEVIN J. The Poetics of Transition: Emerson, Pragmatism, and American Literary Modernism[M]. Durham: Duke University Press, 1999: 3.

⑤ LEVIN J. The Poetics of Transition: Emerson, Pragmatism, and American Literary Modernism[M]. Durham: Duke University Press, 1999: 40.

⑥ LAROCCA D. Emerson's English Traits and the Natural History of Metaphor[M]. New York: Bloomsbury, 2013: 210.

上述网络关系表现在语言上,则是爱默生偏爱的语句的"意合(Parataxis)"①形式,因为"意合"采用并列连词联系语句中的分项内容,表现的是分项间的平等和语句自身的发展关系。对此,大卫·拉若卡(David LaRocca)进一步解释说,爱默生旨在通过"意合"暗示思想过程的内在连贯性,通过并列关系及秩序推动思想的持续前进。②

二、视觉经验与实用目的

因袭了英国浪漫派的诗歌传统,"我"的视觉成为爱默生赖以观察自然、获得自然经验和审美的主要方式。在他看来,"总是被施以指令的眼睛而不是所见的自然物,给予其最高的愉悦并使之与世界发生联系"③。"被施以指令的眼睛"指的是被调整了视角的眼睛,其"看"的行为中伴有感知的筛选,它是主动的发掘活动。眼睛作为"我"的提喻,④其"看"自然物的角度、方式和过程,也暗示了"我"的思想意识的基本形态,即眼睛捕捉到的事物的形式不仅是审美的意趣,也是衡量"我"之为我的尺度。在爱默生对自然的视觉审美活动中,"我"既是感受者又是理性的人,自然经由"我"的感官进入大脑,又通过理性的加工洞识精神的真相,这是他吸收柯勒律治将自然哲学与直觉理性联姻的浪漫派思想的结果。在此可见爱默生对康德哲学审美判断力的叛离:康德的审美判断力是有目的论性质的逻辑判断,其将具有普遍性(共同感)的理想的审美形式的获得视为美的最高原则,而爱默生的审美判断力强调通过对视觉的主观调整所"看"到的流变的审美形式,于其,自然是生成性的,因此,变化和发展是审美的唯一目的。但爱默生对柯勒律治也未和盘采纳,这如朱莉·埃里森(Julie Ellison)所指出的,爱默生"从未接受英国浪漫派将主体和客体进行

---

① "意合"是与"形合"相对的语法术语。"形合"使用从属连接词造句以显示分句间的层次关系。

② 详见 LAROCCA D. Emerson's English Traits and the Natural History of Metaphor[M]. New York: Bloomsbury, 2013: 26.

③ RICHARDSON R D. Mind on Fire[M]. Berkeley: University of California Press, 1995: 155.

④ 爱默生借用了英文中眼睛(eye)与我(I)的谐音双关,将视觉感知与自我意识相等同。

有机地互相勾连的欲望;相反,他更倾心于二者之间冲突性的差异"。① 的确,爱默生在自然审美中强调通过意志的力量去理解和感受事物,以及对事物变换真相的讶异(surprise)的感觉,即他所谓的那些"自然的骄傲稍纵即逝"和"非凡之美的事实"。"事物的本性在于流动,变形。自由的精神不仅与事实的形式有共鸣,而且同感于那些可能生成的形式的力量。"(138)对其而言,"理解事物间的关系需要获得大量的感觉经验。为了看到联系并被特别之处打动,人必须有能力被感染"②。

由此便可以查看爱默生审美形式论的实用性方面:他在自然物的形式的发现与自我发展的可能性之间形成了类比关系,目的是为人的创造性的生存寻获良方。爱默生认为,自我发展需要不断地寻回已经丢失或变得迟钝的灵魂,而实现这一目标的上好途径就是语言操练。为此,他以语言从诗性状态逐渐演变为象征语言的事实,解释了如何凭借重新发现语词与自然物之间的像似关系,以便找到在日常生活中实现自我的方式。秉承德国浪漫派的语言哲学传统,爱默生认为,"语言是石化的诗"(190);每个词最初都是物,都具有图像性,但经过不断的迁移、增补或磨损,它们最终失去了鲜活的物性而变成抽象的符号语言。抽象即同一,而同一意味着对差异的排斥。因此,要恢复语词的个性,就必须恢复语词的物像,尽管它还会不断地进入再一次的符号化过程。对爱默生而言,物像即"形"像。他致力于在动荡而充满能量的自然物像中发现差异之美,而不是像亚里士多德那样以趋同的尺度将自然实施范畴化的划分;③他不压制差异,而是借由差异感觉到惊异,从而促成新的洞见(感觉意义)的产生。就像杰弗里·亚历山大所言,"有了像似,能指(一个观念)就拥有了物质形式(一个事物)。而所指不再仅存于思维当中,而是作为一种体验和感觉,存在于身体和心灵当中"④。爱默生将自然的生成与自我更新的物像特征作为人发展的模板,其通过视觉所发现的自然形式不是理念而是感受力。

---

① ELLISON J. Detachment and Transition [M]//BLOOM H. Ralph Waldo Emerson. New York: Chelsea House Publication, 2007: 95.

② ELLISON J. Detachment and Transition [M]//BLOOM H. Ralph Waldo Emerson. New York: Chelsea House Publication, 2007: 123.

③ 这一点也表现在爱默生和亚里士多德对隐喻的态度上。爱默生认为隐喻是激活语言的有效手段,但他强调的是隐喻建立的事情间相似性的动态的离心关系,而亚里士多德认为事物间向心的相似关系是隐喻的本质。

④ 杰弗里·亚历山大.相似意识:意义的物质感[J].高蕊,赵迪,译,文艺理论研究,2016(2):42.

温道夫(Christopher J. Windolph)指出,爱默生的视觉认知是现象学的,其观看的"视角根植于曲面的、活动的眼睛,事实上不给抽象的、非自然的、线性的查看模式留有任何余地"。① 爱默生在《自然》中写道:"黄昏时分,乱云之下,穿过光秃的公共地界,踏着浑浊的泥雪,不想会有什么好运的发生,可我却心生愉悦,快活于恐惧的边缘。"(29)尽管都发生于在行走中对自然的观看,但与华兹华斯在"云"中看到孤独和超拔的形式不同,爱默生在"云"里看到的是无序和流变;华兹华斯是在心目(inward eye)中、在回忆中感受到独处的福祉,爱默生是在直观的当下、在自然的表象中产生愉快的感觉。此外,"光秃"和"浑浊"也并非表征贫瘠和恶兆,反而预示发展的机会和改良的可能。最重要的是,黄昏、乱云、公共地界、泥雪等都是过渡状态(时间的或空间的)的物象,这些过渡状态处于范畴的边缘,兼具"既/又"的混沌特征,而其中的物象是对"我"的招魂,"我"的崇高感(恐惧感)就诞生于它们的物象里。这段引文也说明,爱默生从对自然的视觉中获得的不是确切知识而是一种直观的感觉体验,一种被日常物象感染的体验。阿西克(Branka Arsic)指出,"爱默生的观察者喜欢在转瞬即逝的、当下直接的和愉悦感官的事物中发现美的意义",其使用的方式是行走中的"瞥见"而非立定的"凝视",而他这样做"是为了抵制在康德那里达至顶峰的传统和古典美学"。爱默生的审美对象来自现世的日常事物,他强调"瞥见"方式所具有的分散、粗鄙、暂时与及物的特性,因此就尤其喜欢奇异的、具体的、偶然的和混杂的"美",并以此达到"对深度、稳定性和固定形式的颠覆"。爱默生的"瞥见"美学是"反康德美学的",因为康德对"美"(星空)的发现仰赖"凝视",而"凝视"的特点是"轻视表面的现象,强调固定的、直抵'深度'的观看"。康德美学否定直观可视的、身体的和可变之物,因此,其抽离于世界的"凝视"所发现的"美"具有普遍性、意念性和目的性,他的当下客体之美的意义依赖有目的的逻辑判断。②

需要指出的是,视觉经验自爱默生以降成为美国人获取知识以及美国文学得以生成的重要方法。学术界过去普遍认为,爱默生过于强调视觉的认知作用,使其情感的影响力受到贬抑,同时使得身体感觉的认知性受到压制,也正因此,对爱默生的视觉认识论的诟病与反思成为其同时代或身后诗人和小

---

① WINDOPH C J. Emerson's Nonlinear Nature[M]. Columbia: University of Missouri Press, 2007: 106.

② ARSIC B. On Leaving: A Reading on Emerson[M]. Cambridge, MA: Harvard University Press, 2010: 70-75.

说家的写作前提。科勒(Michelle Kohler)以爱默生及美国的超验主义为靶向,在其著作《凝望的距离》(*Miles of Stare*,2014)中建构了她的"反视觉超验主义"的作家群落,并以狄金森、霍桑等为例探讨了文学视觉中心论的问题化的趋势。① 然而,科勒在书中预设了爱默生是超验主义哲学家的前提,因此其在《爱默生、超验主义及文学视觉问题》("Emerson, Transcendentalism, and the Problem of Literary Vision")一章中所得出的爱默生的视觉认知是超验主义的结论②就有失全面。雅可布森(David Jacobson)在其著作《爱默生的实用视觉:眼睛的舞蹈》(*Emerson's Pragmatic Vision: The Dance of the Eye*,1993)中曾经指出,《自然》时期的爱默生表现出人本主义的姿态,其早期的整合思维及其对思想和意志互换性的坚持表明,"只有根据决定性的任性行动,真理才有可能被确认"。③ 但中后期的爱默生倾向于认为,"思想和行动主要是服从的而不是专断的"。④ 他在《经验》中写道:

> 幻想、性情、连续、表面、诧异、实在、主观性——这些是时间编织机上的线条,这些是生活的领主。我不敢设想给予其秩序,但会以自己的方式在发现它们的时候为其命名。我知道最好明事理别妄称自己的图画具有完整性。我不过是一个片段,而这不过是我的一个片段。(212)

爱默生在上引段落尽管强调"我"对世界的主观(以自己的方式)的命名能力,但他已经将命名的行动置于特定的时间和场合,并将对世界的发现和命名作为构成自我的一个部分,这说明他已将人的经验的有限性作为发现世界意义的条件。不仅如此,爱默生也意识到语言的情境性和局限性,因此开始重新思考语言本身及其作为的问题。怀特(Ryan White)在系统语言学的范畴内指出,《经验》(1844)的写作是爱默生离开乐观、肯定的超验主义语言观的决定

---

① 本书也探讨了狄金森诗歌的反视觉中心论,但同时也发现狄金森在视觉认知方面对爱默生的继承,对此,详见本书关于狄金森的章节。

② KOHLER M. Miles of Stare: Transcendentalism and the Problem of Literary Vision in Nineteenth-Century America[M]. Tuscaloosa: The University of Alabama Press,2014:18-51.

③ JACOBSON D. Emerson's Pragmatic Vision: The Dance of the Eye[M]. University Park, PA: The Pennsylvania University Press,1993:18.

④ JACOBSON D. Emerson's Pragmatic Vision: The Dance of the Eye[M]. University Park, PA: The Pennsylvania University Press,1993:6.

性的转折。在《经验》中,作者似乎"飘荡在能指的海洋上而无法找到它们的落脚之处"①,也就是说,外在于文本的某个超验的秩序已经无法罩住文本的经验意义,而经验本身也已落入非此非彼的存在论意义上的僵局。在《经验》的开篇,作者写道:"我们在何处发现自己?在一个序列当中,我们不知道它的极限,于是就认为它没有极限。"(198)面对经验的混沌与人的盲视,爱默生想象着一种浪漫的拯救方式,即通过视觉审美的训练使人具有"诗人"的眼睛,并懂得如何将诗人的感知力和创造力转化为实际的生存力量,爱默生将这种转变和生成视为"真正的浪漫"。(213)

爱默生将语言的意义根基于经验,而对经验认知本身的改变使其对书写的形式和意义的认识也发生了变化。格瑞姆斯塔德在引用爱默生在《诗人》中所说的"艺术是从创造者到其作品之间的方法"时强调,其所指的艺术方法涉及经验意义的转变。爱默生起初受到一元论的影响,对超验的理想主义发生兴趣,因为它取代了经验主义的思想,模糊了理性的自由与单纯接纳感官影响之间的界限。但他后来跳出了一元论的派系思想,开始在写作的方法中为经验意义发生的条件确定位置。对此,格瑞姆斯塔德进一步指出,这种从再现到制造(making)的转变,可在爱默生使用的经验、实验、表达和狂喜等外放的措辞中被捕捉到。他最后总结说:"如果爱默生最终还算是个超验主义者的话,那也是在他依然坚持经验的获得取决于条件这个意义上而言的。但是爱默生所发现的经验条件不是固有在人脑中的,它是在对世界的书写行动中被寻找和发现的。而这不是别的,恰是一种文体的发明。②"这就是说,经验概念在爱默生的散文中也是生成性的,其"由早前的经验认识或超验推理发展为与散文体的制造是同义词,而他的散文体制造是与世界憎恶而灵魂向往的事实相协调的"③。爱默生式的散文体将书写经验的主题与书写它的方式进行融合,其书写是对经验也是对经验之思的赋形。

* * * *

由阿西克和沃夫(Cary Wolfe)编辑的专著《另一个爱默生》(*The Other*

---

① WHITE R. The Hidden God: Pragmatism and Posthumanism in American Thought[M]. New York: Columbia University Press,2015:117.

② GRIMSTAD P. Experience and Experimental Writing: Literary Pragmatism from Emerson to the Jameses[M]. Oxford: Oxford University Press,2013:43.

③ GRIMSTAD P. Experience and Experimental Writing: Literary Pragmatism from Emerson to the Jameses[M]. Oxford: Oxford University Press,2013:33.

Emerson，2010），从爱默生的思维方式与主体性的关系及其思维哲学等方面重新对爱默生进行了考察，发现了与以往不同的爱默生，就连卡维尔在为该书所做的跋中也叹喟："我感觉自己是在爱默生接受的全新世界里，对此我感到无法为自己欣赏爱默生文本的方式再进行辩护。"①尽管卡维尔在所言中有自谦的成分，但他承认"近几十年持续着的爱默生的复兴确有其意义所在"②。因此，本章在最后将评述卡维尔对爱默生的新近解读，从中进一步管窥爱默生美学哲学理论的实用性。卡维尔直言其对爱默生哲学的兴趣在于它的现代性和当代性，而其中的关注点落在了爱默生提出的"我该如何生活"这一生存论问题及其解答方式上。为此，卡维尔将海德格尔引入自己的论证当中，试图通过发现其相关论断与爱默生的联系，重新思考后者语言哲学中的形式论、怀疑论以及生存论的意义。

卡维尔认为，爱默生的形式论强调形式的生成性和有机性，这既与柏拉图的理念形式论有本质的不同，也与亚里士多德认为形式像质料（matter）一样是事物的固有因素的形式论有质的差别。但卡维尔围绕"存在"这一概念构建了亚里士多德、海德格尔、爱默生之间的联系：亚里士多德随后的潜能论激发了海德格尔存在论中否定性的一面，即人的存在不是有关人的谓词在时间向度上对事物的认同，但其存在论的肯定方面，即人的存在是其可能性在持续的时间内设立的途径或任务，则依据爱默生的浪漫派观念——人的标志是人要生成其所是。③ 在论及爱默生的散文体的生存论意义时，卡维尔指出，其散文体表明"揭开世界的语言也是遮蔽它的语言。被人栖居的世界的理论是对世界的不间断的表述的永恒的修正"。④ 他对此阐释说，海德格尔的论断"在我们这个发人思考的时代最发人思考的是我们依然没有思考"，是对爱默生的"关于我们这个引人注目的空间最引人注目的是我们还没有感觉到引人注目的东西"的翻版，前者将思考能力与生存能力的对接源自爱默生的感觉能力是

---

① CAVELL S. Afterword[M]//ARSIC B, et al. The Other Emerson. Minneapolis: University of Minnesota Press, 2010: 301.

② CAVELL S. Afterword[M]//ARSIC B, et al. The Other Emerson. Minneapolis: University of Minnesota Press, 2010: 302.

③ CAVELL S. Afterword[M]//ARSIC B, et al. The Other Emerson. Minneapolis: University of Minnesota Press, 2010: 304.

④ CAVELL S. Afterword[M]//ARSIC B, et al. The Other Emerson. Minneapolis: University of Minnesota Press, 2010: 305.

生存需求的论断。① 卡维尔通过这种反推的逻辑得出结论:爱默生对人的生存问题提供的答案是,人首先应该具有对日常事物的直接观察和受其感染的能力,同时人也需要重新思考每天在我们身边滑过的语言中的每个词,从中揭示尚未发现的与人的生存状况相联系的意义。

但卡维尔也在海德格尔的路线之外思考着爱默生的语言哲学的实用性目的。他指出:"爱默生的文本不仅是诠释的对象也是诠释的方法。②"对此,他巧妙地以自身对爱默生文本的阅读经验进行了说明:"我似乎总是讶异于促使我对阅读他的当下有进一步回应的东西,而同时又伴有这样的事实,一旦开始回应就发现很难又或者很随意地停下。"③可能在开始的地方停下、总有进一步倾听的想法,是卡维尔解读爱默生文本的体验,而这也恰是实用主义的诠释方法,面向未来完善的可能性而不断地开始和重新开始。具有浪漫派性情的哲学家总会将其对世界的观察返回自身,爱默生就是如此。卡维尔认为,爱默生的散文具有人格特征(character),或者说他的散文将性格同时指向"我们自身和对我们自身的书写",而性格即命运或谓之天命的观念在我们这个时代的当下则变为"我们的性格,连同它的每一丝气息和每一个语词,都彰显和遮蔽自身,而这种观念之于民族性格也是如此"。④ 为了实现自我和民族的发展潜能,爱默生既有"美国学者"的"自力更生"的宏图大略,也寄希望于在"死水"中搅出"微澜",而他的散文体写作提供了朝向目标实验的范式。

---

① CAVELL S. Afterword[M]//ARSIC B, et al. The Other Emerson. Minneapolis: University of Minnesota Press, 2010: 305.
② CAVELL S. Afterword[M]//ARSIC B, et al. The Other Emerson. Minneapolis: University of Minnesota Press, 2010: 303.
③ CAVELL S. Afterword[M]//ARSIC B, et al. The Other Emerson. Minneapolis: University of Minnesota Press, 2010: 305.
④ CAVELL S. Afterword[M]//ARSIC B, et al. The Other Emerson. Minneapolis: University of Minnesota Press, 2010: 305.

第二章 詹姆斯美学:感觉的在场与实用哲学的诗学演变

【本章提要】威廉·詹姆斯以感觉的在场为基础构建的实用主义哲学中蕴含丰富的诗学资源。作为性情中人,詹姆斯反对关于哲学主题的技术性书写,认为它犯下了剥离人性的罪行。相反,他讲求将内容、语境和感情同时注入语言的使用,以及在关系和过程中认识和理解语言。詹姆斯哲学的诗学演变以其实用主义概念为根基,分享了实用主义的方法论、真理概念及感觉与理性兼容的特征。詹姆斯的实用主义诗学理论将意识、语言和行动互相勾连,通过对意识流构成模式中名词性和过渡性部分的描述,复原了语言的模糊性在交往行动中的作用。此外,詹姆斯借鉴了浪漫派思想与感觉合一、自我与世界联姻的主张,建立了具有感觉智识的诗性主体。詹姆斯的实用主义诗学改变了现代及以后的美国诗歌发展的样态。

与沉醉术业的哲学家不同,威廉·詹姆斯(1842—1910)始终疏离于自己的职业哲学家身份。他对现代哲学过分强调专业技术性并对由之带来的沉闷失去耐心,甚至声言关于哲学主题的技术式的书写犯下了反人类的罪行。[①]为此,他将哲学研究的重点转向人的感觉和意识以及它们与知识和真理的关系问题,并通过诗性的言辞方式将人性的力量重新带入哲学语境。詹姆斯为已经染疾的心灵寻求疗方以使他们释放感觉的能量,这不仅成为其心理学研究的要旨,也成为其日后哲学探索的最终目的。詹姆斯称自己是爱默生的精神继承人:这位爱默生意下的"美国学者"不落当时主流哲学的窠臼,不是将抽象推理而是将感觉经验作为认识和真理的基点。尽管詹姆斯没有专门的诗学著述,但其哲学和心理学研究中对感觉行为和意识活动与语言(尤其是句法和

---

① GOODMAN R B. American Philosophy and the Romantic Tradition[M]. Cambridge: Cambridge University Press,1990: 58.

语词)利用之间类比关系的建立及相关阐述，以及语言可以通过想象行为及对句法和词语的操控而改变的观念，却使其成为不折不扣的语言哲学家。

詹姆斯的实用主义概念为其哲学的诗学演变提供了方针和方法，而他在心理学研究中对意识流结构中过渡性部分的发现和强调，为其凸显复原模糊性的语言交流作用的诗学理论奠定了基础。此外，詹姆斯借鉴浪漫派的诗学主张所构建的基于感觉的智识主体，也演变为现代及其后的文学（特别是诗歌）行动中将感觉与智识相统一的诗性主体。詹姆斯的诗学理论中闪现着爱默生遗产的灵光却又不乏对后者发展出的创见：爱默生关注"关于思想的思想"，而詹姆斯认为"思想本身就是思想者"[①]。爱默生的语言怀疑论声讨语言的机构性利用，但同时认为语言有制造意义和重新制造意义的动态功能；同样，詹姆斯反对同一性的哲学技术话语，并以非技术性的差异方式揭示语言的模糊性价效。爱默生以主体意志控制对世界的观察并使之反射为对自我的省察，詹姆斯以"信仰的意志"和感觉的力量对世界进行虚构的想象，在浪漫派的主体自由与自然主义的决定论之间探索着一条中间道路，以增长自我与世界交往的能力。

一、诗学演变的哲学根基

詹姆斯哲学的诗学演变的根基在于其提出的实用主义概念本身。根据詹姆斯的观点，实用主义首先"是一种方法"，[②]它既是如何认识事物也是如何认识思想的方法。其一，作为方法论的实用主义强调，我们在认识事物时应"远离抽象和不完备，远离言辞决断，远离先验理性，远离固定的原理、封闭的系统以及自诩的绝对法则和起源，而转向具体和充分性，转向事实，转向行动及其影响力"。(20)对此，詹姆斯通过语言的使用方式类比性地给予了阐释。他说，如果遵照实用主义的方法，则不可将任何诸如"上帝""物质""理性"和"绝

[①] FLANAGAN O. Consciousness as a Pragmatist Views It[M]//PUTNAM R A. The Cambridge Companion to William James. Cambridge: Cambridge University Press, 1997: 35.

[②] JAMES W. Pragmatism[M]. New York: Dover Publication, Inc. 1995: 26. 本章后文出自该著作的引文，将随文标出引文出处页码，不再另注。

对"这样的语词看作是求索的结束,而必须从每个语词中得出它的实际的使用价值(cash-value),把它设置在经验流中使其发挥作用。它(语词)与其说是一个解决方案不如说是开启更多任务的计划,具体而言,它是对现存的种种实在被改变的可能方式的指示。(21)詹姆斯强调了语言的使用及语言在使用中的意义(即票面价值)与经验流之间的必要联系,同时也指出语言具有改变实在的可能性,而且改变是个正在经历增长的过程。其二,作为方法论的实用主义也是关于思想或意识的方法,而实用主义意义上的思想的特征是"当思想移向心灵所持有的目标时,允许思想为自身塑形"[①]。也就是说,思想既是思想的主题,同时又作为表现思想主题的形式构建者;思想(thinking)既是实质名词也是动作及其过程的名词,思想就是思想的过程,思想本身就承担着思想者的任务。

实用主义其次"是关乎真理意义的演化理论(genetic theory)"(26)。演化意味着运动、变化和时间性,意味着真理不是事物静止不变的属性。詹姆斯将真理定义为:"真理对概念发生,它变成真理,由事件使其成真。概念的真实实际上是一个事件,一个过程,即证实自身的过程,而其有效性是确认有效的过程。"(77~78)因此,对概念"发生"的真理就离开对概念的本质(内在关系属性)的发现,而转向验证概念对实在是否有效的行动(事件)过程;而由事件使概念成真(make true)则可解释为,概念与实在的关系是可以构造的,其根据是这一关系的制造是否满足了某种目的性(或是否令人满意)。对概念之真的证实具有时间的向度,它既是过往探索的结果,也是对未来证实的敞开,它使概念"变成"真理。詹姆斯指出,"所有的真理都是关于实在的信念",(94)而关于何为实在,他进言,实在首先是我们感觉的流动,而感觉是在我们不知不觉中由环境施与我们的。其次,实在也是存在于我们的感觉之间或感觉在我们心灵中的摹本之间的关系。最后,实在是每种新的探索所要考虑的先前的真理。(94~95)由此可见,詹姆斯所谓的实在,是存在于感觉之中并由感觉的事实所构成的,而感觉为实在提供了关系和过程的维度,使其能够得以描述和验证。实在既可以是物理的也可以是心理的实在,而不论哪一种,实在都是有待进一步展开和验证的已有真理。实用主义关于实在的真理,就是验证概念与"感觉的事实"的"符合"关系(即有效性)的过程。

实用主义再次"是斡旋者和调解者"(31)。詹姆斯认为,"理性主义仰赖逻

[①] RICHARDSON J. Pragmatism and American Experience[M]. Cambridge:Cambridge University Press,2014:9-10.

辑和天堂;经验主义信任外部的感觉,而实用主义愿意采纳任何事情,跟随逻辑或感觉,包括最卑微的和最属于个体的经验"。(31)在此,詹姆斯的实用主义概念与其"彻底的经验论"发生了重叠。"彻底的经验论"采取了介于理性主义和经验主义之间的路线,既认为感觉经验能够导致智性的增厚,又坚守反对基础主义的认识论立场。具体可解释为:其一,"彻底的经验论"对事物的描述始于部分,使整体成为具有第二秩序的存在。就语言而论,语词源发于对自然的感觉和节奏,所以语法应该按照这些经验事实使语词形成秩序而不是遵守人为的约定或规定。其二,"彻底的经验论"强调事物间的毗邻关系、认知关系和替代关系等,而这些关系若以语言的方式表现则对应于换喻、隐喻和提喻等修辞性的方案。最后,在"彻底的经验论"中,根本没有基床(bedding)的假说,所有局部的东西都仿佛依靠边缘附着在一起,而它们的黏合剂则是我们对边缘(局部间过渡部分)的体验。以语言形式观之,"彻底的经验论"要求语言的意合重于形合,因为前者采用并列连词联系各分项的内容,表现的是它们之间的平等且增加的关系,而后者是使用从属连接词造句,以显示分项间的层次和所属关系。总之,按照"彻底的经验论",世界是由部分构成的,部分间具有多元的关系,而这些关系的整体结构是感觉经验的结果。"彻底的经验论"中蕴含反基础性、反终极性和反还原性的断片思维和多元视角思维,强调断片或视角间的结合(conjunctions),并坚持对事物理解的向前累积及未完结性。

  作为方法论、真理演化论和兼容者的实用主义,"从根本上而言,是诗学理论"①,其最受瞩目的诗学贡献是改变了文学的思维模式和表现样式。实用主义所强调的经验主义性情的在位及对理性主义的远离,意味着文学行动开始背离人为的教条和终极的真理,而转向自然的宏阔视野和想象的无限可能,这不仅引发出文学主题的变化,而且导致了文学形式的革新。例如,在诗歌方面,现代及以后的诗人放弃了观念在先、观念大于形象,或强制终极意义的作诗法,主张并践行了要么使诗歌的意义在主体对事物的感觉经验的累积描述中自然地显现,要么以断片形式或拼贴方式直接将主体有关事物的思想(意识)过程加以呈现。建基于实用主义或具有实用主义性情的诗歌,其主题是由N维视角构建的,提示着对世界理解方式的增加;其过程是以整合的方式抵达诗歌的要旨,表现出整体的第二秩序性;其结尾是开放的或仅存短暂的平衡,预示着事物未来发展的可能或新的冲突的必然发生;诗歌的句法、分行和

---

  ① POIRIER R. Poetry and Pragmatism[M]. Cambridge, MA: Harvard University Press, 1992: 135.

声音由"感觉的事实"所主导,它们通常与规约的语法和格律韵律模式相冲突;等等。可以说,詹姆斯的实用主义概念为诗歌的发展提供了主题方向和深层结构。

在美国现代诗歌的情境中,实用主义诗人将被视为现代主义诗歌尺度和标准的庞德和艾略特立为书写的标靶,因为在应对实在的偶然性与形而上学的价值体系相颉颃的问题时,庞德提出了回归古典思想以实现概括和一统的诗歌文化策略,而艾略特则建立起借助神话原型达成其诗歌结构自足和意义统一的诗学范式。与庞德和艾略特相悖,史蒂文斯的诗学和诗歌有意凸显意识过程和断片书写:《无关事物理念而关乎事物本身》的诗歌主体就其听觉中的那一声"鸣叫"而产生幻视性的意识活动,通过记录和探究"鸣叫"终为何物的意识过程,诗歌走向"关于实在的一个新知识";[①]诗歌《十三种观看黑鸟的方式》由在场的或虚拟的"观看"经验黏合起十三种(故意通过具体的数字搅动起理解的 N 种可能性)审视黑鸟的断片,旨在表现反整体性的思维和对"更多"理解黑鸟方式的期待。威廉姆斯的诗歌则以拆解规约句法和表现性的分行策略展现意识活动,他的《红色手推车》突出了视觉经验,在手推车与周围事物共存的场景中客观地揭示蕴含其间的关系和差异。奥本的《利维坦》所说的"真理也在真理的追逐中"[②]及其突出对"意识行为"客观记录的客体派诗学更可视为实用主义哲学的诗学样本。

二、模糊意识的诗学复原

詹姆斯实用主义哲学的诗学演变的深入,得益于他的意识流理论,尤表现为强调对意识及对与意识相应的语言的模糊性的复原(reinstatement of the vague)。在心理学的研究中,詹姆斯建立了身体感觉与意识发生之间的因果关系,以及意识结构与语言节奏之间的类比关系。他将感觉的含混、意识的过渡与语言的模糊,都作为自我与世界交流的必要部分,因此认为它们都应被给予充分的关注。詹姆斯对意识的模糊性的研究首先基于身体感觉的在场,并

---

① STEVENS W. Collected Poetry and Prose[M]. New York: The Library of America, 1997: 452.

② OPPEN G. New Collected Poems[M]. New York: A New Direction, 2008: 89.

将感觉的事实看成是意识的事件：

> 我们的身体本身是含混的卓越例证。有时我把身体看作纯粹属于外部自然，有时我又把它当作"我的"。我将它与宾格的"我"相一致，于是，身体内某些局部的变化及其测定就被认为是精神上的事件。它的呼吸是我的"思想"，它的知觉调试是我的"注意力"，它的肌肉运动变化是我的"精神努力"，它的内脏紊乱是我的"情绪波动"。①

对詹姆斯而言，身体就像一个阈限空间，一个联系外部自然和内在精神的过渡之地；身体感觉着自然的变化又将其传递给意识，遂使意识也处于和感觉一样的变化之中。詹姆斯将流变的意识结构化为名词性部分（substantive parts）和过渡性部分（transitive parts）的交替发生，就如同鸟的停歇处（resting-places）和飞翔地（places of flight）的更迭出现。名词性部分是某种认识的达成，而过渡性部分由各种静态的或动态的关系所填充。② 詹姆斯认为，通常，当一种过渡性状态名词化后，人们总是期待更多名词性状态的到来，似乎只有抵达名词才能获得意识的稳定。由于名词性状态的吸引力，人们大多只注意到意识流中那些名词性部分而忽视了在它们之间起连接作用的过渡性事物。例如，对自然界中的闪电现象，人们多半只关心闪电发生的状态而不去想闪电之间能量如何在混沌中蓄积。基于语言与意识之间的类比关系，③ 詹姆斯以语句"哥伦布于1492年发现了美洲大陆"说明，句义总是两种状态的相互关系中的意义。关于此句，人们的注意力更多地会被"哥伦布""美洲大陆"这样的名词性成分夺走而因此忽略其他成分，但是上述语词的实际意义是在"哥伦布—于1492年—发现了—美洲大陆"这样的关系语境中实现的，脱离了这个语境，它们的含义就会发生变化。由此可知，语词的意义需要依靠语境而得"义"，而句义的获得则应归因于句中各个差异成分及其相互关系的贡献。

詹姆斯的意识流研究给予过渡性部分以特别的关注。他指出，过渡过程

---

① JAMES W. Writings 1902—1910[M]. New York: The Library of America, 1988: 1212.

② JAMES W. Writings 1878—1899[M]. New York: The Library of America, 1992: 159-160.

③ CARRETTE J. William James's Hidden Religious Imagination: a Universe of Relations[M]. New York: Routledge, 2013: 37.

才是意识的重心,它的作用是引领我们从一种名词性状态的完结走向另一个。① 需要注意的是,上述陈述中也包含对过渡意识的要求,即它需要通向名词,唯如此才会有"更多"(名词)的到来。"通向"意味着思维活动的过程,乔纳森·列文(Jonathan Levin)曾就詹姆斯的过渡概念的过程性做出如下阐释:"作为引起变化的力量的隐喻,过渡与先前的条件和最终的条件无关,而是正在展开的过程,其布满并超越任何已给的条件。"② 关于过渡的革新意义,列文指出,"过渡是难以捕捉的,因为它既在社会形式和知识范畴之内同时又僭越了它们,它既利用又挑战了这些形式和范畴。过渡聚焦于对边缘的改善,而新事物和新观念将从边缘的内部出现"。③ 詹姆斯认为,我们的意识在过渡过程中可能会发生诸如冲突、怀疑或沉默的状况,因为作为意识发生之地的实在"始终都在形成之中"。④ 由此可见,意识中必然存在模糊性的部分。相应于语言,其自然形成的语调和节奏,其内在的矛盾、断裂和虚无,也使模糊性成为其必然属性。詹姆斯将语言的意义置于经验流中去考虑,以验证模糊性本身也是交流的方式,是维系人类关系的实用表达方式。模糊性的存在会提醒我们去发现尚无法给予的答案、激发我们去发现更好的答案。

在意识流理论中,詹姆斯以"边缘"(fringe)和"光晕"(halo)等语词命名意识的过渡过程。他指出:"事物间的关系是在边缘中被持续感觉到的,尤其是和声和乱音、促进和阻碍之间的关系。"⑤ 进言之,"绝大多数句子的结构都倾向于使我们朝向它们的结论性的术语或关键词",⑥ 即所谓的名词性部分,这在技术性语言中表现尤甚,其结果不仅是句子的过渡性部分(乱音、阻碍等成分)遭到贬抑,而且是我们伴随过渡性意识的经验和感受遭到压制。因此,要激活句义潜在的可能性,就必须释放被抑制的关系能量,赋予过渡性部分以补

---

① JAMES W. Pragmatism and Other Writings[M]. New York: Penguin Books, 2000: 338.

② LEVIN J. The Poetics of Transition: Emerson, Pragmatism, and American Literary Modernism[M]. Durham: Duke University Press, 1999: 67.

③ LEVIN J. The Poetics of Transition: Emerson, Pragmatism, and American Literary Modernism[M]. Durham: Duke University Press, 1999: 67.

④ JAMES W. Writings 1878—1899[M]. New York: The Library of America, 1992: 1203.

⑤ JAMES W. The Principles of Psychology, Vol. 1[M]. New York: Dover Publications, Inc., 1950: 259.

⑥ POIRIER R. Poetry and Pragmatism[M]. Cambridge, MA: Harvard University Press, 1992: 143.

偿性的重视。为此,我们必须"如其被表达的方式重现句子,让每个词都有边缘,这样整个句子都会浸润在原初的模糊关系的光晕中,它就像一个界域,播撒句子的意义"。① 鉴于此,詹姆斯非常"偏爱那些对语法或文本结构具有去中心作用以及松懈掉实质性部分引力的断片"②。他认为,动词、副词、介词、连词等所有将我们引向概念或观念的词都应该得到注视,因为"忽视它们就是压制思想和情感"。③ 就像鲁塞尔·B.古德曼(Russell B. Goodman)所评论的那样,我们意识中的模糊元素"造成了我们周遭世界既有趣又有活力的感觉与一切都空洞、虚假和死寂的感觉之间的差别"。④

复原语言的模糊性,使现代诗学策略从追求意义清晰的压迫中解放出来,转向利用句法及隐喻、换喻、提喻、双关等语言资源,有意制造模糊或歧义,以抵抗现代技术对语言的强制占有。列文指出,詹姆斯式的实用主义对意识、语言和行动的边缘和过渡的动态性的关注与美国文学现代主义者的实验性情是相联系的。⑤ 语言的发展经历了从具象到抽象、进入秩序性的符号化过程。在现代语言中,意义清晰成为语言使用的至高标准,语言的模糊性因此就成为要被极力革除的东西。对现代语言的问题,诗人总是最先觉察。守护语言完整性的诗人以模糊性的语词为隐喻,既喻指某种永远不可能被命名的东西,也喻指不懈地将熟悉暴露于陌生、将未被定义或不可被定义的冗余之物整合进符号系统的过程,⑥前者极言过渡的未完结性,而后者意在搅乱和更新系统的可行性。弗罗斯特的诗歌《仅一次,而后,某种东西》述诸一种挪移、调整视角的运动,设法搅乱试图澄清语言(使语言沉淀为固定意义)的努力。⑦ 该诗以

---

① JAMES W. The Principles of Psychology, Vol. 1[M]. New York: Dover Publications, Inc., 1950: 292-293.

② JAMES W. The Principles of Psychology, Vol. 1[M]. New York: Dover Publications, Inc., 1950: 152.

③ POIRIER R. Poetry and Pragmatism[M]. Cambridge, MA: Harvard University Press, 1992: 136.

④ GOODMAN R B. American Philosophy and the Romantic Tradition[M]. Cambridge: Cambridge University Press, 1990: 62.

⑤ LEVIN J. The Poetics of Transition: Emerson, Pragmatism, and American Literary Modernism[M]. Durham: Duke University Press, 1999: xii.

⑥ LEVIN J. The Poetics of Transition: Emerson, Pragmatism, and American Literary Modernism[M]. Durham: Duke University Press, 1999: xii.

⑦ POIRIER R. Poetry and Pragmatism[M]. Cambridge, MA: Harvard University Press, 1992: 145.

发现"某种东西(something)"作结,而不定代词"某种东西"指向尚无法以确切语词表征的事物的存在。① 在某种程度上,使用模糊代词"某种东西"已经成为弗罗斯特的诗学标签。奥本在其诗中惯用双关策略,即在语言自身的组织和能量中显现已被概念结构或因果逻辑遮蔽的语词的诗性意义,而他对句法所进行的阻碍性处理的根本目的,是要通过改造语言的话语性的功能,使仅作为认知主体的理性的人恢复为有能力感受神秘性和不确定性的意识完整的人。

三、"感觉智识"的诗性主体

詹姆斯实用主义哲学的诗学演变的另一重要表现是自我和诗性主体的确立。詹姆斯既反对康德将具有统一功能的自我(unifying self)搁置在经验和现象的场景之后,也否认传统的经验论对任何经验都不加考虑其是否具有统一性的做法。他力图探索一条中间道路,强调身体和心灵、感性经验与理性思维的密切联系。② 詹姆斯将自我的统一性(self unity)看作自我对世界现象直接经验的结果,而直接经验以自我的感觉为基础。感觉的事实使自我的统一成为意识的事件:"意识的每一次脉冲都发现先行脉冲的暖意和亲密,它将这些脉冲认知为自我的一部分。"③詹姆斯的自我是不断发展的,处于连续的过渡之中,每一次自我意识的短暂统一都为下一次脉冲蓄积势能。自我像意识流动那样没有终结又总是产生差异,同时自我又是对自身展开过程的持续反思的结果。也就是说,"任何统一的自我都在过渡的过程中被断定却又依然受制于进一步的过渡过程,而未来的过渡将造就不同于当下的新创生的统一的自我"。④

---

① POIRIER R. Poetry and Pragmatism[M]. Cambridge, MA:Harvard University Press,1992:148.

② GOODMAN R B. American Philosophy and the Romantic Tradition[M]. Cambridge:Cambridge University Press,1990:61.

③ GOODMAN R B. American Philosophy and the Romantic Tradition[M]. Cambridge:Cambridge University Press,1990:61.

④ LEVIN J. The Poetics of Transition:Emerson, Pragmatism, and American Literary Modernism[M]. Durham:Duke University Press,1999:65.

詹姆斯强调自我的组织过程是由记忆、目的、奋斗、实施和失望等组成的系统,并宣称哲学总是转为依靠语法小品词(grammatical particles),凭借"接近""下一个""像""来自""朝向""为了"等语词指示出系统中元素间连接关系的基本类型,而且它们按照直接性的程度和包容性的大小以大致上升的秩序被安排。① 詹姆斯的自我系统以关系和差异为基本特征:他给自我建立了把握关系的"感觉—知觉"(sensory-perception)框架,这样一来,对关系的认识就会因感觉的不同而出现差异,也恰是对关系的"感觉"体验削弱了以排斥性的方式强制一致性的现代知识体系。詹姆斯的自我系统不是封闭的,"记忆"表明过去是对当下自我的侵入和激发行动的力量,"目的""奋斗"和"实施"属于一个完整性行动的结构范畴,而"失望"将成为开启下一次行动的动因,意味着打开"更多"自我组织系统的可能性。詹姆斯列出的诸如"接近""像""更多"这样的小品词,"就其为虚空的能指而言,属于关系的范畴,是有待以立场、视点和信念填充的空位。它们反映了思想和经验的过渡性质,反映了构想者是具有潜在目的和个体目标的生物体"。② 而作为如此生物体的自我则变成了过渡性的代理,它将要经历困惑迷茫的状态而一次次接近感觉与智性统一的诗性主体。

在感觉意识的基础上,詹姆斯给主体下了定义。他反对笛卡尔式的先于存在的思想主体,也拒绝康德意义下有着上帝视角的超验主体,他的主体是具有掌握自我与他者关系的能力的人,其主体所拥有的智识逐渐表现为某种意识的形式,即对外部客观世界和内在意识流动的意识的形式。③ 因为詹姆斯的真理概念要求真理必须根据与之相关的实际的经验流来考虑,所以主体也需要在实际的经验流中才能够得到确立。詹姆斯是用身体和脑力行动、既感受又思想的哲学家,而他的主体概念也包含同样的兼容性。他认为,主体具有焦点,一个由自身提供的组织原则,有它自己对意识对象的兴趣和兴奋。④ 主体意识"总是对对象的某个部分比另一个部分更感兴趣,欢迎、拒绝或选择都

---

① RICHARDSON R. The Heart of William James[M]. Cambridge, MA: Harvard University Press, 2010: xvi.

② CARRETTE J. William James's Hidden Religious Imagination: a Universe of Relations[M]. New York: Routledge, 2013: 163.

③ COOPER W. The Unity of William James's Thought[M]. Nashville: Vanderbilt University Press, 2002: 2.

④ GOODMAN R B. American Philosophy and the Romantic Tradition[M]. Cambridge: Cambridge University Press, 1990: 71.

是在其思考的过程中完成的"。① 詹姆斯特别强调选择行为由精挑的专注(selective attention)和审慎的意志(deliberative will)构成,将感觉与智识共同作为定义主体的条件,即主体作为有敏感、冲动、联想和反应能力的有机体,其既受命运支配但也有个人意志。相较命运和意志的作用,詹姆斯更强调意志改变实在的功能,但无论怎样,意志都必须基于感觉的事实。广义而言的意志,意味着我们受感情驱使的、积极生活的全部能力,只要有"信仰的意志"(the will to believe),我们就可能"将一致性和意义读写进那些存在于不确定和困顿的境遇里的事物中去",②这样,作为主体的我们就会统一感觉和智识(智识在此将表现为建立了一种在感觉上令人满意的自我与世界的关系),并因此获得积极的生活意义。

詹姆斯批判了那种凌驾于感觉经验之上的、抽象化的智识习惯,认为抽象化将我们从感觉的特殊性和经验的时间性的展开中移开,而习惯又将智识从感觉经验的动态语境中移开。③ 为此,他上承浪漫派诗人华兹华斯"我们思考并且感受"④以及柯勒律治自我与世界联姻的主张,摧毁了抽象智识的主体而建立起"感觉智识"(the feeling intellect)的主体。詹姆斯对"感觉智识"做出四种断言:(1)现象学的断言是,思想与感觉是不可分割的;(2)因果断言称,感觉生产或决定了思想和信仰;(3)认识论断言指出,我们对世界认知的途径既通过思想或知觉又通过感觉,以及(4)形而上学的断言,认为在某些情境下,我们的感觉生产的不是思想而是我们的思想或感觉所假定、期待或承认的目标。⑤ 这些断言分别指出具有不同哲学性情的"感觉智识"主体所采纳的思维路线。就詹姆斯自身的哲学性情而言,如韦斯利·库珀(Wesley Cooper)所言,他是兼具经验主义和形而上学的思想家:"在形而上学的层次上,詹姆斯是现实主义者,因为他坚持彻底的经验主义尤其是纯粹经验的信条。在经验主

---

① JAMES W. Pragmatism and Other Writings[M]. New York: Penguin Books, 2000: 186.

② LEVIN J. The Poetics of Transition: Emerson, Pragmatism, and American Literary Modernism[M]. Durham: Duke University Press, 1999: 125.

③ LEVIN J. The Poetics of Transition: Emerson, Pragmatism, and American Literary Modernism[M]. Durham: Duke University Press, 1999: 117.

④ WORDSWORTH W. The Poetical Works of Wordsworth[M]. Boston: Houghton Mifflin, 1982: 794.

⑤ GOODMAN R B. American Philosophy and the Romantic Tradition[M]. Cambridge: Cambridge University Press, 1990: 70.

义的层次上,他是实用主义者,坚持概念化以及作为其结果的真的事物的概念都是我们兴趣的反映。"①作为实用主义者的詹姆斯,在感觉的认知方面和认知的感觉方面这两者之间,其兴趣更倾向于后者。兴趣属于感觉的范畴,兴趣的概念化也需凭借形而上的理性逻辑来完成,但詹姆斯认为,我们与其说是由逻辑能力毋宁说是被情感能力或两者的结合带向真理的。

詹姆斯以水和空气作为不同世界的隐喻也反映出他的诗化哲学的兼容性情:"让水表征可感的事实所组成的世界,而让其上的空气表征抽象理念的世界。两个世界都是真实的并且相互作用;但是它们的相互作用仅在其界面发生,而就充分的经验而言,任何活的事物及对我们发生的事物的场所都是水。"(49)水和空气在界面相互作用、彼此内化而生成新的真实的世界,这是詹姆斯式的诗意想象。詹姆斯的诗性主体具有统一性情,然而,它不是对外部的统一,而是一种想象力的投射,它感受世界并探求感觉的有效性;詹姆斯重视感觉及可感世界,但也将理念世界认作真实的且与可感世界发生相互作用;詹姆斯的"信仰的意志"将人的存在及感觉的力量置于对世界的想象之中并赋予虚构以真理的价值,这些构成了他的实用主义哲学的诗学演变的重要内容,也为其后具有实用主义性情的诗人的诗学想象提供了哲学依据。例如,弗罗斯特"旅行"诗歌的主体,无论其过程中的感觉是怎样的艰涩,旅行结束时都会达成一种智识,尽管它可能只是对抗意识困惑的短暂的停留。史蒂文斯晚近抒情诗歌主体的意识多是改良的、向善的,尽管他承认感觉到"伟大的池塘"中有"枯叶、淤泥,水像肮脏的镜面"。② 毕肖普的诗歌主体所关心的主要问题是:世界怎样被看成是一连串感觉行为的结果又能够保持意义的连续,以及现代人如何在破碎和变化的世界中找寻意义,从而保持自我的感觉和智识的统一性,等等。

综上所述,无论是詹姆斯的哲学研究还是其心理学研究,都将感觉、认识和真理作为核心内容,同时又使对二者研究的发现可以相互印证。在解释知识的问题上,詹姆斯不试图飞入抽象和推测的云端,而坚持使其立足于心理学内省的用途。③ 在应对真理的问题时,他不否定真理与实在的符合,但对"何

---

① COOPER W. The Unity of William James's Thought[M]. Nashville:Vanderbilt,2002:69-70.

② STEVENS W. Collected Poetry and Prose[M]. New York:The Library of America,1997:503.

③ KAMBER R. Introduction to Perception and Reality[M]//KAMBER R. William James:Essays and Lectures. New York:Pearson and Longman,2006:111.

为实在"与"如何符合"存疑,并提出基于经验流的实用主义的真理观和实在论。詹姆斯的实用主义哲学捍卫"'未完结性''更多''不确定性''不可靠性''可能性''事实''新奇''折中''治疗'和'效果',并将它们作为真正的实在记录下来",①而这样的实在反过来又支撑起实用主义诗学想象的主题和形式。

不难发现,由詹姆斯的实用主义哲学演变而来的诗学理论,也如实用主义自身的兼容性那样,具有集大成的特征:当关注个体感觉和环境作用时,它涉及自然主义;当指向人的存在与自由选择时,它是存在主义的;当围绕意识发生和现象世界的关系时,它推动了现代现象学的诞生;而当它面对文化规约和技术性话语时,它又具有解构主义的特质。也正因此,具有实用主义品性的诗歌想象才会游刃于浪漫主义、现代主义和后现代主义之间,其主体才会离弃感伤或理性的极端,在中间的道路上,凭感觉的在场与世界进行着情感的流通和智识的交流。

---

① RICHARDSON R. The Heart of William James[M]. Cambridge, MA: Harvard University Press, 2010: xvi.

第三章　杜威美学:作为感觉经验和矛盾平衡的形式论

【本章提要】本章在审美形式论的路线上,针对杜威和爱默生的交集与分野进行了比较分析。就形式美学的筹划而言,杜威和爱默生都以批判传统的形式论为出发点,将理论的构建基于日常的感觉经验,形成了有机的和动态的形式论,并最终将审美的目的提升为实现人的意义的实用途径。但在方法论上,杜威则有别于爱默生。爱默生在审美主体对自然事实的疏离性的现象学观察中,以"视觉—知觉"的审美逻辑和类比思维,使"看"的视觉经验转化为具有流变、过剩、关系和过程等特征的有机整体形式论。而杜威在主体的审美经验中,更关心自然的(或作品的)事实向主体的多元感觉的敞开、主体与自然的协作以及在协作中主体智慧的成长及其过程。杜威的形式是审美主体通过"做"和"经受"而与自然之间形成的历史性和发展性的节奏与和谐,是矛盾事物间所达成的动态平衡。杜威认为,艺术的生活是一种道德的生活,其道德的建立依赖想象力而不是抽象的理性。想象力以感知为基础,而感知是身体感觉和慎思明辨的有机结合;想象力是人的正常能力,可以通过像"戏剧演练"那样有强度的训练获得。如果爱默生的形式论在自然的方法中看到人的灵魂更新发展的方法,那么,杜威的形式论则在艺术与日常生活之间的连续性中为人的"艺术的生活"提供了范式。

理查德·舒斯特曼(Richard Shusterman)将杜威的《作为经验的艺术》(*Art as Experience*)视为美国实用主义美学的开山之作,认为杜威基于思维哲学的美学理论深受詹姆斯的《心理学原理》的影响,并援引杜威本人的话称,詹姆斯的著作真正改变了他的哲学方向,将其从黑格尔式的理想主义中解放出来,而转向对思维的更加自然主义的具体的理解,尤其是关注思维赖以建基的感知经验的身体基础。① 如果单就杜威美学中思维主体与世界的关系及主体对世界的探究模式等问题而言,的确可以发现诸多其对詹姆斯的承袭线条。但若从美国实用主义哲学的浪漫派传统进行考证,爱默生则更可谓杜威的美学前史。杜威曾如是陈述爱默生令其注意的地方:"对爱默生而言,感觉要比理性更有效力,交互性的表达要比链条式的话语更受期待,接收过程中感发的讶异要比证明意图的结论更具有指示意义。"②他从爱默生那借鉴的首先是思维的重构力量,其次是他将精神的问题识解为人类经验事务的逻辑。③ 事实上,杜威的经验美学对爱默生的自然美学遗产的继承,不仅是其美学理论的构建基础——对自然事实的感觉经验,而且是将美学关注与人的状况相勾连的思想路线,以及最终使人创造性地生存的实用主义总体筹划。

但在方法论上,杜威则有别于爱默生。爱默生在"我"(Me)对"非我"(Not-Me)的自然事实的疏离性的观察中,主要从以"看"(seeing)为主的感觉经验出发并以"感觉—知觉"(而非"观念/命题—演绎/验证")的审美逻辑和类比思维,形成了强调生成、流变、过剩、关系和过程的有机整体的审美形式论。有机形式也是杜威美学思想的核心之一,但他在"我"的审美经验中,更关心自然(或作品)以其事实向"我"的多元感觉的敞开、"我"与自然的协作以及在协作中"我"的智慧的成长过程。杜威的形式是自然中各种矛盾力量间动态平衡的达成,它强调在"我"的审美经验中,"我"通过"做"(doing)和"经受"(undergoing)与自然之间形成的历史性和发展性的节奏与和谐,即一次经验(an experience)的圆融(consummation)。然而,无论是爱默生还是杜威,其审美形式论的建立都以批判传统的形式论为出发点,将理论的构建基于日常的感觉

---

① 详见 SHUSTERMAN R. The Pragmatist Aesthetics of William James[J]. British Journal of Aesthetics,2011(4):347.

② DEWEY J. Emerson:The Philosopher of Democracy[M]//HICKMAN L A, ALEXANDER T M. The Essential Dewey. Bloomington:Indiana University Press,1998:367.

③ Russell B. Goodman 指出,杜威哲学达到了以想象力改造世界的浪漫主义运动的顶峰,而这一运动在美国的发展包含了爱默生的积极的转化意志和詹姆斯的实用的"真理的制造"。详见 GOODMAN R B. American Philosophy and the Romantic Tradition[M]. Cambridge:Cambridge University Press,1990:91.

经验,并最终将审美理论提升为实现人的意义的实用途径。[①]

　　研究杜威可以发现,感觉、互动和讶异也是其审美理论的关键词,尽管它们在内涵上存在差异。此外,他对爱默生"以热爱美之细节的眼睛对事物的整体性表达尊敬"的审美意趣,及对其所司事务"是揭示而不是分析,分辨而不是分类"的审美方式也不无认同。[②] 可以说,杜威的感知理论所强调的部分与整体的关系以及审美判断力的鉴别与统一的功能,在很大程度上受到了爱默生的指引而从浪漫派那里获得了根据。但最为重要的是,杜威发现了爱默生审美目的的魅力,"他借用了绝大多数哲学家认为仅在系统内部、属于系统并因为系统才能成立的区分和分类的方法,并使这些方法适用于生活,适用于普通人的共同经验"。[③] 与爱默生相似,杜威认为,体现出人性的情感,既需要在功能和情境上被理解,又需要与形式相捆绑。[④] 可以说,杜威的美学理论从根本上关注的是,困扰在时间和环境中的人如何能够通过艺术地生存而解救自身并且享有创造性的生命。

一、作为感觉经验的形式

　　与爱默生非系统性地表达美学思想不同,杜威以其著作《作为经验的艺

---

① 但在此方面的研究却凤毛麟角。Richard Poirier虽将爱默生树立为美国实用主义美学的先驱,但他主要就爱默生和詹姆斯这一线条,对实用主义与诗歌美学的关系做以阐述,并未提及杜威与爱默生在美学路线上的承继关联。参见 POIRIER R. Poetry and Pragmatism[M]. Cambridge, MA: Harvard University Press, 1992.此外,Jonathan Levin 曾分别论述过爱默生与杜威的实用主义美学思想,但未在浪漫派传统中系统查看二者的合分,参见 LEVIN J. The Poetics of Transition: Emerson, Pragmatism, and American Literary Modernism[M]. Durham: Duke University Press, 1999.

② DEWEY J. Emerson: The Philosopher of Democracy[M]//HICKMAN L A, ALEXANDER T M. The Essential Dewey. Bloomington: Indiana University Press,1998: 367.

③ DEWEY J. Emerson: The Philosopher of Democracy[M]//HICKMAN L A, ALEXANDER T M. The Essential Dewey. Bloomington: Indiana University Press, 1998: 368.

④ ALEXANDER T M. The Art of Life:Dewey's Aesthetics[M]//HICKMAN L A. Reading Dewey: Interpretations for a Postmodern Generation. Bloomington: Indiana University Press, 1998: 9.

术》系统性地阐述了他的审美理论。在审美基础(感觉体验)、审美方式(感知转化)以及审美目的(达成审美形式并最终找到人的艺术地生存的方式)等方面,杜威显现出与爱默生的交集与分别。尽管承认爱默生所强调的感官能力的重要性,杜威对其凭借对自然的视觉观察所得出的以多态与变形为特点的"表象"美学理论却并不认可。他在《作为经验的艺术》中提到了爱默生"穿过光秃的公共地界"[①]那一段,但对其所做的评述是,事物的可感表面永远不仅仅是其表面,对表面的视觉经验应该使我们进一步思考自然深层的连续性而不单是自然表面的多样性。[②] 如要把握自然的连续性,审美主体就要随着自然发展的变化不断地进行调整,他必须置身其中才能获得连贯的感知经验,而这显然与爱默生将自身抽离于所观察对象的审美方式大相径庭。尽管杜威和爱默生的审美形式论都以"有机"为特征,但其内涵却大有分别。爱默生的有机形式强调部分与整体、物性自然与人的精神的有机转化和统一,而杜威的有机形式则重视部分间的相互调适以构成整体(由相互关联的部分所构成的感知整体)的平衡,以及审美主体的多元感知经验与自然(或艺术品)形式的亲密互动和共同发展。

有机形式论是杜威美学理论的核心内容之一,其挑战了柏拉图的"理念的形式(ideational form)"和形式主义的"意义的形式(significant form)"。首先,因为在词汇学意义上,理念(idea)和形式(form)在拉丁语中是相同的,因此,形式在柏拉图那里从一开始就被认为是理念。柏拉图的理念哲学将"形式"视为原型或摹本,而任何自然分类中的个体物都是对它的不完善的摹仿,形式于是就成为基础性的、必要性的东西。由于理念是超越时间、变化以及存在的绝对实在,形式也就相应地成为无时间性的、固定化和抽象的东西。形式是纯粹的同一,它不受个别的使艺术情境化的审美经验所左右而能够保持自身的稳定和清晰。其次,现代形式主义所强调的"意义的形式"是指,一件艺术品所再现的内容与其所激发的美学情感和经验不但是不相干的,而且它可能还会是来自后者的搅扰,因此,"意义的形式"渴望一种对作品本身之所是的执念,坚守其不被作品"周遭"的问题所牵绊;形式主义对意义形式的鉴赏完全依

---

① 关于此段的引文及分析详见本书上篇第一章《爱默生美学:有机形式、视觉经验与实用目的》的相关内容。
② DEWEY J. Art as Experience[M]. New York: Capricorn Books, 1958: 28-29. 本章后文出自该著作的引文,将随文标出该著名称首字(*Art*)和引文出处页码,不再另注。

靠非历史性的经验概念,①将艺术品的意义视为作品内部的形式统一,而将作品欣赏者的参与排除在外。综上可见,"理念的形式"也好,"意义的形式"也罢,它们"都像蛰伏在作品之下的一副空架,等待在审美理解的活动中被直观化"。②

杜威忧患于现代艺术形式专注技艺和表象光泽所造成的丧失人性和自我指涉的后果,他认为,艺术的"模型应该是生活、家庭生活以及人际关系、跳动的心脏、相遇的目光、诗歌、必要性、希望和恐惧的甜美与智慧"。(Art,213-4)鉴于此,杜威从历史主义和自然主义出发,以感觉经验为基础,提出了面向自然的有机审美形式论。在感觉经验中,杜威尤为重视身体经验,认为"身体在其有组织的行动能力中为意义提供了主要的结构",(John,xviii)身体行动以感官的作用为先,它首先产生感官意义,而感官意义"是精神在肉身中的转化,是由身体发展成的有生命的意义"。③ 通过感官,有机体能够直接参与到世界的进程中,即感官建立了有机体和环境之间的联系而不是间离了它们。(John,196)杜威强调感官的作用是因为,现代思想的机构性划分阻断了生命的感性,其后果是"我们观看却无感觉;我们倾听,但只听到二手报告;我们触摸,但所及之处却无痛痒,因为它并未与表面之下的官能相融合"。(Art,21)为此,杜威根据有机体的感觉经验,给出了形式的定义,即形式是有机体与其环境之间达成的平衡与和谐,"形式是作品所带来的互动关系在时间上的主动的连续性,其目的是为了经验的实现。形式是将经验材料组织进一个意义圆满事件的充满能量的过程,它不是僭越生命而是充分地实现生命"。(John,234)

在审美方式上,有机形式所指的互动关系的建立和维系,依赖一系列的感知过程,而感知涉及身体对世界的开放,是一种探索性的、有强度的接受和调适行为。如果说在爱默生的形式论中,"我"是凭借直觉理性将"非我"的自然的形式转化为"我"的精神的形式的话,那么在杜威的形式论中,"我"已经参与到自然(或作品)当中,自然的形式是通过"我"与它的互动而实现的变化、发展

---

① MARSOONBIAN A T. Aesthetics[M]//PIHISTROM S. The Continuum Companion to Pragmatism. London:Continuum,2011:119.

② ALEXANDER T M. John Dewey's Theory of Art, Experience, and Nature—The Horizon of Feeling[M]. New York:SUNY Press, 1987:233. 本章后文出自该著作的引文,将随文标出该著名称首字(John)和引文出处页码,不再另注。

③ ALEXANDER T M. The Art of Life:Dewey's Aesthetics[M]//HICKMAN L A. Reading Dewey:Interpretations for a Postmodern Generation. Bloomington:Indiana University Press,1998:12.

(或成长)的行进过程。这样,与感觉结合起来的形式不再是具有普遍性的东西而是与"我"的当下审美经验有关的具体的形式。为了使"我"的经验具有"成长"的意义,杜威提出了有意义的经验的三个特征,即结束、感觉和结构:

> 结束是指通过经验所抵达的内在的完满感觉,它首先是一个动态的结束,是在经验内部有使经验瓦解预兆的各种张力的相互合作和约束。……这种能量循环的结果是停止、停滞的反面。只有在深刻挣扎和冲突的地方才可能有结束,否则将不会有运动、感知和行动。没有张力就不会有对前事的吸收。结束是比使一个过程终止深刻得多的东西。它是一个结束的过程,其中把持着对世界的开放。通过开放,经验得以成长和发展,但这仅仅因为它受到控制和制约。因为结束也是一种清理,排除那些使经验消亡的种种可能。一次经验之所以成为经验是因其内在的完成性使然,从开始的那一刻,结束就作为可能的意义而在场。(John,204-5)

形式因"我"的经验的开放而具有持续完善的可能性,这样,它就不再会是静态和固定的东西。在杜威的审美形式论中,作为有机体的"我"是在身体感受的状态下洞达形式的。与爱默生依赖视觉感知不同,杜威更倾向于"动手"而不是"用眼",强调在"经受"和"做"的整合经验中完成对形式的把握。一方面,"做"和"经受"表明"我"不仅是在环境中而且是因为环境的存在而存在。另一方面,它们也是杜威反对自柏拉图(特别是启蒙理性)以来的视觉中心论的表现,因为后者笃信"眼见"为"实",因而排斥将其他感官作为智识和艺术的媒介。① 围绕"做"和"经受"而定义的形式则变为:形式是由"做"和"经受"对世界所发生的"重构",它涉及成长和连续性的建立,即杜威所言的"秩序本身发展着"。② "经受"意味着"我"是敞开的、易感的、有朝向外部的需求,而"做"不仅是行动(或反行动),它也是在当下进行的回应,是正在以一种合作的和区

---

① 例如,Steven Fesmire指出,在对"理解"这一抽象概念的隐喻表达上,杜威喜欢"Do you grasp what I'm saying?"这种表达法胜过"Can you see what I'm saying?"因为"grasp"是用手完成的操作,而"see"是用眼执行的行为,尽管它们的所指都是"理解"。详见 FESMIRE S. John Dewey and Moral Imagination[M]. Bloomington:Indiana University Press,2008:84.

② ALEXANDER T M. The Art of Life:Dewey's Aesthetics[M]//HICKMAN L A. Reading Dewey:Interpretations for a Postmodern Generation. Bloomington:Indiana University Press,1998:9.

别的方式面向世界组织自身的能量。① 如果说"经受"是为了"对有机体和世界之间大量的互动交往具有足够的同情的话"(Art,313),那么"做"则是在同情的基础上对世界所进行的有智识参与的鉴赏。

根据杜威的观点,鉴赏是"一个在被深入实现的感知思想中发展出来的事物",(Art,310)其"必须唤起更为清晰的形式构成部分的意识,以及发现这些部分是如何持续性地与形式相关联"。(Art,310)唤醒意识和发现关联分别对应判断所包含的鉴别(discrimination)和统一(unification)两个部分。杜威认为:"审美判断首先必须在完整的经验中分辨出艺术品的一些细目和组件的分量和功能,但如果没有基于艺术品客观形式的统一的视点,对艺术品的批评就会以一盘散沙而告终。"(Art,313)在审美判断的问题上,杜威和爱默生都借鉴了柯勒律治的"部分—整体"概念,但他还特别提及后者的具有融合作用的(esemplastic)审美想象力概念:

"他(柯勒律治)欲引起对所有元素焊接成一种全新而统一的经验的注意,而不管这些元素在日常生活中有怎样的差异。他说:'诗人将统一的语气和精神弥散开来,而这种统一性的达成仿佛根据每个元素相对的尊严和价值所进行的隶属于整体的过程,以及利用我特别称之为想象力的合成和魔幻的力量,将灵魂的功能连续地融合起来。'"(Art,267)

杜威将柯勒律治以主观意志主导的作为"合成和魔幻的力量"的想象力理论演变为审美主体与时间和环境相结合的想象力理论,即想象力是审美经验在时间和空间上的转化,其间,新奇事物和连续性融为一体而意义则在交融的过程中被完满地体验。② 杜威指出,想象力是审美主体"随着事物构成一个整合体时观看与感觉它们的方式。它是各种意趣在思维与世界的接触点上的融合";(Art,267)想象力"是意义能够进入当下互动状态的唯一通道"。(Art,272)有机体对新奇(即差异)事物和秩序的同时渴望,显现了杜威美学的实用

---

① ALEXANDER T M. The Art of Life:Dewey's Aesthetics[M]//HICKMAN L A. Reading Dewey:Interpretations for a Postmodern Generation. Bloomington:Indiana University Press,1998:8.

② ALEXANDER T M. The Art of Life:Dewey's Aesthetics[M]//HICKMAN L A. Reading Dewey:Interpretations for a Postmodern Generation. Bloomington:Indiana University Press,1998:4.

主义特质,即对那些所谓对立事物的调和性。①

二、作为矛盾平衡的形式

　　杜威相信,艺术和自然都有能力使我们对日常经验的境遇和状态持有一种焕然一新的态度,②他也坚持,生活审美实践和艺术审美实践具有共享的逻辑,即人对生活质料的体验和取用与艺术家对艺术质料的感受和把握之间具有连续性。杜威在《作为经验的艺术》中曾举例:在乘船渡过麦迪逊河进入纽约市的通勤的人当中,觉得这段行程枯燥乏味而迫不及待地到达终点的人只会注意到,岸上的地标建筑不过是其借以判断朝向目的地行进的东西。然而,另有人会看到由建筑物形成的景致,它们在彼此关联中相互映照,为天际和河流增光添彩。对此,杜威评述道,这样的人会感觉到一个互相联系的整体,一个由相互关联的部分所构成的感知整体。没有任何单一的图形、外观或者品质可被拣选作为某种达成所期待的外部结果的手段,它们中的任一元素都不会作为可借以做出整体推断的符号。③ 杜威在此例中描述了普通的"看见"与艺术的"鉴赏"的分别,它说明艺术经验不是别的,而是对日常经验的澄清和强化,但它需要观看者既有敏锐的感知又有智识的洞见,并能两相结合实现人、事物与环境的有机整体。艺术经验能够帮助人们确立日常生活的方向、目的和意义,而前提条件是人要具有对日常生活的鉴赏能力。杜威指出,"鉴赏的功能是对艺术品感知的再教育;它是在一个需要通过努力才能学会的看和听的过程中的辅助手段。"(*Art*,324)

　　受到古希腊人的高雅艺术与实践性工业艺术之间的共性的启发,杜威致力于建立艺术审美和生活实践的连续性,并希望人们以体验艺术的方式体验生活,是因为二者在现代思想中已分裂出沟壑。现代思想将经验视为主体的行为而将艺术作为对已被设定了的自然的任意补充。在知识的问题上,现代

---

① 杜威的审美想象力也为其道德想象力打下基础,详见本章的后半部分。
② GOODMAN R B. American Philosophy and the Romantic Tradition[M]. Cambridge: Cambridge University Press,1990:120.
③ 详见 STROUD S. John Dewey and Artful Life[M]. University Park,PA: Penn State University Press,2011:59.

思想认为知识是沉思默想（逻辑推演）的结果，而不是生产性的实践或是涉及自然能量的艺术。① 如果照此将艺术的形式概念作为一种知识来理解，则其既不是生产性的实践活动也不是自然性的感受结果，而是艺术家头脑中事先预设的抽象图式，艺术品不过是这个图式的一种演绎的成品（product）。相比之下，杜威强调艺术品（work of art）中的劳作（work）过程以及基于体验细节的归纳式的艺术思维。爱默生曾呼吁，要在新的和必要的事实中、在田野和路边、在店铺和磨坊等日常场景中发现美和神圣；此外，他指出，艺术是手段不是目的，诗的重要性的大小在于诗人将我们与世界关联起来的程度。同样，杜威强调艺术品形式的鉴赏是对生活形式体验的加强，其目的有二：一是唤醒"艺术是人的行为"的意识，从而使艺术成为承认、记录、赞美、鼓舞和评价人的行为的形式；②二是吁请人们能够以艺术的方式观照和体验生活，使素以觉得寡淡无序的生活变得生动有序。

尽管杜威接受了爱默生的日常事物美学宗旨，但他并不附和后者对自然和生活中的流动和变化的一再强调，相反，他认为"自然与生活彰显的不是流变而是连续性，而连续性涉及各种力量和结构，它们历经变化却能够持续；即使说有变化，至少它们也变化得要比表面看上去的缓慢，因此能够维持相对的稳定"。但同时杜威也承认变化也是不可避免的，因此考虑变化是必要的。然而，"变化不是渐进的，它似乎是在突变中发生的革命性的东西，尽管它们事后看上去是合乎逻辑发展的"。（Art，323）由此可见，杜威的突变论中既有智识的理性（合逻辑的发展）也有妙悟的感觉（突发性的革命），而能够作为日常生活的体验者或艺术品的鉴赏者考量因素的是各种力量和结构以及它们之间是否能够达成相对的平衡。

对如何艺术地生存，杜威从构成经验的矛盾方面给予了说明。从艺术品的角度而言，冲突事物构成了形式的平衡要素，但平衡不是机械般毫无生机地出现，而是出于矛盾并因为矛盾而发生。关于杜威所指的平衡，帕帕斯（Gregory. F. Pappas）总结说，平衡概念的内涵基于生物学和美学模型而构建：首先，平衡是处于对立或冲突状态的各种力之间的平衡。其次，平衡是一个互动

---

① WHEELER K M. Romanticism, Pragmatism and Deconstruction[M]. Oxford: Blackwell, 1993: 205.

② 详见 JESEN J. Art, the Public, and Deweyan Cultural Criticism[M]//PERRY D K. American Pragmatism and Communication Research. Mahwah, NJ: Lawrence Erlbaum Association, 2001: 111-129.

的过程,期间,这些力在充满矛盾但不断加强的关系中得到转化。再次,平衡是比例关系的协调,其与节奏密不可分。最后,平衡是避免过度和匮乏的有机整体的各要素间的关系。① 矛盾事物的平衡是形式的必要条件,如杜威所言,"形式可被定义为各种力量的运作,它们携带着事件、物体、场景和情境的经验进入其自身的完整实现"。(Art,137)但达成不意味终了,它只是一次经验的结束,仍指向未来的平衡。杜威认为,在伟大的艺术品中,可能会有无序和新奇相对主导的时候,但它们并不导致混沌或困惑,不会阻碍从一个经验向另一个经验的累积前进。按照杜威的作为矛盾平衡的形式论,一件被有机构思的艺术品,其主要特征应该是,它具有丰富的视角,并且它的各个部分具有与某种整体形成关系的发展的可能性。因此,有多少种方式将艺术品看作统一体、各种部分的集合体或各种经验,就会有多少种艺术品的特征。②

以此反观生活的特征,若要实现一次次生活经验的完满(或统一),人就不应该回避或肃清生活的苦痛。杜威说:"为了能够体验世界,我们必须情愿为其所伤。没有经受痛苦的成分,就不会有对前事的汲取,这可能是场痛苦的重建,但强烈的审美经验没有几个是充满欢欣的。"(Art,41)经历矛盾就是体验世界的方方面面,而要学会艺术地生存就要能够在矛盾中看到新奇和秩序。杜威的"艺术地生存"是让我们意识到,人是自己的可能性,人需要与生活互动从而变为有能力感受悲苦、忧伤、恐惧、喜悦和幸福的丰富的人。帕帕斯指出,杜威所倡导的艺术的生活是一种道德的生活,而这种生活具有"智性的、美学的和民主的"特征,这三个在同一道德视野下的相互依存方面,共同绘制出最有意义、最富有成效的经验中的关系形式。道德生活的美学维度指的是它的定性方面,是在生活内部行使的关系中所固有的意义形式。杜威将道德美学与机械的、碎片的、非整合性的以及其他一切"非—意义性"(non-meaningful)的关系形式相对照,认为"有智识地与情境建立密切关系就是美学式地从事这种关系的建立",而只有"以这样的方式道德生活才会得到保护,不致落入形式主义的僵化、重复的泥潭,才会使道德生活变得灵活、生动、成长"。③ 道德生活是具有美学形式的,而美学形式是部分与部分、部分与整体之间的矛盾力量

---

① 详见 PAPPAS G F. John Dewey's Ethics: Democracy as Experience[M]. Bloomington: Indiana University Press, 2008: 172-173.

② WHEELER K M. Romanticism, Pragmatism and Deconstruction[M]. Oxford: Blackwell, 1993: 199.

③ 详见 PAPPAS G F. John Dewey's Ethics: Democracy as Experience[M]. Bloomington: Indiana University Press, 2008: 165-166.

的平衡。因为道德形式强调各种要素之间的力的平衡而不是以强胜弱地抵消或压制某一方,因此道德形式的实现意味着整体中的各个部分能够享有民主的生活。

就如詹姆斯所说的,实用主义作为一种思想方法远离固定的原理和封闭的系统而转向具体和客观的事实,杜威的道德美学"远离了刻板的抽象形式而回到从根本上说是社会的、具体的并被置于历史情境之中的人的日常生活经验"。① 想象力是杜威赖以构建其道德美学的基础,它不仅是视觉的也是身体的多元感觉能力。菲斯迈尔(Steven Fesmire)指出,杜威将想象力定义为像肌肉运动一样人类行为正常的组成部分,它浸染着社会文化意义并扎根于问题情境,它不是与所从事的事情无关的思维的游荡和无拘束的幻想,是根据可能是而具体感知我们面前事物之所是的能力,其对立面是因驯服于标准化意义而变得狭隘的经验。② 想象力依赖感知,但与认识论范畴内的感知"被构想为'理念'或'感觉数据'的向内流动,而后它们被一个冷静的观察头脑辨识和分类"不同,杜威意下的感知是一种慎思明辨(deliberation)和身体感觉的有机结合。身体感觉"涉及身体对世界的'向外敞开',是一种探索性的并且是强烈地接受性的行为",③而"一个完整的慎思明辨在定下采取某个可赖以整合冲突因素并恢复以往节奏的路径之前,会预见出如果采取这样或那样的路径会随之发生的改变的条件"。④ 因此,慎思明辨不是对"感觉数据"事后冷静的判断,而是为了实现平衡冲突的目的、根据各种条件可能的后果而对当前条件做出的选择。

杜威关注的感知来自身体,它是身体在空间和时间的感受在大脑中的意识。在杜威那里,时间不再是无尽头的流淌或是瞬时点的串联,它是有序化了的和正在有序化的媒介,是以完满和圆融的方式所形成的有节奏的预期冲动的起伏,运动的往复、反抗和悬置;空间是"包罗万象的封闭的场所,在其中人

---

① FESMIRE S. John Dewey and Moral Imagination[M].Bloomington:Indiana University Press,2008:58.

② FESMIRE S. John Dewey and Moral Imagination[M].Bloomington:Indiana University Press,2008:64-65.

③ ALEXANDER T M. The Art of Life:Dewey's Aesthetics[M]//HICKMAN L A. Reading Dewey:Interpretations for a Postmodern Generation. Bloomington:Indiana University Press,1998:12.

④ FESMIRE S. John Dewey and Moral Imagination[M].Bloomington:Indiana University Press,2008:90.

们所做之事和所承受之事的多样性得以秩序化"。(Art，23-24)感知经验的圆满是行动的时间过程与空间想象之间平衡的达成，即实现"在行动的时间关系中诸如'起点—路径—目标'图式与作为空间事件经验的'中心—边缘'意象之间的平衡"。① 杜威认为想象力放大了感知，使其超越了直观环境，造成了我们对之做出回应的环境的延伸。它的真理性在于既是对周遭做出直接反应的同情又是对可能性施以创造性的发掘能力。② 因为想象力是人的功能而非天赋，也因为杜威的慎思明辨是一种与他人和环境交往的结果，所以杜威提出了强调过程和结果、凸显积极的整合与创造性的再造的"戏剧演练"这种有强度的训练模式。在这种模式下，场景由与他人、与不稳定的环境之间的积极合作共同搭建，而"戏剧"的行动是即席的，表演是开放的。总之，戏剧是实验性的而非剧本化的。在杜威的"戏剧演练"中，内心独白(soliloquy)是重要的训练形式，因为表演者借其可以将自身置于各种潜在的表现和行动中，设想自己扮演着多重的角色，通过这种方式，他可以将与他人的交流结果进行内化，形成对自我的反思能力，并最终实现自我的潜能。③

* * * *

亚历山大(Thomas M. Alexander)在谈及杜威对爱默生的继承时指出，"爱默生教人信任日常经验、信任它的各种可能性和功能，并教人思考揭示和实现这些可能性的责任"，他使杜威相信"理性发展自前理性的东西"，并让"诗人住在哲学家的心底"。④ 有了共同的经验基础，杜威达成了与爱默生一致的形式美学理想——以审美形式为途径使人的生存形式得以完满的实现，因此他们的形式美学在性质上都是实用主义的。帕西耶指出，爱默生的美学实用性在于，他将制造新形式视为逃离旧形式限制的必要前奏，⑤形式永远是朝向

---

① FESMIRE S. John Dewey and Moral Imagination[M].Bloomington：Indiana University Press，2008：80.

② FESMIRE S. John Dewey and Moral Imagination[M].Bloomington：Indiana University Press，2008：66.

③ 关于"戏剧演练"的功用，参见 FESMIRE S. John Dewey and Moral Imagination[M].Bloomington：Indiana University Press，2008：80-82.

④ ALEXANDER T M. The Human Eros[M]. New York：Fordham University Press，2013：42-43.

⑤ POIRIER R. Poetry and Pragmatism[M]. Cambridge，MA：Harvard University Press，1992：43.

新的形式的过渡过程。他的形式美学也指向其形式诗学，后者建立在语言怀疑和语言信仰之间微妙的平衡中，①即语言若被机构化地利用则能抑制人性的发展，但语言及其形式的创新也能为人的自我知识的更新提供有效途径。与爱默生的语言焦点不同，杜威的关注点是如何让艺术真正触及人性，建立日常美学与艺术审美之间的连续性，因此其实用性表现为，它能示人怎样艺术地生存，其最终目的是要实现"艺术地生存"。②

秉承浪漫派传统，爱默生"相信经验胜过理性，在经验的隐蔽的、直觉的部分看到在意识的推理中会变成明确和发光部分的真正条件"，③他对自然的视觉感知是以主体意志为主导的，其有机形式论是"我"对物性自然的形式捕捉并将其转化为精神形式的动态过程。同样借鉴了浪漫派的杜威，其主体却以多元的感知在世界中并因为世界而实现自我的有机形式，因此他的形式美学是以多元论和情境论为核心的。杜威指出，"艺术本身的道德功能是要移除偏见、废除阻止眼睛去看的壁障、撕掉因习惯和习俗带来的遮蔽，从而完善感知的能力"。（Art，325）在他看来，世界是作为现象的，"我"作为现象的观察者，"我"参与了世界的形式和意义，同时也生成了自身的形式和意义。通过身体获得的对世界的理解是感觉的意义，它是"精神在肉体中的转化，是身体之花绽放出的生命的意义"。④

---

① POIRIER R. Poetry and Pragmatism[M]. Cambridge, MA: Harvard University Press, 1992: 18.

② MARSOONBIAN A T. Aesthetics[M]//PIHISTROM S. The Continuum Companion to Pragmatism. London: Continuum, 2011: 120.

③ ALEXANDER T M. The Human Eros[M]. New York: Fordham University Press, 2013: 43.

④ ALEXANDER T M. The Art of Life:Dewey's Aesthetics[M]//HICKMAN L A. Reading Dewey: Interpretations for a Postmodern Generation. Bloomington: Indiana University Press, 1998: 12.

下篇
实用主义诗歌审美

第一部分
现代早期(浪漫派)诗歌的实用主义审美

第四章　惠特曼诗歌："实验写作"、形式与可分享性

【本章提要】本章在美国诗歌自爱默生以降的以经验为基础的作文传统中,以保罗·格里姆斯塔德的"实验写作"理论为蓝图,对沃特·惠特曼的诗歌形式及其可分享性进行了研究。首先介绍了"实验写作"所关注的要素和方法,在此基础上,分析了惠特曼与爱默生在实验写作的目的、路线、方法和结果等方面的异同。惠特曼是在自然经验的事实中发现诗歌形式的,其在意象的选取、诗行的组构以及诗节的控制等方面都探索了民主的秩序。构建民主秩序既是惠特曼的诗学目的,也是其诗歌成为可分享之物的基础。他的民主诗学以僭越逻辑范畴、创造被逻辑范畴分裂的元素的融合并达成诗歌与读者的互动为目的,以使用自由体、习语表达、素朴风格和与大众文化相联系为特征。惠特曼的民主诗学具有杜威的实用主义美学的意蕴以及詹姆斯的实用主义多元论和改良主义的思想,其诗学成为美国实用主义哲学的范式。

继承了浪漫派的传统,惠特曼将诗歌形式与民主远景裹挟起来,其以英语语言对自由体诗[①]所做的延展性的实验及其开创的"具有新的民主秩序的诗歌"[②],被认为是对美国诗歌史的卓越贡献。神会于爱默生"要做试验者、质疑者和探索者"的知识独立宣言,惠特曼凭借诗歌建立了"19世纪的美国和更加

[①] 自由体诗始于法国,它是从规则的格律约束中解放出来的诗歌形式,因此被惠特曼视为革命性的成果。但是自由体诗并非全然的自由,它由言语的节奏塑形,并因此以传统的音步进行描述。不同之处在于,传统诗歌遵循可预测的模式(如抑扬格等)而自由体诗可以将一种音步同任何其他音步并置起来。参见 MIKICS D. A New Handbook of Literary Terms[M]. New Haven: Yale University Press, 2007: 127.

[②] HASS R. Introduction[M]//HASS R. Song of Myself, and Other Poems. Berkeley: Counterpoint, 2010: 4.

第四章 惠特曼诗歌:"实验写作"、形式与可分享性

自由、宽广和神圣的散文"之间的类比关系,①从而形成了诗学上的独立宣言。爱默生在自然的形式中看到诗歌的形式,并且发现了其中蕴含的认知意义和个体发展的价值;惠特曼也在自然中"发现了自己的诗歌法则",②他在意象、诗行、诗节等方面对其加以实验和表现,使其诗歌成为爱默生式的形式神话。然而,惠特曼同时意识到,"要做爱默生的真正徒子,就要与之有所不同"。③在实验路线、实验方式和实验结果上,惠特曼的诗学唱出了与爱默生的和声与骊歌。④

"实验写作"由保罗·格里姆斯塔德(Paul Grimstad)就肇始于爱默生的"真理意义和表现意义的方式相互捆绑"的美国诗人、小说家的作文(composition)特征而提出,其依据是实用主义哲学家詹姆斯对爱默生的评价,称其作文的真理包裹在适当的语言外衣下,而这外衣是如此生动,与材料是不可分割的。⑤ 然而,格里姆斯塔德认为,爱默生的经验被理解为一种"内部与外部的材料间的调节",其中,"调节"指的是经验主体通过对世界的置身其外的"看"而形成的自我心理与世界精神的统一。"实验写作"中涉及的经验则转向"对作品成为可分享之物的条件的求索过程"的协调(attunement),这一过程是暂时性的(provisional),因为实验写作的"概括的方式或使特殊的文体创造的普遍化的方式,是通过实验而达到的、是在创造之中的并且是可以修正的"。⑥由此可见,"经验""作文""可参与性""条件"或方式构成了"实验写作"的关键词。本章将惠特曼的诗歌写作视为实验写作进行研究的原因,首先是他的写

---

① CUSHMAN S. Fiction of Form in American Poetry[M]. Princeton:Princeton University Press,1993:35.

② WHITMAN W. Complete Poetry and Collected Prose[M]. New York:The Library of America,1982:855. 本章以下出自该书的引文将随文标注页码,不再另注。

③ TUFARIELLO C. The Remembering Wine:Emerson's Influence on Whitman and Dickinson[M]//PORTE J,MORRIS S. The Cambridge Companion to Ralph Waldo Emerson. Cambridge:The Cambridge University Press,1999:162.

④ Catherine Tufariello 就爱默生诗学对惠特曼的直接影响做了相似性方面的研究,参见 TUFARIELLO C. The Remembering Wine:Emerson's Influence on Whitman and Dickinson[M]//PORTE J,MORRIS S. The Cambridge Companion to Ralph Waldo Emerson. Cambridge:The Cambridge University Press,1999:162-191.

⑤ GRIMSTAD P. Experience and Experimental Writing:Literary Pragmatism from Emerson to the James[M]. Oxford:Oxford University Press,2013:127.

⑥ GRIMSTAD P. Experience and Experimental Writing:Literary Pragmatism from Emerson to the James[M]. Oxford:Oxford University Press,2013:127.

作基于身体和心灵的经验;其二是惠特曼致力于诗歌形式的创造,其目的是使诗歌的意义成为可分享的东西,并以此实现民主诗学的筹划。

爱默生基于自然观察经验的作文方法是建立在视觉基础上的,而惠特曼从自然中获得的形式虽以视觉为主,但却强调身心的多元感受及感受的强度。爱默生的独处于自然的视觉主体在将自然的事实转化为精神的形式时成为"透明的眼球",清空了自我,"我一无所是,我目击所有",[①]使去除了自我的"我"获得了神性,即超灵魂(Oversoul),而惠特曼的经验主体则处在自然和城市等各个地方,让自我的灵魂和身体都加入形式的发现,在自然的事实中看到精神的形式的同时也发现了自我的形式——"我闲适地漫游俯身观看夏日的草尖/我的喉舌、我血液中的每个原子都生成于这片土壤和空气"。(188)爱默生在自然的方法中看到了一往无前的变形动力,它使个体努力摆脱历史而实现向至善的跨越,而惠特曼说"我作的不仅是善的诗人,我也不拒绝作那恶的诗人"。(209)惠特曼在世界的观察中发现了多样性的法则,而这多样性之下的是人类共享的基础性的东西,如其所说,"属于我的每一个原子,也同样属于你"。(188)这种东西促使自我的灵魂与自然同步,但同时也让自我返回自身,不仅形成自我与自然之间的协同发展,而且实现了形式与诗学、哲学和社会范畴的真理意义的相互裹挟。

一、经验事实与诗歌形式

格里姆斯塔德就爱默生的形式美学思想总结道:爱默生认为,诗歌发乎于表达的需求,而表达是最基本的自然冲动。不是格律而是制造格律的论争(argument)造就了诗歌,而这诗歌是一种思想,它如此充满激情,如此鲜活,就像植物或动物的精髓,它有着自己新的组织结构,以新的风格装点自然。自然是具有自我调节功能的变化的运动,其永恒的变形需要一种新的语言风格去与之相呼应。因此,爱默生实验了一种新的文体形式,即在语言中就思维运动的变化,在流动的过程中就发现写作的方向进行实验。格里姆斯塔德指出,虽然发现新的文体的需求是一种原则性的问题,但这原则自身也处于变形当

---

① EMERSON R W. Emerson's Prose and Poetry[M]. New York: W. W. Norton & Company, 2001: 29.

中。此外,爱默生的经验的目的已经不是获得经验的知识或超验的推演,它变成了某种散文制造的同义词,这种散文是与那些被世界憎恨但受灵魂欢喜的事实相协调的。① 在爱默生的实验写作中,需要发现思维运动的语言形式,但由于思维的变形特征,就需要在如下方面做出努力。首先,需要通过对自然中寻常物的观察,发现那些不被注意的自然事实及其符号意义,或是打破寻常语词的符号疆界,扩展其意义的圆周。其次是扩大词语的组合方式,在句式层面验证思维运动方向的可能性。爱默生的散文形式实验的目的是要找到自然的风格,其所指的自然虽然包括作为实验主体的"我"在内,"我"的焦点却未返回自我,而是更为关注"自然过程与文学过程的融合的狂喜"。②

然而,不仅为民族也为自我制造诗学形式却是惠特曼的诗歌意图,他将视线投向自然的事实,建立自然形式与诗学形式、自我和民族形式的有机整体。将爱默生的诗歌形式与自然形式之间的类比关系具象化,惠特曼为诗歌寻找到了"草"和"波浪"等最基本的意象,随之而来的是使用"意合"的句式、波浪状的诗行以及由思维运动和情感控制的诗节,也就是说,他的诗歌意象与其句式、诗行、诗节等构成了有机整体,其中强调了由独立性的个体构成的联合性的整体。惠特曼的《草叶集》(*Leaves of Grass*)在一定程度上就是其对爱默生的仰慕及其美国边疆之行的结果。然而,要在诗学上表现美国民族的政治形式首先需要找到适当的诗歌意象,而这意象既需要具有不依附根性的特点,又要具有连结性和扩展性,并且还要具有开始和重新开始的顽强的生命力。惠特曼受爱默生钟情的杂草(weed)隐喻的启发,选择了遍野生长的草(grass)作为诗歌的基础意象。爱默生在自然的事实中选择用杂草隐喻表现其诗学和哲学的精髓,在他看来,杂草具有概念的和政治的价值与美德,这其中最主要的就是它的离心性、结缔性、异质性和运动性。具体而言,与需要基底才能成长繁殖的种子性的生命形式不同,杂草像茎块类的植物,它不需要生命的源点也能存活,即便从源头脱落也会继续生长。杂草的哲学意义则在于它"体现了多样性的原则,其消解了绝对的主客对立的二元关系,涉及对有断裂的网络的持续修补,给予图式而不是追溯以特权,不允许开始或结束的同一性以及拆除强

---

① GRIMSTAD P. Experience and Experimental Writing: Literary Pragmatism from Emerson to the James[M]. Oxford: Oxford University Press, 2013: 32-33.

② GRIMSTAD P. Experience and Experimental Writing: Literary Pragmatism from Emerson to the James[M]. Oxford: Oxford University Press, 2013: 33.

调起源的等级性等"。①

在《草叶集》的第 6 节中,惠特曼将爱默生的杂草概念和思维运动进行了戏剧化的处理,以抒情主体"我"对一个孩子的提问——"草是什么"的回答而展开,通过"我"的视角和一系列的"我猜想""我感觉到""它或许"等呈现出爱默生式的思维运动②的句式,建立起"草"的意义网络。其中一个小节写道:

> 我还想它似乎是一种统一的象形文字,
> 它意味着,在宽敞和逼仄的地带一样都会发芽,
> 在黑人和白人中间,一样都会生长,
> 卡纳克人,塔卡荷人,国会议员和柯甫人,我给予他们的相同,我接受他们的也相同。(193)

惠特曼采用了似乎(seem)、"统一"(uniform)、"一样的"(alike)、"相同"(the same)等词语,使物性的草与人的世界(在黑人和白人之间)和造物的安排(统一的象形文字)形成了围绕着"草"的有机整体的意义关联。这种有机关联也体现在选词的细节上,惠特曼利用卡纳克人(Kanuck)和塔卡荷人(Tuckahoe)中的"uck"的听觉相似、国会议员(Congressman)和柯甫人(Cuff)形成的头韵,以及这些分属于不同范畴的语词的并置,暗指所有人,无论其种族还是官职如何,都处于关联和平等的状态。草,作为最基本的生命体,处于无限的变形之中,而草的再生不是自我的同一性的重复,惠特曼的自我就像爱默生所说的"圆圈"一样是循环成长的:"万物都持续向外延展,没有什么会坍塌瓦解,/死亡与人们想的不同,它更幸运。"(194)通过使用比较级"更幸运"引出下一个生死循环的序列。从诗歌的美学价值上看,惠特曼的思维运动将"草是什

---

① LAROCCA D. Emerson's English Traits and the Natural History of Metaphor[M]. New York: Bloomsbury, 2013: 210.

② 美国实用主义哲学家杜威指出,爱默生的散文是随着感知的展开、事物的方式的展开而写就的,是一种构造的形式,其将真理的方式认作真理。参见 GRIMSTAD P. Experience and Experimental Writing: Literary Pragmatism from Emerson to the James[M]. Oxford: Oxford University Press, 2013: 7.

么"这一问题置于多元的视角之下给予答案,这使其成为现代意识活动诗歌[①]的先行者。但不同之处在于,惠特曼的思维运动最终通向有机整体(万物)的循环意义,而现代诗歌的目的是要通过对局部的多元列举去拆解概念的整体性的意义,或让思维活动达成新的但永无终结的世界认知。

爱默生在自然的变形中看到了思维运动的方法,他将人的思维视作有机体,即对思想有欲望的生物体,因此,思维的运动与生物体的运动具有相似性。爱默生的散文作文方式与杂草的生长状态形成了类比关系,与之相应,惠特曼为其抒情主体围绕"草"的意象的思维运动虚构了"意合"的语法形式。根据拉若卡(David LaRocca),"'意合'通常由并列连接的语法形式所定义,而这种方法旨在表明思维的连续性,通过并列关系和组合的方式使思维前进。'意合'方式类似于电影中的蒙太奇技术,其意义是暗示性的而非宣言性或确定性的,它让读者/观察者的思维根据自己的判断范畴进行混合或融合。"[②]"意合"形式与显示秩序和从属关系的"形合"形式相对应,它是爱默生以降的美国诗人用以揭示连续的意识活动的重要语法形式。"意合"句式通常是扩张式的,其结构原则不排除任意性和偶然性的元素,因此消解了本质或核心的意义。惠特曼的"意合"语法形式既揭示意识活动(如一系列的"我猜想"和"我还猜想"等)也具有主题意义,其蔓枝状的"意合"形式蕴含着与"草"的意象平行的自由、成长、平等、蔓延、包容等深层意义。

深究上引诗段的哲学意义可知,惠特曼通过表达相似性词语的使用抹平了二元关系(空间、种族、性别、老幼等)之间等级的对立,同时,其抒情主体"我"不是爱默生式的与世界保持间离的独处之中的"我",相反,他的"我"处于与世界的平等交流之中:"我给予他们的相同,我接受他们的也相同。"尽管都强调多元、自由和正在成长的生命,爱默生对杂草的选择突出了其去本源性、偶然性和当下性,看到其处处生根和永远都是新的开始的特点。然而,惠特曼对"草"的源头(或开始)的态度显得更为中立,他的"草"是"象形文字""是青年人胸膛吐出的秘密""是墓地不曾修剪过的秀发",强调"草"的虽具有扩展性但却与人类及人类文明保持联系的循环式的成长方式,并且重点落在关联和平

---

① 史蒂文斯的《十三种观看黑鸟的方式》《无关事物的概念而关乎事物本身》是现代诗歌的代表作品。Stephen Cushman 认为,惠特曼和史蒂文斯在区分关心说什么的诗人和关心如何说什么的诗人方面的意见是一致的,详见 CUSHMAN S. Fiction of Form in American Poetry[M]. Princeton:Princeton University Press,1993:37.

② LAROCCA D. Emerson's English Traits and the Natural History of Metaphor [M]. New York:Bloomsbury,2013:26.

等的成长关系上面,因此更切近他的民主远景的诗学构想。从这一点也可管窥二者对历史和语言发展的态度:爱默生试图通过独立自主的个体发展逐渐脱离欧洲历史的桎梏,并对此态度非常的坚定。然而,返回到美国获得自治发展的境遇之下,爱默生对独处式的自我理想主义发展个体和民族文化的路线却陷入悖论之境:愈想摆脱过去而过去就愈加在场。同时,他对于语言的现代发展状况也流露出相似的忧郁。怀特(Ryan White)在解读爱默生的散文《经验》时指出,爱默生对其夭折之子(可视为自然语词的隐喻)的忧郁情绪弥漫整个篇章,而这忧郁是一种被感觉到的丧失,它是一种符号,其将不能枯竭的可能性之井向前带入未来,同时又悖论式地将每个偶然实现的意义留在身后。与其散文集《自然》中表达的"语词是自然事实的符号"的乐观和肯定的态度相左,《经验》暗指了语言所施的命名行为的不完备性,语篇漂泊在能指的海洋中而找不到其所指,因此显示出巨大的悲伤情绪的在场。①

怀特对爱默生的《经验》的解读为理解惠特曼的历史和语言观念提供了参照。惠特曼虽然也关注当下的历史经验及其过程,但其与历史问题的关系却如弗莱切尔(Angus Fletcher)所描述的是"悖论性的、难以捉摸并且是含糊其辞的",②因为其所处的时代正值"美国独立但尚未完全脱离欧洲历史的大的过渡时期,因此他的诗歌特别擅长于各种形式的不及物性"。③ 对不及物性,弗莱切尔进一步解释道:惠特曼对世界的反应主要靠视觉和其他感觉,他对感知的表达很少依靠及物动词,其感知和对感觉的命名不是唯物的行动(material action),抑或说只是将锤子举在半空而从未击打目标。④ 这就意味着,惠特曼诗歌的指称性是不确定的,它具有多种可能性,就像其给予"草"的意义是多元而无最后着落一样。然而,惠特曼的指称的"无着落"的结果并未造成那种爱默生所暗指的能指的漂泊感,他在意的与其说是命名过程(或语言)的不完备性的后果,毋宁说是语言(或思想)的多种可能意义的生产方式,

---

① 详见 WHITE R. The Hidden God: Pragmatism and Posthumanism in American Thought[M]. New York: Columbia University Press, 2015: 117-136.
② FLECHER A. A New Theory for American Poetry[M]. Cambridge, MA: Harvard University Press, 2004: 107.
③ FLECHER A. A New Theory for American Poetry[M]. Cambridge, MA: Harvard University Press, 2004: 108.
④ 详见 FLECHER A. A New Theory for American Poetry[M]. Cambridge, MA: Harvard University Press, 2004: 108.

其"暗示了衍生而不是结束、无限的可能而非有限的阐释"。①

不仅是在意象层面,对思想多样性的呈现还表现在惠特曼对重复性句法的选择上。对此,马祖尔(Krystyna Mazur)曾以《"用 And 思维":惠特曼的重复和多样性的思想》的著作章节对惠特曼诗歌进行了后结构主义视角的研究。她指出,惠特曼的诗学"拒绝从历史的过去或开始的可能性中脱离的观念",而其"对开始的主题和起源的概念的关注立基于重复的观念";"重复作为惠特曼诗歌的结构性原则是其诗学的中心",在重复结构中的元素是"不假甄别的、任意和偶然的",而惠特曼这样做是"从事一种对范畴化、命名和确切定义的理想化的、乌托邦式的抵制"。② 弗莱切尔借助物理光学上的波粒二象性的特征对惠特曼诗句形式的研究得出的结论是,惠特曼的"意合"形式下存在被其称为"波浪运动的范式"(the paradigm of wave-motion)的诗学模式。他指出,当波浪的体积足够大时,其具有破坏感觉平衡和干扰听觉器官的力量,而当它的体积足够小时却出现分离点——变成分散的粒子,这些粒子虽具有各自的运动特征,却保持在巨大的波浪体下。以类比思维推知,"根据实用主义而不是柏拉图的一与多之间的绝对区分哲学,变化的波浪允许诗歌和民族从多元体生成为一个统一体,就像环境的聚合体构成了一个混合的统一体"。③ 弗莱切尔认为,波浪运动的模式可作为惠特曼诗歌形式的隐喻:以整体观之,借用霍兰德(John Hollander)的话说,其诗歌"是液体、是起伏的波浪……在体量上不同、从不给予完成和固定感、总是暗示某种超越"。④ 从粒子层面看,惠特曼喜欢列举、并置特殊的个体,而这些个体不构成目录,因为它们打破了范畴秩序。⑤ 为了进一步呈现波浪运动的范式性,惠特曼常常特意使用首语重复(Anaphora),因为它是一种会产生仪式和行进的感觉,或一旦放任反而会产生汹涌的自然力量的组织手法。首语重复加强了对被仪式化了的约束诗歌节奏的

---

① MAZUR K. Poetry and Repetition: Walt Whitman, Wallace Stevens, John Ashbery[M]. New York: Routledge, 2014: 37.

② MAZUR K. Poetry and Repetition: Walt Whitman, Wallace Stevens, John Ashbery[M]. New York: Routledge, 2014: 37-72.

③ FLECHER A. A New Theory for American Poetry[M]. Cambridge, MA: Harvard University Press, 2004: 143.

④ FLECHER A. A New Theory for American Poetry[M]. Cambridge, MA: Harvard University Press, 2004: 146.

⑤ FLECHER A. A New Theory for American Poetry[M]. Cambridge, MA: Harvard University Press, 2004: 154.

咒语的信念,而这种信念的力量有时会达到宗教般的狂喜。①

在"粒子"层面,惠特曼经常使用一种被弗莱切尔称作"惠特曼片语"(the Whitman Phrase)的元素。弗莱切尔给片语下的定义是:"在语法上,片语由能够形成一个意义单位的两个以上的词组成,其要么以断片形式表达一种思想,要么作为一个不含有谓语但却具有辞格力量的句子成分——据此,我们则可有介词片语或分词、不定式或动名词片语。此处的关键是,片语不通过谓语而能表达思想,其思想的结果总是一个更大联合体的片段。"②弗莱切尔指出,惠特曼诗歌的"秩序、形式、表达能量以及最终连贯的原则在于从语法和姿态意义上讲的片语。重视片语的使用不仅解释了惠特曼的诗歌风格,更重要的是解释了他的诗学、解释了他布置其诗歌边界和内部结构的方式"。③ 当形式布置进入到诗节层面则可在一定程度上回答哈斯曾就惠特曼诗歌形式提出的引发深层次思考的问题。哈斯说,"在英语诗歌史上,诗节的模式是靠韵律图式控制和确定的,而惠特曼放弃了韵律,那么他的诗节划分还有什么意义,它又受什么掌控?"④惠特曼的诗节划分由循环式(重复式)的思维运动把控,而他的思维运动的变形性由主题的变换加以呈现,但不管怎样变化,其下都以其民主观念支撑而其结果是实用的可交流性。

二、可分享性与实用主义

"实验写作"是以经验为基础的,作为其关键词之一的作文法(Composition)强调作文的构式——元素的"共同"(com-)"安置"(-position),因此,作文法既指文本也指文本的构造行为,即对文本元素在文本结构中的安置。"实验写作"要使文本成为"可参与"之物就需要找到适当的"条件",建立

---

① FLECHER A. A New Theory for American Poetry[M]. Cambridge, MA: Harvard University Press, 2004: 154.

② FLECHER A. A New Theory for American Poetry[M]. Cambridge, MA: Harvard University Press, 2004: 105.

③ FLECHER A. A New Theory for American Poetry[M]. Cambridge, MA: Harvard University Press, 2004: 103.

④ HASS R. Introduction[M]//HASS R. Song of Myself, and Other Poems. Berkeley: Counterpoint, 2010: 205-206.

第四章　惠特曼诗歌:"实验写作"、形式与可分享性 <<

文本内部与外部的可交流性,也就是使作者构造文本的方式与读者鉴赏文本的方式之间存在某种共通性。要找到这样的条件,就要处理经验与意图的关系。格里姆斯塔德指出,基于经验的写作并不与意图作对,实验写作是具有意图性的:"经验—实验的关系作为一种方式,显示意图结构如何被构建到艺术作品之中,以及观赏者(读者)如何拥有那些结构的概念。"①从观赏者(读者)的角度看,艺术作品是其艺术经验的源头,而源头"不是在极简抽象艺术意义上而言的,因为在那里意图结构被溶解进一种在其中每个事物都重要的情境",相反,它是在"艺术家和观赏者都发现作品意义在通向作品的实验中变成可分享之物"的意义上讲的。为此,格里姆斯塔德援引了实用主义哲学家杜威在《作为经验的艺术》(*Art as Experience*)中的话:"艺术家不断为作品塑形、再塑形,直到对作品感知满意……艺术家在工作时将感知者的态度表现于自身,而且因为他的操作是以实验的方式进行的,所以打开了经验的新的领域。"②

以格里姆斯塔的经验与意图的关系论去观照惠特曼的诗学,可以看出惠特曼是如何使其诗歌成为可分享之物的。首先,惠特曼的写作是受意图控制的——从自我的组合、延续和视角,探索民族文学和艺术的构成,(993-4)而其中最要体现的是"平常的、身体的、具体的、民主的、普遍的"东西,它们是"未来所有上层建筑赖以建基的东西"。(994)惠特曼在1892年版的《草叶集》序言中写道:"我认为《草叶集》及其理论是实验性的——就像在最深层的意义上,我认为美利坚共和国(合众国——编者注)本身及其理论也是实验性的。"(657)而在《民主远景》中他进一步说明,具有民族特征的文学应该:

> 用一种流动着自然气息的语言写成,它向上跃进、关心动机和结果,关心它所种下并使之充满活力而成长的东西——记录生命和品格。它很少讲述事物而是要对其做出揭示或使之成为(能够促进生长的)必要之物。事实上,一种新的、为真正一流的虚构作品、特别是最高形式的诗歌的目的而形成的文学作文理论,是对这个国家敞开的唯一课程。书籍的被召唤和被提供基于这样的假设:阅读的过程不应该在半睡的状态,而是在高级意

---

① GRIMSTAD P. Experience and Experimental Writing: Literary Pragmatism from Emerson to the James[M]. Oxford: Oxford University Press, 2013: 13.

② GRIMSTAD P. Experience and Experimental Writing: Literary Pragmatism from Emerson to the James[M]. Oxford: Oxford University Press, 2013: 13.

义上的演练,一种体操运动员式的拼搏努力;读者要为自己做些事情,必须警觉,必须自己构建诗歌、观点、历史和形而上学的散文——提供迹象、线索、开头或作品框架的文本。不是书籍需要做到这些以成为完整之物,而是读者需要做到。一个民族要具有刚柔并济的思想、既要训练有素又要相信直觉,这些常常需要依靠自己而不是靠一小撮作家。(992-3)

在上引段落中,惠特曼不仅指出了民族文学写作的语言所应具有的特征,而且特别强调了在文学文本意义构建中读者的参与作用。他关注文学阅读的条件和结果,其以体操运动员的演练作为阅读过程的隐喻说明,阅读不仅是智识活动也是健康的和身体行为,它要求注意力的强度、身体的协调和直觉判断能力。只有全身心投入阅读过程,才能感受到文学带来的生命气息的涌动,并由此促进自我的成长。在强调身体参与、有生命气息、健康向上的作文法上,惠特曼与和他同期致力实验写作的坡(Edgar Allan Poe)走向了两极。惠特曼在《埃德加·坡的意义》("Edgar Poe's Significance")一文中批评后者的诗歌"不具备道德原则的、突显具体事物及内心感受的迹象",他只在乎"以极致的用韵技艺制造抽象的美",其诗歌呈现出"对暗黑主题的癖好和魔鬼般的底色。"(873)坡的诗歌生产的是"病态、反常的美",而这种病态表现在"技术思想和提纯精化"本身,是"对反复出现的民主性的具体事物、身体、土地与海洋、性等的克制和拒绝"。(874)相比之下,惠特曼倾向于使诗歌具有"心智、肌肉、声音",并使这些元素"遵守我们称之为意志的东西",(872)[1]他的诗学中包含"对行动的由道德之美支配的承诺"。[2]

惠特曼诗学中对作文(阅读)的目的、方法、过程和结果的描述,具有爱默生实验作文的民主性特征。杜威在《爱默生——民主的哲学家》("Emerson:

---

[1] 格瑞姆斯塔德对坡的诗歌实验写作进行研究得出的结论是:坡的实验反复想象了从感官影响到话语意义的迁移,而这一移动与作文的进程是平行的。对此,他以《乌鸦》为例加以说明,整首诗氤氲着对已逝红颜 Lenore 的忧郁之思,诗歌进程就是从听到乌鸦的叫声开始,并一次次地赋予其叫声以 Nevermore(永不)之意的过程。参见 GRIMSTAD P. Experience and Experimental Writing: Literary Pragmatism from Emerson to the James [M]. Oxford: Oxford University Press, 2013: 6, 58-68. 坡的写作的实验设计以制造忧郁之美本身为目的,其实验过程、方法都因这一目的而受到精准严格的控制,例如他凸显了诗歌的戏剧性、诗艺的音乐性等。

[2] ALLISON R C. Walt Whitman, William James, and Pragmatist Aesthetics[J]. Walt Whitman Quarterly Review,2002(Summer),20:26.

The Philosopher of Democracy")中指出,爱默生的民主性体现在他是视觉感知者而不是抽象思想者:"他是在公路上、以不是被传授的尝试方式发现真理、发现意想不到的想法,因此使得这些想法变得不再遥不可及。他的思想不固定于任何超出感觉,或在其后,或与之分离的抽象的实在之上,因此不必向它折腰。他的思想是此时此地的实在版本,并且自由流动。"作为实在的感知者,爱默生将眼睛的功能看作发现、觉察自然中的细节之美。他将自然推及人类,"每个个体都同时既是焦点也是其进行拓宽加深尝试的渠道"。爱默生认为"感知比推理更加有力",而对感知(或意识)的处理,他不是做哲学性的分析、推断和陈述,而是追踪、理解其过程,并将这一过程以语言的方式记录下来。爱默生的民主哲学希望使人具有一种"平静的、理由充分的、广泛观察的灵魂",这灵魂"绝不是高速路上的车手、绝不是律师、绝不是法官。它是在阳光之下对世界的沉思"。杜威对爱默生的评价驳斥了批评家们对后者作文的诟病,即说其缺少方法、没有连续性和连贯的逻辑,而且用陈旧的讲述将格言、谚语、洞见和警句等珍珠松散地串联起来。①

如果从思维运动(意识活动)的内容焦点(关注个体)、对其进行描述的方法(强调个体的思维过程)和情感价值(而不是抽象的法则意义)等方面理解爱默生,他的实验写作将为我们理解惠特曼诗学的实用主义民主性提供非常重要的参考,从中我们也可以观察到后者对其在诗学上的承袭与差异。瑞丁(Patrick Redding)指出,惠特曼的《草叶集》利用了非常规的标点风格记录了真实的思维运动,是对人们实际言语的捕捉和描写,它不受文本组织的形式系统的干扰,不受符合规范观念的语法手段的钳制。此外,瑞丁对惠特曼的民主诗学的4个(3个否定和1个肯定的)要素做出了分析性的总结:前两个涉及诗歌的格律和韵律,惠特曼将民主与拒绝传统的格律和韵律联系起来,在他看来,它们是抽象的形式和教化的信条,妨碍了灵魂的自主表达。因为度量它们的法则是人为的,所以其代表着封建帝制和贵族阶级。与之相反,为了对人性与自然的自由表达,诗歌需要表现节奏和韵律的自由法则,他主张在自然事物的形状中采取形式,使之散发出自然的香气。第三、惠特曼认为,民主诗人需要避免矫揉造作的措辞。美国诗歌要具有民主性则需要再生产出具有不同地域特点的方言土语,而使用地方方言和会话式片语指示着对传统等级界限的

---

① 详见 DEWEY J. Emerson: The Philosopher of Democracy[M]//HICKMAN L A, ALEXANDER T M. The Essential Dewey. Bloomington: Indiana University Press, 1998: 366-370.

僭越和对艺术家与布衣平民间屏障的拆解。最后,他主张采纳捍卫素朴风格的诗歌形式,因为素朴风格体现平等和透明的现代民主原则。通过简化文风(如采纳低语域的词语和避免从属关系的句法),惠特曼的民主诗学志在达到一种直接的可理解性,从而可以使诗歌面向广泛的民众。①

在诗歌的可分享性方面,惠特曼甚至取得了被盖瑞森(Jim Garrison)认为在原始的非语言学层面的广泛交流。对此,盖瑞森以《草叶集》"我也一点儿不受驯化,我也不可解释,/我在世界的山顶发出野蛮的叫喊"(247)加以说明:当我们与其他动物一起发出叫喊时,我们不可能交流思想,但却可以与之交流直接经验的原始情感,其结果是获得粗野的美学快感。然而,现代人因为思想的驯化已经不情愿做这样的事情,因此不可能获得全部的交流喜悦。② 埃里森(Raphael C. Allison)在论及惠特曼的实用主义美学时指出,其美学的本质在于,"它将真正的参与感灌输给读者,允许他/她真正进入诗歌,改变语词,将语言看作活物并受制于变化;它也有助于废弃作者和读者的传统划分"。③ 在惠特曼的民主诗学中领会到瑞丁所言的"将诗歌描述为民主的,与其说要描述其特征,毋宁说去揭示某种特别的、已经被内化了的而因此不曾被省察的阅读方式"。④

惠特曼的诗歌具有杜威实用主义美学倡导的多元性的交流和参与的特征,而他对世界的感受和理解的深层却隐含着詹姆斯实用主义的多元论和人本主义思想。詹姆斯在《实用主义和人本主义》("Pragmatism and Humanism")一文中指出:"我们总是将可感的实在按我们的意志分解成事物。我们创造了真命题或假命题的主语,也创造了它们的谓语,而许多谓语只是表达事物与我们以及与我们的情感之间的关系。……我们对实在的主语和谓语都有所添加。世界是有延展性的,它等待我们以双手去触摸。……作为思想者,我们也增加了尊严与责任感。……对实用主义者而言,实在是在构造之中的,而

---

① 详见 REDDING P. Whitman Unbound: Democracy and Poetic Form, 1912—1931 [J]. New Literary History, 2010, 41.3: 669-690.

② GARRISON J. Walt Whitman, John Dewey, and Primordial Artistic Communication[J]. Transactions of the Charles S. Peirce Society, 2011(Summer), 47.3: 301-318.

③ ALLISON R C. Walt Whitman, William James, and Pragmatist Aesthetics[J]. Walt Whitman Quarterly Review, 2002(Summer), 20: 22-23.

④ REDDING P. Whitman Unbound: Democracy and Poetic Form, 1912—1931[J]. New Literary History, 2010, 41.3: 671.

且总是等候来自未来的组成部分。"①例如在《自我之歌》("Song of Myself")中,惠特曼创造了抒情诗歌"我"的多元谓语,"我"不再是一元的、淡泊无为的"我","我"是从多元视角被给予了更好的可能性的"我","我"的概念具有詹姆斯所言的"所有的躁动不安"。② 同时,"我"也将世界分解成可感的人和事物,它们形形色色、不假区分,从方方面面经历和感知世界的存在。在"我"对世界的实用主义的理解中,"我"唱出了"自我之歌",并将"我"的益处给予"你":"我向泥土馈赠我自己长成我热爱的青草/如果你想念我并寻找我就看看你的脚下。//你不会知道我是谁或我的意义,/然而我将会对你的健康有益,/过滤你的血液并且为之增添养分。"(247)

在构建实用主义哲学思想方面,詹姆斯对惠特曼及其诗歌给予了高度的重视,因为惠特曼具有以僭越逻辑范畴(如族群和官称的)方式对世界进行分解并创造被逻辑范畴分裂的元素的融合能力(如不同种类事物并置以及意合和片语形式的使用等)。詹姆斯称惠特曼的诗学"废除了通常的划分,将所有的依照惯例的做法都进行消解,只热爱并颂扬那些种族成员共有的人类特点"。③ 惠特曼的诗学所颂扬的人类的"共有性"中包含一种詹姆斯提出的强调包容性和以未来为导向的实用改良主义。实用改良主义具有兼容一元论和多元论的特征,坚持"世界的成长不以整体的方式而靠部分的贡献逐渐实现",④它要求多元论的部分改善和再造的贡献,但也不牺牲一元论的整体。埃里森指出:"惠特曼的美学提供了理解詹姆斯实用改良主义的最早期、最深刻的理解,即它是一种在部分间发现连续性的行为,人们之间不再有陌生者与先前的陌生者的相遇,而有的是对在他者身上看到的差异产生的接受及对民族建设可构成审美行为的认识。"⑤

惠特曼构建民族美学的情怀及作为在哈斯诗歌《紫丁香中的未来种种》("Futures in Lilacs")中得到了诗性的描述:"内战之后,林肯死后,/是拥有铁路股票的好时期,/但惠特曼却在国会图书馆,/研究别样的美国,/好奇地读着

---

① JAMES W. Pragmatism[M]. New York: Dover Publication, Inc. 1995: 98.
② JAMES W. Pragmatism[M]. New York: Dover Publication, Inc. 1995: 107.
③ JAMES W. Writings 1878—1899[M]. New York: The Library of America, 1992: 851.
④ JAMES W. Pragmatism[M]. New York: Dover Publication, Inc. 1995: 112.
⑤ ALLISON R C. Walt Whitman, William James, and Pragmatist Aesthetics[J]. Walt Whitman Quarterly Review, 2002(Summer), 20: 27.

印度哲学,/研究着书本里连接怪异的/石雕上的蚀刻画。"①首先,美国国家在缔造之初的理想是建立具有层级(Top-Down)秩序的国家,而作为林肯拥趸的惠特曼展望着一个民主的美国——国家要在保持珍贵的个性风格的基础上实现聚合,形成民主集中自下而上(Bottom-Up)的秩序。其次,惠特曼意识到美国人执念于线性时间,甚至追求以技术的手段把控时间,因此逐渐使国家进入了现代性的危机。哈斯以铁路股票为意象将技术发展和预测未来的意念融入其中,反照了惠特曼的时间观念及其对现代危机的解决方案。美国哲学强调人与自然对立,认为技术可以预知并解决未来的问题。然而,惠特曼将注意力转向印度哲学,关注"怪异"的素朴艺术,因为前者认为人是自然的部分,人与自然互动形成协调和整体的关系是成长的法则。印度哲学中的时间是循环的,它揭示的是无限与抽象宇宙的一种永无止境的循环。同时,惠特曼坚持人和社会的发展也是美学任务,而美学秩序不仅不应排斥,相反要接纳自然的"怪异"形式。

惠特曼在《一个自我本位者的"发现"》("An Egotistical 'Find'")中写道:"'我发现了自己诗歌的法则'是未被言说过的,但却是我时时刻刻在所有阴冷而愉快的自然力的肆意发作之中体验到的、涌入我心的、愈加确实无疑的情感——物质丰沛、全无艺术、原始的自然无拘无束的嬉戏——断岩、峡谷、山泉……——奇妙的形式,沐浴在清透的棕色、淡淡的红色和灰色之中……它们的顶端不时有团块样蓄势待发的东西,与云团相混,只有轮廓,透过朦胧的紫丁香,能得以看见。"(855-6)看见轮廓但不确定其内容物、强调自然形式多样性和聚散变化的朦胧性以及它们的情感作用构成了惠特曼诗歌美学的底色,就如哈斯所描述的:"从国会山沃特·惠特曼准能看见/柳树正聚集着河上的薄雾/在凉爽下来但却依旧潮湿的黄昏。"②进而言之,自然形式给惠特曼的启示是,个体和民族的未来的"轮廓"是透过"朦胧的紫丁香""薄雾中的柳树"中看到的多元变化的可能性。

* * * *

罗蒂指出,"实用主义和美国都是一种充满希望的、改良的、实验性的思维框架的表达方式",③而二者在惠特曼的民主诗学中相互印证,得到了恰切的

---

① HASS R. Time and Materials[M]. New York: Ecco, 2007: 5.
② HASS R. Time and Materials[M]. New York: Ecco, 2007: 5.
③ RORTY R. Philosophy and Social Hope[M]. New York: Penguin, 1999: 24.

统一。惠特曼的民主诗学关心的核心问题是诗歌如何能够与读者互动,为此,他采纳了以经验为基础的"实验写作"的方法,致力于诗歌形式的发现以及形式的流通。惠特曼的民主诗歌以使用"自由体、习语表达、素朴风格和与大众文化相联系"①为特征,因此创造了前所未有的诗歌的可分享性。然而,诗歌作为可分享之物,也允许读者以多元方式参与,他/她既可支持也可拒绝、既可赞成也可反对,从这个意义上讲,诗歌的可分享性也是诗歌作文构建的民主秩序的特征。也正因为追求形式的民主性,"惠特曼给予形式概念本身以多元的意义,这就导致了他的读者在探讨其如何以形式表征民主时会关注到形式的不同方面",②而这种状况在惠特曼诗学对 20 世纪以来美国诗歌史的影响上表现得尤为突出。以诗歌形式为利器构建民主秩序得到威廉姆斯和金斯堡等诗人的大力弘扬,而史蒂文斯和阿什贝利等诗人的诗歌修为则显示,"诗歌的民主信仰不仅通过一贯的形式风格去表达,而且要靠对复杂的论争、意象、语气和节奏的反思来表现。只有这样,民主的声音才会在诗歌文本的内外得以宣告"。③

在诗歌与哲学的关系问题上,惠特曼的民主诗学对实用主义哲学的贡献得到学界较为一致的认可。惠特曼反对传统诗歌文化的鲜明态度及其对自我与世界的多元的、循环的认知在詹姆斯的实用主义哲学的目的阐发以及多元改良主义的理论中得到支持性的回应,而惠特曼将自然经验视为艺术经验、将自我与文化发展的形式视为与自然形式互动的结果则对杜威的实用主义美学思想具有重要的启示性作用。不仅如此,惠特曼的多元形式诗学也得到具有实用主义性情的法国后结构主义哲学家德勒兹(Gill Deleuze)的赞同。在构造其"包容性分离体理论"(Theory of inclusive disjunction)和"茎块"(Rhizome)概念时,德勒兹就不吝对惠特曼及其代表的美国文学的赞美之词,声言与法国文学倾向意义向心的树状结构相比,"美国文学意指一种离散的、多元指向的动态关系。不对根基、线性成长和系谱发生兴趣,美国文学的特征是游牧

---

① REDDING P. Whitman Unbound: Democracy and Poetic Form, 1912—1931[J]. New Literary History, 2010, 41.3: 673.

② REDDING P. Whitman Unbound: Democracy and Poetic Form, 1912—1931[J]. New Literary History, 2010, 41.3: 673.

③ REDDING P. Whitman Unbound: Democracy and Poetic Form, 1912—1931[J]. New Literary History, 2010, 41.3: 674.

性的。不执迷于统一性,它的思想是多元的"。① 在 21 世纪重读惠特曼,我们也应该注意到其诗歌"意义远远蔓过他的诗行",②需要以身心的强度投入阅读之中,因为"最终造就惠特曼诗歌的是被诗歌期待的由读者生产的意义。他的诗歌是演说、是邀约,宣告了读者的诞生"。③

---

① MAZUR K. Poetry and Repetition: Walt Whitman, Wallace Stevens, John Ashbery[M]. New York: Routledge, 2014: 55.
② DONOGHUE D. Reading America[M]. New York: Alfred A. Knopf, 1987: 68.
③ MAZUR K. Poetry and Repetition: Walt Whitman, Wallace Stevens, John Ashbery[M]. New York: Routledge, 2014: 72.

第五章　狄金森诗歌：视觉的"灵魂"与隐喻的"肉身"

【本章提要】爱默生对浪漫派诗人艾米莉·狄金森的影响是不争的事实，他不仅是狄金森在诗歌技艺上的起点，也是其在诗歌的语言主题和思维方式上既可与之同道又可与之辩争的悖论性的存在。本章将以爱默生的语言哲学和过渡美学理论为基点，探讨狄金森诗歌的"视觉—语词"策略的认识论意义以及她的"悬置—过程"审美模式的实用性价值，并从中考察狄金森如何通过与爱默生的对话而形成独具一格的诗学风格及其表现。狄金森在爱默生的以视觉为中介的自然事实与语言再现的有机论中，发展出了断裂与统一、抽象与具象并置的诗学模式。狄金森承认视觉的局限性并利用这种局限实现对语词或隐喻的发现，因此，她的诗歌从浪漫派恢宏壮阔的崇高想象和舍我其谁的审美意识中退出，而转为关注边缘事物并乐于排除、紧缩和克己的形式策略，而这些别样的意指方式导致了诗歌意义之统一性和整体性的离场。与爱默生采纳的先以"独处式"和"超脱式"的自我更新进而实现社会和文化更新的逻辑顺序不同，狄金森的感知经验中总是有自我与社会和文化关联的在场；爱默生提倡以"诗"废"教"，号召人们在自然中而不是经书里获得超越自我灵魂的神性意识，但狄金森认为宗教和意识是密不可分的，其将二者糅合转化为有生命的、实用的并具有个性意义的东西。因此，狄金森的诗歌审美中含有与爱默生强调智识更新的目的有所不同的、强调人性和心理完整的实用目的。由于爱默生的世界观因其自身经验的变化而处于变化之中——由前期具有人本主义特征的驾驭转为中后期的带有自然主义色彩的顺应，故在审美方式和价值取向上可见狄金森与爱默生之间错综复杂的离合。

就爱默生对美国浪漫主义及以后的诗歌所带来的影响，阿尔伯特·杰尔皮（Albert Gelpi）曾指出，他总是作为诗人"发现有辨识度的语言和形式的灵感源泉和出发点",①而艾米莉·狄金森(Emily Dickinson,1830—1886)就是这些诗人之一。事实上,爱默生不仅是狄金森在诗歌技艺和策略上的出发点,也是其在诗歌主题和思维方式上既可与之同道又可与之辩争的悖论性的存在。狄金森一方面欣喜于爱默生源自自然观察的语言哲学的革命性情和自我意识,而另一方面又对他笃信的语言具有使自然与精神完备统一的理想功能持有异议。秉承了爱默生的"圆周"思想,狄金森不断拓展诗歌书写的可能的界限,在诗歌的语言、形式和主题等各个方面都对旧有的秩序加以反思并施行颠覆性的改造,但被其纳入省察对象的同行前辈中也包含了曾给予其抒情动力和反叛热情的爱默生。本章将以爱默生的语言哲学和过渡美学理论为基点,探讨狄金森诗歌的"视觉—语词"策略的认识论意义以及她的"悬置—过程"审美模式的实用性价值,并从中考察狄金森如何通过与爱默生的对话而形成独具一格的诗学风格及其表现。

狄金森诗歌技艺的辨识度在于,她以否定性的感知力在爱默生的以视觉为中介的自然事实与语言再现的有机论中,发展出了断裂与统一、抽象与具象并置的诗学模式。她发现"语词的最大能量在抽象之中、在不可能自然中发现的东西之中",②但她同时也坚信"有真实气息的语词/不会死亡"(616)并强调语言内在的肉身属性。狄金森对视觉与语词、与隐喻的关系的思考悖逆于爱默生所筹划的有机论路线,她将眼睛的物理感觉能力与视觉的理性认识局限勾连起来,认为"星星的全部秘密—在湖中—/眼睛并不注定要知道"。③ 然而,承认视觉的局限性并不意味着贬低视觉的合法性。狄金森从不试图掩饰局限或以爱默生式的"透明的眼球"去超越它们,相反,她还会利用视觉的有限性实现对语词或隐喻的发现。④ 也正因此,狄金森使其诗歌从浪漫派的恢宏壮阔的崇高想象和舍我其谁的审美意识中退出,而转为关注边缘事物并乐于

---

① GELPI A. American Poetry after Modernism: the Power of the Word[M].Cambridge: Cambridge University Press, 2015: 273.

② MILLER C. Emily Dickinson: A Poet's Grammar[M]. Cambridge, MA: Harvard University Press, 1989: 152-153.

③ DICKINSON E. The Poems of Emily Dickinson [M]. Cambridge, MA: The Belknap Press of Harvard University Press, 1999: 208. 本章以下引自该书的诗歌均以页码标出,不再另注。

④ 关于视觉与隐喻的关系,详见 KOHLER M. Miles of Stare: Transcendentalism and the Problem of Literary Vision in Nineteenth-Century America[M]. Tuscaloosa: The University of Alabama Press, 2014: 105-136.

实践"排除、紧缩和克己"①的形式策略。"排除"意味着让自身的女性性别身份以沉默的方式出场,目的是利用性别的空白去涵纳抽象的深邃;"紧缩"是为了制造含混和歧义而故意扭曲或省略诗歌的语法和句法;"克己"则表现为"狄金森诗歌中的'我'总是根据别的事物被体验并始终处于未被揭示的状态"。②上述形式策略导致了狄金森诗歌的意义的统一性和整体性的离场;然而,不得不在其冷峭的文本中查探别样的意指方式也将丰富我们对其诗歌的认知与感受。

因为"浪漫派在其认识、心理和美学相互对应的精神活动中,提出了感知主体、被感知的世界和表达媒介三角间的有机呼应关系",③所以狄金森的视觉、认知和制造意义的方式又会促使我们去思考这些方式与其世界经验、与其心理或意识的关系和结果等诗歌美学的实用性问题。视觉经验的局限及语言之于经验的不完备和欠发达,将狄金森引向了对自我和世界理解的形式实验。她像爱默生那样,将关注的重心转向了视觉的"圆周"处或过渡期的主体经验,在那里,"圆周"不再意指思想的边界,而是主体试图破除并借以探试或验证新思想的东西;主体不仅对世界发出感应,而且使世界得以创生并使自我获得更新。然而,与爱默生采纳的先以"独处式"和"超脱式"的自我更新进而实现社会和文化更新的逻辑不同,狄金森的感知经验中总是有自我与社会和文化关联的在场;爱默生提倡以"诗"废"教",号召人们在自然中而不是经书里获得超越自我灵魂的神性意识,但狄金森认为"宗教和意识是密不可分的",其将二者糅合转化为"有生命的、实用的、具有个性意义的结果"。④ 因此,狄金森的诗歌审美中含有与爱默生强调智识更新的目的不同的、强调人性和心理完整的实用目的。需要指出的是,爱默生的世界观因自身经验的变化而处于变化之

---

① WLOSKY S. Emily Dickinson: being in the body[M]//MARTIN W. The Cambridge Companion to Emily Dickinson. Cambridge: Cambridge University Press, 2002: 129.
② TURSI R. Emily Dickinson, Pragmatism and the Conquests of Mind[M]//DEPPMAN J, et al. Emily Dickinson and Philosophy. Cambridge: Cambridge University Press, 2013: 168.
③ GELPI A. American Poetry after Modernism: the Power of the Word[M].Cambridge: Cambridge University Press, 2015: 2.
④ TURSI R. Emily Dickinson, Pragmatism and the Conquests of Mind[M]//DEPPMAN J, et al. Emily Dickinson and Philosophy. Cambridge: Cambridge University Press, 2013: 155.

中,由前期对经验的具有人本主义特征的驾驭与超验转为中后期的带有自然主义色彩的顺服与适应。因此,狄金森与爱默生在审美方式和价值取向上的离合关系具有多元变量,错综复杂。

＊　＊　＊　＊

直觉(主要指视觉)经验是浪漫派用以克服启蒙运动带来的理性至尊地位的重要法门。爱默生从英国浪漫派诗人华兹华斯那里借来这一方法,但将其视觉感知的"向内的冥思"转向"对外部世界和语言源头的查探",强调由视觉获得的"自然的美学形式"以及"语言或诗学的结果"。爱默生意下的语言"是在物性世界中可目击的而不是单凭心智想象出的"语言,而在语言的表现形式中,他最为重视诗的作用,他意中的诗"将其语词、句法及声音等同于对世界的视觉理解"。① T.K.韦恩(Tiffany K. Wayne)通过研究爱默生的《诗与想象力》("Poetry and Imagination")发现,该文主要强调了三个方面:"在人类的表达中,诗歌先于韵文;我们首先是通过视觉认识自然事实中的节奏与韵律,然后才用言辞将它们表达出来;节奏和格律是有机的,从身体和自然的节奏得来。"②因此,理想的诗应该显现自然动态的能量和有机的形式。爱默生强调了视觉与认知的关系,即视觉是将自然事实转化为知识的前提;在视觉转化中,"看见变成洞见",即"在造物中直觉到造物主的存在";洞识发生在刹那间,其捕捉到的是"显现在所经验的物质现象中的超验的真实",③而这瞬间的顿悟用语言记录下来则成为知识。

对狄金森而言,爱默生这个"仿佛来自梦想诞生之地"④、具有美国特质的学者,一直都是其仰慕却又与之保持对话关系的人物。狄金森从爱默生那里汲取了破除局囿精神发展的自由力量,并对其提倡的诗人的想象意志和诗歌

---

① KOHLER M. Miles of Stare:Transcendentalism and the Problem of Literary Vision in Nineteenth-Century America[M]. Tuscaloosa:The University of Alabama Press,2014:18-19.

② WAYNE T K. Critical Companion to Ralph Waldo Emerson[M]. New York:Facts on File,2010:224.

③ GELPI A. American Poetry after Modernism:the Power of the Word[M].Cambridge:Cambridge University Press,2015:273.

④ 此外,她在书信和诗作中引用或诠释过5首爱默生的诗歌作品,如后者的《酒神》在她的《我品尝了从未酿造过的琼浆》(♯214)、《暴风雪》在她的《雪下自铅灰色的天筛》(♯311)中。参见 MILLER C. Emily Dickinson:A Poet's Grammar[M]. Cambridge,MA:Harvard University Press,1989:149.

第五章 狄金森诗歌：视觉的"灵魂"与隐喻的"肉身"

的认知功能进行了个性发挥。然而，在涉及语言和诗艺的问题时，狄金森则似乎总是始于后者的路线方向却止于其反面，这一趋势在关乎视觉的作用、语言或隐喻的本性以及二者与认识论和生存论的关系问题上表现得尤其明显。爱默生建立了以视觉居间协调的"自然—语言"的同一性和完备性的认知模式，而狄金森却发现了视觉之所不能为，并且深感视觉的局限和虚妄想象的后果，因此她说，"想想—会更安全—刚好将灵魂放在/窗棂①之上"。(151)此外，她认识到语言的内在差异性和不完备性，并认为"这内部的差异—/是意义所在之地"。(143)与爱默生的信仰——任凭事物怎样混沌无序，它都会被人的智识能力赋予关系和秩序而最终通向统一的意义——不同，狄金森的世界冥想宁愿停留在主体复杂的感知状态。虽然她的诗歌也旨在"讲述真理"，但她却希望"倾斜着讲述"，让真理"逐渐地耀眼"，(497)即强调在"讲述"诗歌真理（语言意义）时将历史经验以及自然和精神现象的复杂性融入其中。可以说，狄金森的诗学信念在认识论意义上要比爱默生的语言信仰更接近于真理的本质。

爱默生对狄金森在诗学上的影响可从他们对诗及其作用的认识上略见一斑。爱默生强调视觉中介性的语言论及其基于经验的诗优于韵文的观念对狄金森有所触动，但他以超脱于自然的直觉作为捕获自然真相的方法却未被后者接受。以爱默生的诗学理论为参照，狄金森搭建起属于自己的诗的寓所，在那里，她以源自经验的想象力去思考诗的作为和诗人的职能。《我居住在可能性里》(#466)写道：

> 我居住在可能性里——
> 比韵文更美的房子——
> 更多的窗户——
> 品质优等——因为门——
>
> 居室的松木门——
> 眼睛望不透——
> 因为永恒的屋顶
> 苍穹的复斜式的屋顶——

---

① "窗棂"既确保了视觉想象的可能性也对其施以了边框，同时，对视觉主体也有身心的保护作用。狄金森将"灵魂"置于窗棂之上，表明其视觉想象是忠实于内心的，灵魂有自由但也有边界。

>> 浪漫派视域中的美国现代诗歌审美的实用主义

    访客——最美的——
    居留——这——
    展开我细长的双手
    收进天堂——(215)

  借助"韵文"被喻为"房子"的提示,"我"居于其中的"可能性"可理解为是"诗"的隐喻。狄金森将抽象的诗歌和韵文通过空间加以具象:用窗户对应诗,用门对应"韵文";前者喻指以想象力获取诗的种种可能性(多重察看的视角),而后者意指身体的进出行动受制于门的开合与局限。应该说,狄金森的"门"与"窗"的联想与其生存境遇密切相关,它们也分别呼应其生活时代的规约、习俗和观念与其生存风格的隐逸、张力和欲念。狄金森希望与社会的清规戒律保持隔离以不受其役,同时也极力地以清瘦的形式控制内心的激荡。狄金森为自己的居所设计了"很多的窗",并想象着凭窗而立可以伸手一揽天堂,而这一想象使其自身成为比天堂更辽阔的存在,也因此与爱默生的以诗取代韵文的文化宣言保持了一致。[①] 诗中,狄金森利用英语词"Occupation"所具有的指称"居住"和"职业"的双关性,表现其对诗的信仰:在她看来,"居住在发乎内在的可能性中使其获得了君主般的力量——发现恢宏和绝对的权威"。[②] 在此,狄金森使"诗人的想象力即上帝"的思想暗合于爱默生所言之"诗人是言说者、命名者,并代表着美。他是统治者,伫立中央"。[③]

  然而,狄金森虽接受了爱默生之诗人既是美也是真理的制造者的主张,却逆反了其退离书斋而独处于自然、在自然的事实中凭直觉智识获得超验的神性的途径,她"居住"在家中,在其经验的事实中借助视觉和身体感觉从事诗的"职业",创造出既属于自我又具有普遍性的诗的意义。爱默生在其《语言》一文中提出了语言、自然和精神间的有机统一论,即"语词是自然真相的符号;个

---

  ① 文迪·马丁(Wendy Martin)指出,"纵贯狄金森的诗歌,韵文一词和压迫性的阳光、说教、宗教惯例、父权制以及社会约束等联系在一起,而诗歌与解放性的黑暗和内在的自由联盟。"参见 MARTIN W. Introduction [M]//MARTIN W. The Cambridge Companion to Emily Dickinson. Cambridge:Cambridge University Press,2002:5.

  ② TURSI R. Emily Dickinson, Pragmatism and the Conquests of Mind[M]//DEPPMAN J, et al. Emily Dickinson and Philosophy. Cambridge:Cambridge University Press,2013:152.

  ③ EMERSON R W. Emerson's Prose and Poetry[M].New York:W. W. Norton & Company,2001:185.

别的自然真相是个别的精神真相的象征;自然是精神的象征"。① 根据这一逻辑,语词等同于自然的事实且二者间存在自足对应的关系,即每种思想都能在自然中找到对应物,而每种自然物都有语词与之相应。在《诗人》中他说,诗人作为命名者、语言的制造者给予每种事物自己的而不是他物的名字,他为自己的智识深感欣喜,而这是"在超然或界限处的欢悦"。② 由此可见,爱默生的诗人在与自然的相遇中对自然是有界分的,自然是非我(Not-Me)的存在,诗人的任务在于以超脱的姿态完成自然与精神(或语言)间的指称转换。然而,狄金森认为,"自然不是透明的,语言不是自然过程的有机附属物。我们将语词交付语言而不是在自然的伟大诗篇中寓言式地感知到它们"。③ 不仅如此,诗人对自然的观察和记录中不仅有智识发现还应包含自身体悟,换句话说,自然不是作为他者而被主体客观地描述,相反,自然孕育了主体并成为主体认知的基础条件。狄金森在《我为每一种思想发现了词》(♯436)中写道:

> 我为每一种思想发现了词
> 我曾有的——除了一次——
> 而那思想——抗拒我——
> 当一只手确曾试图用粉笔写下太阳

在诗的前半段,狄金森按照爱默生的方式预设了对"每一种思想"都能发现与之对应的"词"的前提,可结果却是产生过抗拒这一前提(或我的原初打算)的想法。爱默生的自然认知是靠视觉(太阳、光线)实现的,而与知识相应的语词也有自然根基,如红色和蓝色分别有具体的胭脂和靛蓝的东西与之匹配。对此,狄金森产生的疑问是:

> 对一些族类——被黑暗哺育的——
> 你自己的会如何——开始?
> 光焰会用胭脂红显现——

---

① EMERSON R W. Emerson's Prose and Poetry[M]. New York: W. W. Norton & Company, 2001: 35.

② EMERSON R W. Emerson's Prose and Poetry[M]. New York: W. W. Norton & Company, 2001: 190.

③ MILLER C. Emily Dickinson: A Poet's Grammar[M]. Cambridge, MA: Harvard University Press, 1989: 152.

或是正午——用靛蓝？(202)

　　这一疑问使前面提及的"我"那抗拒"太阳"一词的"思想"转化为对"光源"知识以及对词与物同一性的哲学质问。爱默生所坚持的"词与物的同一性"归根结底是一种由主观强加的秩序，而"看"作为这一秩序建立的使成条件（或可引申为光线是知识的条件）在狄金森看来也是主观规定的，并不具备充分的物质基础，就如其在另一首诗中所写的："玫瑰精油/不会——仅凭——阳光被压榨出。"(345)爱默生的视觉语言论，对没有视觉能力而只能凭借身体感觉把握世界的"族类"而言，构成了一种否定性的排斥差异的势力，其影响在某种程度上与理性主义排斥疯癫思想的后果并无二致。狄金森对爱默生将视觉与知识进行联姻所发出的疑问，既缘于其对自身视觉的本能利用，也出自其对启蒙知识的精神反思，而这一疑问最终关涉的是普遍意义上的认识论和生存论的问题。① 肇始于狄金森，美国诗人尤其是女性诗人对视觉认知所带来的问题不断地加以批判，她们将这种批判作为诗歌主题加以书写并将其延续至今。②

　　除了将视觉与认知的关系纳入诗歌的主题，狄金森也将诗歌视觉冥想的时空场域的选择作为反思语言和知识问题的途径。比起"炽烈"和"冷寂"的时空，她对朗日高照和黑暗压境之间的界域更感兴趣，因被那些以追求知识的范畴化为要务的视觉审美所弃置的边缘地带是复杂的感知场所，而这里蕴含的知识是构成完整的世界知识和自我知识所不可或缺的部分。就诗学意义而言，关注边缘是狄金森对爱默生式的浪漫派"上升"意念的颠覆和对他们鄙弃的"下沉"思想的提升。《红色——火焰——是早晨》(♯603)写道：

　　　　红色——火焰 ——是早晨——
　　　　紫色——是正午——
　　　　黄色——白昼—正在落幕——

---

① 狄金森的眼病困扰在一定程度上帮助其确立了视觉能力与世界认知的关系的物性基础。

② 如美国当代诗人路易斯·格里克(Louise Glück)在诗集《乡村生活》的《蝙蝠》("Bats")一诗就感喟，人的存在"囚禁在眼睛中，/……/为了给光线让位/人的眼睛将神秘的东西关闭在外——"，参见 GLÜCK L. A Village Life[M]. New York：Farrar, Straus and Giroux, 2009：63. 温迪·巴克(Wendy Barker)曾讨论过狄金森的视觉审美及其诗学影响，参见 BARKER W. Lunacy of Light：Emily Dickinson and the Experience of Metaphor[M]. Carbondale：Southern Illinois University Press, 1987：134-86.

第五章 狄金森诗歌：视觉的"灵魂"与隐喻的"肉身" <<

而后——是乌有——

除了绵延数英里的星光——在傍晚——
显示燃烧过的宽度——
银白色的疆域——那尚未——被消耗的——（270）

时间的进程构成了诗歌的结构。狄金森在第一诗节中建立了时间向度上的色彩语言和自然光线变化过程的对应关系，但她在第二诗节唯独对落幕的黄昏进行抒情。蔓延的夕阳余晖制造了蔚为壮观的"傍晚"时空，因此使主体获得了崇高的感受，但这崇高的意义不是因为主体抵达了神性而是注意到了差异——结尾处那尚未被日光消耗的（也暗指尚未被浪漫派诗人的想象所消耗的）"银白色的疆域"（夜空）与被太阳燃烧过的区域形成对立，它们悖论性地存在于傍晚的时空里。"尚未——被消耗的"既联系了"已经"又预见了"即将"，其后的破折号将"傍晚"的当下性带入了另一个时空的循环，因而构成了时间过程的连续性。以哲学角度观之，《红色——火焰——是早晨》可以看作是对启蒙运动造成的对光、白昼以及对由理性控制艺术作品结尾的狂热的冷静回应。"银白色的疆域"指称尚未被理性控制的时间（或意识），狄金森将时间（或意识）的流逝转化为可感觉的地点和可消耗的物品，这是其诗歌在认识论意义上的唯物性。①"星光"和"傍晚"体现了狄金森的世界认知和诗歌审美的主要特征，她将抽象的时间概念和自我概念转化为可视的物质和空间去体认，让作为"星光"的主体（与浪漫派上帝般的主体构成对照）在意识与无意识

---

① 克里斯托弗·米勒（Christopher R. Miller）就浪漫主义诗歌中的"傍晚"进行了详尽深入的研究，围绕主体对"傍晚"的感知和"傍晚"的时间性，米勒指出，"傍晚"具有支撑诗歌主题和结构的双重作用。在主题上，浪漫派诗人利用"傍晚"的视觉性和时间性特征对启蒙运动强调的光源和理性控制的知识进行着反拨。在结构上，米勒对"傍晚"做了如下定义："傍晚是一个感知调节的场合，在调节中，视觉能力让位于听觉的敏锐和想象的幻觉或内省；傍晚是一段间隔，其中，时间——特别是思维和话语的时间性——被强烈地感觉和记录；傍晚是一个牧歌结束后即将被观察或承续的阈限；傍晚是风景之美和沉思或忧郁之感性的约定俗成之地；傍晚是现象世界微妙的变化和诗人欲想逗留的静止时间；傍晚是刚刚过去的白昼和抒情关注的'当下'之间的叙事接点；傍晚是使诗性反思变成凡俗歌息和神圣崇拜之间的第三种行为的时刻。"参见 MILLER C R. The Invention of Evening. Perception and Time in Romantic Poetry[M]. Cambridge: Cambridge University Press, 2006: 9. "傍晚"成为狄金森的审美对象，在一定程度上，是受到英国浪漫主义诗人济慈、布莱克诗歌的影响。

的边界(昼与夜的边界)感知世界和自我,而感知到的意义则显现为"傍晚"审美的模糊性和悖论性,实现了其在间接处发现真理的诗学述求。

狄金森对爱默生的"视觉"语言论的关注与怀疑,延续到了对后者的"过渡"经验论与自我和世界认识的关系,但此时她的接受要比怀疑似乎多出几许。爱默生在其《散文二集》中的《经验》一文里写道:"我们醒来时发现自己在一段阶梯上;我们的下面有梯级,它们似乎是我们刚刚爬过的;我们的上面还有,很多,向上、望不到尽头。"① 对此,莱恩·怀特(Ryan White)做出以下评论:"阶梯,一个看不到稳定或确定基础的空间,引起无家可归或内在于临界空间的张力;阶梯总是在中间、过渡的地方,在那里,停歇或静止都是不可能的。此外,阶梯是关系性的,因为一条线只有在和其他直线或垂线比较时才可能看出是倾斜的。阶梯又是临时性的,因为它们开始于一块悬置在半空的平台而终止于另一块……"② 爱默生在"阶梯"隐喻中强调的"过渡"意识,借乔纳森·列文(Jonathan Levin)的话说,"是由不满于所有的确定性和决定性的方案所激发的"。③ "阶梯"通向的可能是偶然、混沌、不确定和不完全,但所有的这些又蕴含着新的可能性,因此能够引人不断地向上(或向善)爬行。仿佛是对爱默生的"过渡"经验论的诗性诠释,狄金森在《从空白到空白》(♯484)中,虚构了类似的"过渡"意识经验,从中显出主体信仰选择开始和重新开始的探索意志:

> 从空白到空白——
> 一条无迹可寻的路
> 我推动机械的双脚——
> 停下——或消失——或前行——
> 都一样无关紧要——
> 若我抵达终点
> 则它终结在
> 所揭开的不确切之外——

---

① EMERSON R W. Emerson's Prose and Poetry[M]. New York: W. W. Norton & Company, 2001: 198.

② WHITE R. The Hidden God: Pragmatism and Posthumanism in American Thought[M]. New York: Columbia University Press, 2015: 122.

③ LEVIN J. The Poetics of Transition: Emerson, Pragmatism, and American Literary Modernism[M]. Durham: Duke University Press, 1999: x.

第五章　狄金森诗歌：视觉的"灵魂"与隐喻的"肉身"

> 我闭上眼睛——同样地摸索
> 更轻快——如果看不见——（221）

诗歌将"从空白到空白"之间的"一条无迹可寻的路"作为身体行动（相应地指意识活动）的情境，海伦·文德勒（Helen Vendler）认为它"暗示着神话式的迷宫"①，因为在迷宫内，人的理性无法发挥作用而只能任凭感觉的牵引走来走去。然而，这条没人踩过的路更似一片混沌，借其狄金森要凸显对意识的探索并预设着探索的"终点"。尽管"抵达"只是虚拟的（狄金森使用了虚拟语气），而且"抵达"之外的空间（待揭开的）依然可能还是不确定的，但这并未阻止她探索的意志。在狄金森的意识经验中，有一种詹姆斯称之为"模糊意识的复原"的情怀，即致力于探索意识边界处尚不可言喻的、未被确定的但仍然是不可抑制的东西。②詹姆斯主张将模糊的东西复原至它在我们精神生活中的适当位置，而他的"模糊的东西"指的是由感觉、直觉、牵连、联结、断裂和变化等构成的整个的神秘世界。詹姆斯的意识理论主要关注现代哲学和理性思想对个体意识流动进行完全表征的无能为力，其"模糊意识的复原"理论充分抓住这一点，目的是要保留和保护感觉的内在空间不受非个性化的控制机制所侵扰。③

狄金森将视觉之下的机械行走和没有视觉的摸索行进进行了对比，其结论是后者能够带来更为轻快的感觉。在言辞上，她采用了具有双关性的"lighter"，既表示身体更加轻快，又表示内心愈加明亮，这是将詹姆斯所指的机械控制关闭在外之后，由漠然麻木到内心畅快的变化，而这一变化昭示着模糊意识能够产生的人本主义的实用结果。狄金森记录下"从……到……"之间的意识经验，其中包含了主体对真理的探索过程和与世界关系的变化。闭上眼睛的摸索意味着身心二元性的消除，因为"摸索"是利用身体，特别是用手与世界的接触，它不是看而是"做"和行动。尽管"闭上眼睛"要依靠机遇与偶然，并且实现其物理目标仍只是一种可能性，但比起机械地跟随视觉的行进所造

---

① VENDLER H. Dickinson: Selected Poems and Commentaries[M]. Cambridge, MA: The Belknap Press of Harvard University Press, 2010: 10.

② Richard Poirier 认为，詹姆斯"模糊意识的复原"的提出得益于爱默生的影响，参见 POIRIER R. Poetry and Pragmatism[M]. Cambridge, MA: Harvard University Press, 1992: 129-168.

③ 详见 WHITE R. The Hidden God: Pragmatism and Posthumanism in American Thought[M]. New York: Columbia University Press, 2015: 74-75.

成的麻木心智相比,前者是狄金森更乐于采纳的方式,因为这样她能够在过程和关系中感受到世界的亲密和直接。狄金森的诗歌审美截取了"空白"间的任意一段,她的"空白"所指的不是消极的意义的虚无或不确定,而是一种任何结果都有的可能性,但狄金森在这种不确切的可能性面前既没有哈姆雷特的犹豫徘徊,也没有爱默生的超验理想。爱默生使用"阶梯"作为隐喻表明了,不管过程如何,阶梯最终还是向上(或向善的),这表明了他的新柏拉图神秘主义的秩序和等级性思想。但狄金森与爱默生的共同之处在于,他们的"空白"的意义不是被强加的,而是由"居间"的意识和行动给予的,其意义在于爱默生所说的"每种最终的事实都是新序列的开始",[①]从"空白"到"空白"的意识过程就是开始和重新开始的行动距离。

爱默生将经验论的关注点落在从开始到重新开始之间的经验摸索,显示出他对过渡和变化的肯定。他在自然的事实中领悟出"自然中没有固定物,天地万物皆于流动和变形"[②],因此,表征自然真理的语言也就相应地以"转化""变形"或"变成"为特征。就像自然由物构成而物又在流变那样,爱默生认为语言也有指称性和隐喻性,前者是对自然物的透明的映射,而后者则揭示经过变形的自然物中所包含的相似性。爱默生指出:"世界是象征性的。表达方式是隐喻,因为自然的全部是人类心智的隐喻。道德的自然法则对物质的自然法则的回应如同镜中的面对面。"[③]爱默生洞见到形态的转变是自然的本质,并特别强调以不同的语言方式或形式去表现自然的内容,而隐喻的方式恰好提供了语言变形的机制和可能性。大卫·拉若卡(David LaRocca)就爱默生的隐喻论做过如下总结:

> 隐喻构成了理念和物性事实之间接触的临界空间。由于隐喻在结构上是可适应的,会根据语境和描述的不同而不断地发生变化——[它因此]在道德、政治和哲学讨论的迫切需要中被注意到——任何对终极的、固定的同一或本质的追逐都注定牵涉到对不可能被发现的东西的寻找。隐喻是没有起源的,而只有无休止的各种历史、各种词源说明和解释的序

[①] EMERSON R W. Emerson's Prose and Poetry[M].New York: W. W. Norton & Company, 2001: 174.

[②] EMERSON R W. Emerson's Prose and Poetry[M].New York: W. W. Norton & Company, 2001: 174.

[③] EMERSON R W. Emerson's Prose and Poetry[M].New York: W. W. Norton & Company, 2001: 37.

第五章 狄金森诗歌：视觉的"灵魂"与隐喻的"肉身"

列。我们称绅士为 Sir，而当他是孩子时称其为 Sire……①

鉴于隐喻的去本原、去根性（或反词源、反历史、反记忆）的变形功能，爱默生将其视为在道德、政治和哲学方面具有革命性的解放力量。然而，因为隐喻在理念和事物的临界处产生，所以它就既具有物性或经验的基础又包含形而上的理念。爱默生的隐喻论强调了隐喻引起变化的情境性、当下性、连续性和生成性，以"起源"这个概念为例，按着拉若卡的话说，其"不可能恰切地意指一个开始的地方——而是更像某种具有持续变化特征的空间"。"变化"被爱默生构想为事物的"内在形式的有序显现"，并被认为是"构成了事物的本质"，这样一来，"传统中对可变性的不信任在他那里就被消除了"。② 与亚里士多德旨在构建知识范畴的隐喻论不同，爱默生的隐喻论强调的是隐喻性的思维方式，即隐喻所具有的反范畴的（或离心的）思想方法。③

与爱默生相同，狄金森也试图发现和利用隐喻的理念与物性的临界性，但理念与物性的关系在她那里是并置的，也就是说，不是理念在先而后有物性，而是理念与物性的合一共生。共生意味着过程和关系，意味着隐喻意义的实现是依赖语境而持续发展的结果，因此，狄金森的隐喻观里隐含着语言实用的情境意识。在《化作肉身的词》（♯1715）中，她以耶稣（上帝旨意与凡俗形体的合一）作为"词"的隐喻，喻指"词"应该是精神（理念）与肉身（物质）结合的"词"，其中，精神的部分"可能会消亡"，而"有确切呼吸的词"则"没有力气去死"。对于"词"的意义或价值，她写道：

> 化作肉身的词很少被
> 战栗着分享
> 而后也不可能被讲述
> 可是不是我没弄错
> 我们中的每个人都
> 以秘密行动的狂喜

---

① LAROCCA D. Emerson's English Traits and the Natural History of Metaphor [M]. New York: Bloomsbury, 2013: 128.

② LAROCCA D. Emerson's English Traits and the Natural History of Metaphor [M]. New York: Bloomsbury, 2013: 107.

③ 尽管爱默生谈论的是隐喻，但因为隐喻性是语言的基本性质之一，因此，其对隐喻所说的同样适用于语言，即语言的发展也具有变形和去本原的特征。

> 品尝到被争辩说
> 适合我们各自力气的真正食粮——

狄金森以情感的影响力测量"词"的意义,其价值取决于它是否能够满足特别的情感需求。不仅如此,"词"的意义的获得与情境(以秘密的方式)和与"词"的交流(分享)程度都相关。由此可见,"被化成肉身并居于我们之中"的耶稣,就与物性的、被用来流通并产生情感影响力的语言构成了对应。狄金森希望(她用了"Could...be"句式表达了可能性)作为概念的语言能够像俯就的耶稣,成为物性的、肉身的语言,并在语言的实际使用中获得永恒的真理意义。狄金森的语言的肉身隐喻颠倒了神学中精神对肉体的优先秩序,使精神(或理念)的部分成为肉身感觉的衍生。狄金森将语言视作理念和肉身的结合体,这在她的作品♯772中已有表现:

> 精油——被拧挤——
> 玫瑰油
> 不会——仅仅——被太阳榨出——
> 它是螺旋的礼物——
>
> 普通的玫瑰——衰败——
> 但这个——在夫人的抽屉中
> 制造了夏天——当夫人躺在
> 在无尽的迷迭香中——(345)

诗歌涉及诗歌及其意义的获得方式和结果的问题。"玫瑰"是诗歌的喻指,其意义(精油)的产生既依靠太阳的光照(喻指理性的指引)还需要螺旋的拧压(喻指头脑的劳作),而以如此方式获得的诗歌意义将具有超越生命的永恒性。然而,对诗歌的分析仅止于此会导致对其深层意义的遗漏。如果将"玫瑰"视作语言,那么诗中关注的就是什么样的语言并且它以怎样的方式才能够获得不朽的生命。对此,狄金森给予的答案是,肉身和理念结合的语言,而此时我们会发现诗中真正具有寓言意义的表达在于"迷迭香"一词的选择以及"太阳"和"螺旋"的合作,因为"迷迭香"由"rose"和"mary"构成,前者指物性的东西,而后者则是具有神学性质的符号,这一组合恰与"螺旋"的物性和"太阳"的理性形成完美的对应。但分析到此仍未结束。狄金森在最后诗行突兀地将

"玫瑰"替换为"迷迭香"具有更深层的哲学意蕴。詹姆斯·E.万德海茨(James E. von der Heydt)指出,"迷迭香"一词的词根来自拉丁语,其中 *ros* 表示'露珠'而 *mare* 表示'海水',这两个词根相互阻止对方使诗歌的主题要么确立为普遍性要么确立为无常"。① 相互阻止表明两个词根间的对立关系,其张力确保了诗歌意义不会走向极端,但它们结合在一起还产生了悖论性的力量,构成了共生的关系:普遍性的玫瑰会腐朽而成为无常的事物,但无常的东西会因为太阳和人的劳作变成精油而得以持久存在。

爱默生强调变化和作为临界空间的隐喻论,不仅为狄金森的诗歌审美提供了出发点,也为我们理解其诗歌的审美模式提供了线索。然而,在理解狄金森的诗艺方面,还需借助爱默生以外的隐喻理论,这样就可以进一步发现狄金森与爱默生更为复杂的纠缠。在《有一种疼痛——如此彻底》(♯515)中,狄金森以隐喻的方式,对抽象的"疼痛"概念加以定义,其间虚构了一种被保罗·利科(Paul Ricoeur)称之为"悬置"(suspension),即"由隐喻过程中的意象带来的否定性的时刻"②,使"疼痛"的意义超出了传统认知的范畴。诗文如下:

> 有一种疼痛——如此彻底——
> 它将物质吞没——
> 然后用恍惚遮盖这无底深渊——
> 所以记忆能够举步
> 左右——跨越——踏上——
> 就像神魂颠倒中的人——
> 安全地走动——在那里睁开一只眼——
> 会使其坠下——一根骨头接着一根——(233)

在利科的隐喻论中,意象的否定性指的是意象(或情感)与概念之间的差异性(而非相似性),它是与隐喻的指称同一性相对立的部分,由隐喻的指称分裂功能所带来。利科在反驳亚里士多德以词语为核心、以知识为导向、以排除差异的趋同思维为特征的隐喻论的基础上,提出了将隐喻视为在话语层面发

---

① VON DER HEYDT J E. At the Brink of Infinity: Poetic Humility in Boundless American Space[M]. Iowa City: University of Iowa Press, 2008: 103.
② RICOEUR P. The Metaphorical Process as Cognition, Imagination, and Feeling [J]. Critical Inquiry, 1978, 5.1: 151.

生的、强调语言行为的隐喻论。利科所关心的隐喻是一个过程，而隐喻的结果包含认知、想象和感觉等多重意义并且它们都具有真理的价值。利科认为，隐喻过程就是给予概念述语的同化过程：

> 述语的同化涉及一种与其说是在主语和谓语之间毋宁说是在语义不一致与一致之间的特殊张力。对相似性的理解是对先前的语义不相容和新的语义相容之冲突的感知。"远离"被保留在"接近"中间。看到相似就是指尽管有差异存在但能够通过差异看到相同。这一相同和差异之间的张力是相似的逻辑结构的特征。想象因之就是经过同化而生产新的相似性的能力，想象的生产不像概念那样凌驾于差异之上，而是尽管有差异却通过差异来进行。①

以此鉴照狄金森的诗歌，可知其首行"有一种疼痛——如此彻底——"后的内容都可作为"疼痛"这一概念的述语，而她的作诗过程就成为赋予"疼痛"意义的隐喻过程。狄金森制造了与"疼痛"相似的"清醒（睁开眼睛将会粉身碎骨）"和与其差异的"恍惚（可以遮盖疼痛）"之间的张力。"恍惚"是构成诗歌"悬置"的核心意象，利科所指的"悬置"发生在隐喻的想象力层面，其具有生产和投射的双重功能。狄金森的"恍惚"生产出一个让记忆在其中活动的中介空间，从而使主体能够得到一种暂时安全的生存方式。"恍惚"的投射功能表现为狄金森引入其对立面，即人若清醒则将毁灭性地坠入深渊。在此诗中，狄金森将记忆置于"悬置"过程的前景，构成与爱默生利用隐喻所表达的反记忆、反历史的意识形态的差异，希望保留记忆以获得在清醒与昏沉界面上能够保全完整生存的人。就隐喻过程创造的感觉意义而言，狄金森如文德勒所指出的，在"疼痛"的界限处展开了对它的定义，将抽象的情感疼痛转化为身体的感觉，而身体的感觉又被身体的肢解赋予意义。② 通过建立视觉（睁开眼睛）和没有视觉的之于身体后果的对照关系，狄金森的诗歌证实了以差异性方式生存的意义。

除了给予概念以定义，狄金森也喜欢以隐喻的方式描述事件，这是她从爱

---

① RICOEUR P. The Metaphorical Process as Cognition, Imagination, and Feeling [J]. Critical Inquiry, 1978, 5.1: 148.
② VENDLER H. Dickinson: Selected Poems and Commentaries[M]. Cambridge, MA: The Belknap Press of Harvard University Press, 2010: 231.

默生源自自然的语言哲学那里汲取的"流动""变化"的精神力量。她在《我们作为火花相遇——》(♯918)中写道:

> 我们作为火花相遇——开裂的火石
> 散发各种——零落的方式——
> 我们分开当中央的火石
> 被锛子凿开——
> 靠我们携带的光亮维持
> 直至感到黑暗——
> 我们了解靠的是变化在闪烁的火花
> 和缥缈的星光之间(394)

狄金森倒置了事件的时间秩序,从火花相遇开始采用倒叙,回到它们分开的原因,又折回至相遇的事件并对其进行抒情,这一结构折射并逆反了柏拉图《会饮篇》中爱情寓言的事件顺序。在柏拉图那里,人被劈成两半而从此踏上寻找另一半以求复合的征程,但在狄金森这里,火花所期待的并不是找到理想的另一半,相反,因为茫茫"花"海中,偶然相遇的火花已经无法确知彼此是否为原初的另一半,而只能凭借自身的变化——从依稀保持原本光亮的来自燧石的火花到天上幻影般的星光之间的变化去了解对方和自己。然而,《我们作为火花相遇——》不仅仅是一首爱情诗,它对经典寓言的颠覆性的结构化处理以及诗歌最后两行的形而上的冥想,是狄金森颇具典型的审美模式和认知方式。与爱默生相同的是,狄金森也将知识建立在对事物变化和偶然性的把握上,不同的是,她将变化设置在保持记忆与进入虚幻的两极之间,因此她的知识观念就构成了对柏拉图的知识不过是记忆的定义的改造。狄金森的知识是在感觉到黑暗时,也就是在光亮的边界处并且依靠对变化的感觉获得的。诗中,"火花"是离心的,其存在的状态是离散的、偶然的,它是光亮与黑暗的临界体,因此,"火花"也暗指"我们"的存在状态和作为知识主体的认知方式。

* * * *

希拉·沃劳斯基(Shira Wolosky)指出,进入狄金森诗歌的方式有很多,包括心理自传、浪漫派审美、语文学、形式主义、历史、宗教和性别研究等方方面面。① 本章选择了以语言为切入点,是因为狄金森的诗歌自始至终都对语言——"这个可爱的语文学"②(616)的功能及其真理(意义)坚持不懈地进行着索问。与爱默生追求的根据果实而非根源判定语言的意义不同,狄金森以两者兼而有之的方式对待语言。狄金森是忠实于自己心灵认知的诗人,因此其诗歌从不回避自我感觉的局限,也不主观制造秩序的假象,包括利用诗歌的语言和形式去表现超验的意义。相反,她的诗歌是其意识的再现,是既包含意识的现实基础又体现意识的想象功能的综合体。此外,对变化的信念和对扩展"圆周"的兴趣使她的诗歌在形式上不落窠臼,突显出含混的标点和大写化、反句法的分行,反语法的并置、变异的选词和多重的版本等异乎寻常的文本性特征。尽管被定格于浪漫派,狄金森的诗歌与其说是对情感顿悟的捕捉,毋宁说是对意识过程的记录,而正因为是基于意识的构建结果,她的诗歌在很大程度上就成为诠释性的文本。辛西娅·沃夫(Cynthia Wolff)指出,"在狄金森最有力量的诗歌中有许多是无法理解的——即,难以确定它们究竟是'有关'什么的"。③ 的确,因为其诗歌的文本性,不给予意义,或给予不确定的意义,抑或是只提供意义的可能序列,可能恰是狄金森诗歌所关乎的意义。

然而,对狄金森诗歌的批评不仅需要追问何为(What)其诗歌的意义,更需要对诗歌为何(Why)和如何(How)生成其意义进行发问。狄金森从爱默生的语言论和经验论中发现了诗歌的主题和审美方式,同时也发现了对方在观察世界的方法及世界认知中的问题,而她在探索这些问题的答案时形成了自己的诗学特征。爱默生建立了世界的物质性与精神性的动态对应关系,但狄金森看到了对应中的"滑动、破裂、矛盾或错位",④并且注意到引发问题的根本原因在于,作为对应关系构建者的人将自身的主体性放大至上帝般的位置,其超然地给予了世界的秩序。然而,这并不等于说狄金森就和盘否定了爱

---

① 详见 WLOSKY S. Emily Dickinson: being in the body[M]//MARTIN W. The Cambridge Companion to Emily Dickinson. Cambridge: Cambridge University Press, 2002: 139.

② 狄金森在《化作肉身的词》中使用了 philology 一词,它是 philo "爱"与 logia "语言"的结合。

③ WOLFF C. Emily Dickinson[M]. New York: Knopf, 1986: 140.

④ WLOSKY S. Emily Dickinson: Being in the Body[M]//MARTIN W. The Cambridge Companion to Emily Dickinson. Cambridge: Cambridge University Press, 2002: 139.

默生。事实上,她降低了姿态而使自身参与到世界中去,让世界的物质性和精神性在"我"的感觉之下进行结合,同时也让"我"的感觉随着参与世界的过程进行协调。在审美意象的选择上,狄金森倾向于那些如"火花"或"傍晚"的临界体,因为这些意象中包含着冲突性的要素,它们之间不是统一的辩证关系,而是共生的悖论关系。狄金森以语言为主题的诗歌及其特有的审美方式和文本形式,不仅对爱默生式的美国诗歌的浪漫主义进行了实用化的改造,而且为其身后的美国诗歌带来了绵远的影响。

第二部分
现代(反浪漫派)诗歌的实用主义审美

第六章　弗罗斯特诗歌:"声音"、"图形"与"隐秘性"

【本章提要】本章将围绕弗罗斯特诗论中的"句子的声音""诗的图形"和"诗的隐秘性"等重要概念,论证其诗学中的实用主义哲学基因。受詹姆斯影响,弗罗斯特"句子的声音"理论旨在对既成的语言习惯实施诗化的改造。弗罗斯特对詹姆斯意识流原理的贯彻表现在他诗歌图形论中,认为诗歌是有目的的意识探索行动,其总是处于未完成的状态,每一次诗歌经验就如同意识的过渡过程,它会在结束时达成短暂的智识并朝向更多敞开。此外,弗罗斯特接受了詹姆斯的"信仰的意志"和真理多元论的思想,相信诗歌的意义源于信仰而意义可以用不同甚至相反的方式去切近。阅读弗罗斯特的诗歌需要探究其隐秘性,从诗歌的隐喻和声音中发现其隐藏的秘密。弗罗斯特的诗歌本身就是詹姆斯意下的文本行动,其间,他不断地对上述诗学概念进行诗歌文本的诠释,探索诗歌想象的界限和表现的潜能,同时寻找个体与人类有意义的生存方式。

　　对弗罗斯特诗学特征的定位,首先需要回到他的诗论本身,这样能够更加准确地厘清他与同时代诗人的差异化的诗学目标和策略。现代诗人的写作大凡出于要对文化历史的混沌/混乱症候有些作为,而他们采取的最直接的手段则是对形式的构建,如艾略特通过古典救赎文化、庞德通过意象统一碎片、威廉姆斯以句法控制能量和史蒂文斯以想象的秩序构建世界等。与上述诗人不同,弗罗斯特以隐秘的方式对文化的现代性进行着回应并从中选择了属于自己的诗歌路线。对于诗歌要达到的目的,弗罗斯特指出,其"最终结束于对生活的某种澄清——不必是像宗派和教义所建基其上的宏大的澄清,而是抵抗困惑的短暂稳定",①而其中的宗派和教义暗指艾略特以其《荒原》《四个四重奏》等诗歌所筹划的文化救赎路线。在形式问题上,弗罗斯特强调,"世界承认形式并且呼唤形式",而"每个心智健全的人都会感觉到形式并按照形式行事"。诗应该有"整体的形式"(786),但"最引人入胜、令人欣喜、叫人舒畅和能持续的形式莫过于那些被我们丢掉的、像涡旋状的烟圈(vortex rings of smoke)那样不起眼的形式"。(740)涡旋和烟圈的并置是令人玩味的,涡旋暗指被庞德赋予能量的、束拢的、具有整体性冲击力的意象。在庞德那里,涡旋"成为聚合整个世界并承载各种可能的意义"的宏大意象。② 然而,烟圈是轻柔的、暂时的,是有限的秩序和瞬间的形式。与威廉姆斯一样,弗罗斯特也关心句子的表意功能,但他认为句子必须具有戏剧性的声音,即"将声音的言说语调缠入语词并集中于页面以伺听觉想象",而这项任务是"任凭怎样的具有独创性和差异性的句子结构都不能为之的"。(713)这意味着,弗罗斯特在诗艺上不会走上威廉姆斯的大刀阔斧的句法改造路线。

弗罗斯特与史蒂文斯诗学的关系则较为复杂。源于对浪漫派诗学的批判性的回应,世界与想象力的关系成为美国现代诗歌的重要主题,而对此关系的处理方式可以区分出现代诗人各自的诗学特征。学术界长期以来一直将弗罗斯特和史蒂文斯置于这一关系的两极,即将"事物的诗歌"认作弗罗斯特的标志,而将"理念的诗歌"归于史蒂文斯的特征。然而,当二者被置于共同的哲学知识背景中去观察,上述认识就会发生变化——那种极端的差异将会在深处并汇,于是便可将事物和理念相互作用的诗学特征黏附于他们。③ 作为同样是受实用主义哲学家詹姆斯影响的哈佛诗人,弗罗斯特和史蒂文斯虽各取其所侧重,但他们如同哈斯(Robert Bernard Hass)所言,"因为哲学上的一致,他们偶有的分歧也只是兄弟间对各自风格的争论,而最终逃不过的是其共同的知识血缘"。④ 实用主义是弗罗斯特和史蒂文斯的诗歌哲学基因,因此对实

---

① FROST R. Collected Poems,Prose,& Plays[M]. New York:The Library of America,1995:777. 本章后文引用该书文字仅以标出页码,不再另注。

② ALTIERI C. The Art of Twentieth-Century American Poetry[M]. Malden,MA:Blackwell,2006:29.

③ 在2017年,*The Wallace Stevens Journal* 推出专刊,刊出的文章主要针对史蒂文斯和弗罗斯特的相似性、互补性展开,参见 AXELROD S G, GERBER N. Introduction[J]. The Wallace Stevens Journal,2017(Spring),41.1:1-3.

④ HASS R B. A Violence from Within and Without in the Poetry of Stevens and Frost[J]. The Wallace Stevens Journal,2017(Spring),41.1:79.

用主义哲学本身的认识就成为阐释其诗学的基础性的问题。当前,弗罗斯特的研究者对实用主义本身的理解似乎存在某种程度的偏离,如白瑞恩(Jonathan N. Barron)将实用主义等同于事物的哲学,其与理念论(idealism)构成了对立。① 然而,如詹姆斯所言,实用主义是行动的信条,是对人的力量和人的方法的研究。之于弗罗斯特,其诗歌本身就是一次次的行动,其间,他将"句子的声音""诗造就的图形"及其蕴含的"诗的隐秘性"等重要的诗学概念不断地以诗歌文本进行诠释,探索着诗歌想象的界限和表现的潜能,同时寻找着个体与人类有意义的生存方式。

一、"句子的声音"

"句子的声音"(the sentence-sound)是弗罗斯特诗学的核心概念之一,也是用于表现其诗歌美学与哲学立场的手段。弗罗斯特针对诗歌形式所遭遇的困境提出,"语言的形式是如此令人沮丧的碎片,它近乎成了精神那样的非存在物,这种局面直至二者在空中相拥才会改变。但它们的相遇不是在对立而是在创造之中,因此单就任何一方做出的评判都不足信"。(790)在他看来,诗歌的创造性来自对材料的选择和组合,而诗人不仅靠能看的眼睛,更要靠能听的耳朵将取自生活的材料加以创造,眼睛与耳朵的结合会造就生动的句子形式。弗罗斯特意下的"句子的声音",不是由词语的单纯的生物发声生硬地拼合而来,而是由措辞策略或话语方式制造出来的声音,它是一种"想象的声音""言说的声音",靠耳朵从日常用语中捕捉到的声音。(675)究其实质,"句子的声音"是被听辨出的语调,是"声音的功能"(ACTION of the voice),即声音的姿态、姿势(sound-posturing, gesture)。(688)"句子的声音"所传达的通常多于句子中的词语,它甚或像反讽的句子,能够传达出与词语相反的意思。(677)简言之,"句子的声音"就是使用语言的效果,它是一种满足感,即"获得对思想而言的完备性的表达"。(688)关于如何创造"句子的声音",弗罗斯特指出,"声音的获得需要语境的支撑、需要一种激活生活声音的精神"。(688)

---

① 尽管他对史蒂文斯和弗罗斯特的研究结论与哈斯一致,详见 BARRON J N. Subject and Bric-a-Brac: Frost and Stevens, Snowman and Woodchucks[J]. The Wallace Stevens Journal, 2017(Spring), 41.1: 38.

第六章　弗罗斯特诗歌："声音"、"图形"与"隐秘性"

为此，他以声音为主导给句子下的定义是："句子本身是一种声音，借其，其他被称作词语的声音得以串挂起来。(675)"

以"句子的声音"为基础，弗罗斯特区分了合语法的句子和有生机的句子。被弗罗斯特用来判定"句子的声音"是否有效或是否有生机的媒介是听觉，他认为"耳朵是唯一真正的作者和唯一真正的读者"，(677)而强调耳朵（听觉）的意图是为了反对现代及其前的诗歌过度强调视觉以及着力选取对视觉而言有效的诗歌技艺。在有生机的句子的生成策略中，弗罗斯特首先选择的是口语句子，其由"浸回到日常用法"的词语组合而成，使"句子的声音"成为作者和读者之间有效交流的基础。弗罗斯特反对由从口语中分离的、枯燥的辞令或机械的语调重复（即使用脱离实际的，传统的格律、韵律等）所写成的诗歌，但这也不意味着和盘接受日常语言。相反，他会通过制造声音的方式激活那些已经滥俗甚或僵死的语言。弗罗斯特非常重视句子的形式，但认为某些句子的形式是取决于声音的，是诸如反讽、默许、怀疑、疑虑、确定等声音选择了句子的长或短、简单或复杂、规则的或松散的结构。(687)例如，弗罗斯特的诗歌《割草》("Mowing")中有这样一段："它低语的是些什么？我自己不大知道；/或许大概说着什么有关太阳的炽热，/大概说着什么，或许，关于四周的静悄悄——"(26)。此段的首行预置了声音，即"低语"所指的不确定性和"我"的认知的有限性。因其使然，弗罗斯特在后两行重复使用了"或许""大概什么"和"关于"这些口语化的词语和口语化的组合形式，以这种措辞达成了诗歌内部模糊的声音（即意义）的连贯。

除了回到语言的日常口语用法的诗歌策略，控制句法和分行的关系也被弗罗斯特用来实现"句子的声音"。尽管不像威廉姆斯那样大破大立，弗罗斯特也在诗歌规约的界限处，以句法和分行控制着"句子的声音"。品斯基（Robert Pinsky）指出，句法是"词语的安排以及由词语安排所创造的动态能量"，它"有时会在诗行末端停顿，有时会快速进行、跨越或拉紧诗行"，①造成其与诗行之间的速度/节奏的张力（如句法设法加快诗行的速度，而分行则试图放慢句法的速度），并以此达成"句子的声音"。以《未被选择的路》("The Road Not Taken")的结尾："两条路在林中分叉，而我——/我选择了少有人踩踏的那条，/于是就造成了这所有的不同"(103)为例，弗罗斯特用"我——/我"的分行方式，放慢了句子的节奏，既表示我做选择时的心理状态是分裂的，

---

① PINSKY R. The Sound of Poetry[M]. New York: Farrar, Straus and Giroux, 1998: 27.

同时也表示选择时的迟疑和犹豫，甚至是回望时的叹息，而迟疑、犹豫、叹息这些恰是"句子的声音"，是简单的词语布置中蕴含的复杂的声音。如果没有"我——/我"的分行控制，而是使用合乎语法的"两条路在林中分叉，/我选择了少有人踩踏的那条"这样的形式，诗行则会变成一种单纯的事实描述，其给予的是表层的信息而非深处的声音，会使因选择所造成的"不同"的所指变得单一，因为这种书写方式直接将选择的差异性或是行动的独立性推向前景。

帕西耶（Richard Poirier）曾就弗罗斯特诗论/诗歌中"句子的声音"与詹姆斯实用主义心理学中的"模糊性的复原"进行了对接。他指出，弗罗斯特重视模糊性的声音得益于詹姆斯的心理学中的意识流理论，并认为意识流理论从根本上讲就是诗学理论，其目的是将语言从现代化的使用中拯救出来，而弗罗斯特恰是以此为基础完成了诗歌/诗论的构建。[①] 根据詹姆斯的理论，意识由名词性状态和过渡性状态的交替构成。事物在意识面前总是有边缘的，个体意识总是对事物的某些部分更感兴趣，并在思想过程中接受、拒绝或选择某些部分，也就是说，意识中包含选择性的注意力和审慎的自由意志。[②] 詹姆斯在陈述其研究意识的目的时说，"将模糊和尚未清晰的事物恢复到我们精神生活中适当的位置是我急切强调人们注意的事情"，[③]因为人的意识总是倾向注意那些确切而明晰的名词性状态，而忽视了在它们之间起连接作用并导致名词状态更迭的过渡性事物。然而，詹姆斯指出：

> 心智中每个明确的意象都浸染在环绕其流动的自由的水中。伴随着意象会产生关系感，它或近或远，或是其发源之处的消逝的回声，或是其去向之所的渐起的感觉。意象的意义、价值就在这光晕或围绕并守护它

---

① Poirier 在其著作中辟专章论述了詹姆斯的"对模糊性的重申（the restatement of the vague）"及其对弗罗斯特的诗学影响，参见 POIRIER R. Poetry and Pragmatism[M]. Cambridge，MA：Harvard University Press，1992：129-168. 另据弗罗斯特年鉴记载，在他1898年于哈佛大学求学期间，詹姆斯的《心理学简明教程》(*Psychology*：*Briefer Course*) 曾是其课程读本，关于这一点弗罗斯特自己也说到，他做学生时的最大的灵感来自一个他从未到场去听过其课的人，参见 FROST R. Collected Poems，Prose，& Plays[M]. New York：The Library of America，1995：935.

② JAMES W. Writings 1878—1899[M]. New York：The Library of America，1992：152-173.

③ JAMES W. Writings 1878—1899[M]. New York：The Library of America，1992：164.

第六章　弗罗斯特诗歌:"声音"、"图形"与"隐秘性"

的边缘中,——或者更准确地说,它们都融进意象之中,成为它的骨中骨、肉中肉;诚然,这个意象还是先前同一事物的意象,但却是被重新看待和理解的事物的意象。让我们将这意象周围关系的光晕意识称作"心理的泛音"或"边缘"。①

此段中的"明确的意象"是指已经固化了的语言使用方式(或处于名词状态)的词语,而"环绕其流动的自由的水"指的是名词性词语赖以存在的语境,其中包含联系它们的过渡性的连词、副词、介词、形容词等词语。詹姆斯指出,决定词语意义和价值及其变化的是词语与语境以及词语与其他词语之间的关系。弗罗斯特的《一次,而后,某种东西》("For Once, Then, Something")中的一段似乎是对上述文字的诗化:"有一次,当我设法用下巴顶住井沿,/我分辨出,如我所想,在脸的倒影之外,/透过倒影,一个白色的东西,不确定,/一个更有深度的东西——可后来我把它弄丢了。/……/一滴水从藤枝落下,瞧,一道涟漪/震动了井底的什么东西,/使它形象模糊了、形状破坏了。那白色的东西是什么?/真理?一个石英石子?一次,而后,某种东西。"(208)诗中的"我"竭力(用下巴顶住井沿)注意和试图(排除主观性的干扰)分辨那"白色的东西",其间,"我"的发现却因为偶然来自自然的"一滴水"而遭遇阻碍,但这一阻碍带来"我"对在井底这个复杂关系的力场中探索的认识,即抽象的概念与具象的事实都是构成"白色的东西"的新知识。这"一次"经验使"我"得到了满足感并指向未来的行动与发现,因为 Something 总是一种未完成的状态,"一个更有深度的东西"。②

尽管帕西耶认为井水中人脸的影像是诗的核心意象,并指出弗罗斯特透过这个个体影像凝视的是人类生命神秘的起源,③但若从诗歌的整体基调或"声音"考量,"一滴水"的作用似乎更大,因为它打破了一种关系并建立起新的关系,其制造了"白色的东西"这个意象的模糊性和屈折。从这个意义上讲,"一滴水"的功能可以帮助我们进一步审视弗罗斯特的声音理论。弗罗斯特指出,"获得抽象意义的声音的最佳地点是在切断词语的门后的声音中"。(664)

---

① JAMES W. Writings 1878—1899[M]. New York: The Library of America, 1992: 164-165.

② POIRIER R. Poetry and Pragmatism[M]. Cambridge, MA: Harvard University Press, 1992: 148.

③ 详见 POIRIER R. Poetry and Pragmatism[M]. Cambridge, MA: Harvard University Press, 1992: 146.

"门"在此隐喻一种阻碍,但这种阻碍设施并不一定具有坏的作用,因为它会"阻挡获得那种便利的意义"。① 在弗罗斯特看来,便利的或表面的意义其后果有时是很危险的,因为它们是倚赖惯性和常规获得的意义,这一点可从他对词典的评价得出:"词典中的词是对最佳使用语言的约束,它们远离语境或寂静无声。但(我)也不鼓励创造新词。我们要利用所发现的词,使它们起作用。"(790)帕西耶指出,如果"句子的声音"这个概念发挥作用要通过一道门或一面墙,那么这个句子意义的某些部分就一定是模糊的、不可翻译的并且永远都是新鲜的。② 弗罗斯特特别强调"门"的阻隔作用,其所针对的是那些惯用语、谚语或名词性的套话等对人们观念根深蒂固的影响,但他"所采取的策略不是直接的拒绝而是间接的阻碍"。③ 对此,帕西耶以弗罗斯特的《补墙》("Mending Wall")解释说,诗歌开篇的"有某种东西不喜欢墙"制造了一种隐秘感,即诗歌本身所说的邻居间的"隔阂",但这个隔阂不能依靠像"篱笆牢邻居好"这样的格言智慧去填补,相反,如"某种"这样不完备的措辞才是邻居关系的标志,模糊"制造了邻居间相互陪伴的可能性,它不喜欢墙,它爱墙的裂隙,因为那里是联系邻里的地方"。④

二、"诗造就的图形"

詹姆斯的意识流理论给弗罗斯特带来的启示,就诗歌美学而言,不仅是对诗歌的模糊性声音的重视,而且也形成了诗歌的图形理论;就哲学意义而论,则是将诗歌写作的意图视为与实现人的有意义生存的目的相一致。受到哲学家波拉德(Benjamin P. Blood)的"确定性是绝望的根源"思想的启发,詹姆斯

---

① LEIGHTON A. Thresholds of Attention: On Listening in Literature[M]//MUKHERJI S. Thinking on Thresholds: The Poetics of Transitive Spaces. London: Anthem Press, 2013: 206.

② POIRIER R. Poetry and Pragmatism[M]. Cambridge, MA: Harvard University Press, 1992: 150.

③ POIRIER R. Poetry and Pragmatism[M]. Cambridge, MA: Harvard University Press, 1992: 151.

④ POIRIER R. Poetry and Pragmatism[M]. Cambridge, MA: Harvard University Press, 1992: 150-151.

将研究意识流的意图确定为,通过研究意识中的介于名词性阶段之间的过渡状态为人类生存寻找到实用且有道德的途径。扩大视野和信念的范围是詹姆斯用以击退确定性和生活中的绝望的方法:与理性主义将经验切断为静态的客体趋势不同,他坚持连接(Conjunctions)所具有的交流意义价值(face-value)。①与前者向心的思维趋势不同,詹姆斯喜欢"边沿、边穗、边界和边缘等区域,认为大海边或森林旁这类边界之地是物种繁衍最为丰富之地。边缘事实上是生命的中心"。② 从哲学旨趣论,詹姆斯捍卫不完全、更多、不确定、不稳定、可能性、事实性、新奇性、折中、补偿和成功等实在特征。在哲学话语里,詹姆斯宣称要依赖诸如带有、邻近、下一个、像、来自、朝向等语法小品词,因为这些词指示的类型都是连接关系的,它们以直接性和包容性的、大体上升的秩序被安排进话语。③ 在哲学性情中,詹姆斯坚持"向前理解事物,拒绝以静态的认识论概念替代我们生命运动中的过渡状态"。④ 向前理解事物意味着"我们期待'更多'的到来,而且只有将过渡过程指向它,'更多'才会到来。这样,我们才会有满足感和完成感"。⑤

弗罗斯特将詹姆斯的过渡意识理论进行了诗学迁移,从中发展出其诗歌的图形论。他在《诗造就的图形》("The Figure a Poem Makes")一文中对诗歌的"图形"(figure)给出这样的描述:"它始于喜悦、近乎冲动,随着首行布下便呈现出方向,经过一系列的偶然事件,最终结束于对生活的某种澄清——……抵抗困惑的短暂停留(a momentary stay against confusion)。它有收场,有一种虽不能预见但却从最初情境的第一个意象起就注定了的结果。"(777)诗歌图形论所强调的是:诗歌开始于情感而非理念,其最重要的是在开始便设立基调,这个基调不是主题而是声音,围绕这个基调诗歌挑选并组合材料,从而形成一个"整体的形式"。(786)就此,弗罗斯特给诗歌下的定义是,"所有的诗歌都是

---

① 参见 JAMES W. Pragmatism and Other Writings[M]. New York:Penguin Books,2000:338.

② 详见 RICHARDSON R. The Heart of William James[M]. Cambridge,MA:Harvard University Press,2010:xvi.

③ 详见 RICHARDSON R. The Heart of William James[M]. Cambridge,MA:Harvard University Press,2010:xvi.

④ JAMES W. Pragmatism and Other Writings[M]. New York:Penguin Books,2000:339.

⑤ JAMES W. Pragmatism and Other Writings[M]. New York:Penguin Books,2000:338.

对实际言语的基调的再现",而"一个完整的诗歌是在其中情感找到了思想而思想找到了词语的诗歌"。(701)弗罗斯特反对主题式的写作,即先写目的,然后使写作都朝向这一目的去努力;他也反对靠技巧操控的诗歌写作,认为写诗"靠的不是技巧而是信仰",(726)即相信那种将在诗歌中成为存在的、"美而模糊的"东西、"与其所知不如所感的"东西。(726)真正的诗歌源于信仰,即"相信诗歌会进入存在,随着写作会说出那些可能从不曾指望会说出的东西,带着讶异达到事先仅凭感情预知的目的,并最终进入与上帝的联系,去相信未来——相信来世的事情"。(727~728)于是,诗人就以其信仰的意志使诗歌进入道德之境。弗罗斯特在《恒长的象征》("The Constant Symbol")中说:"每一首写的正常的诗都或大或小是其方法的象征,诗人的意志将这一方法越来越深地投入到承诺之中从而达到一个圆满的结论,而它被评判是根据其是否有能力地守住最初的意图还是无力地丢掉它。"(786)

综上可见,弗罗斯特的"始于快乐",即指感觉到某种可能是美的、有某种意义但尚属未知的东西;"终于智慧",则指诗歌不仅达到了某种显示,而且具有某种预言和使动的能力,即"使未来发生"的能力。(726)除了美学和道德意蕴,弗罗斯特的诗歌图形论也具有认识论的价值。对其而言,"最初的喜悦来自一种讶异,忆起了某种我不曾知道我知道了的东西(something I did not know I knew)。我处于某个地方、某种情境,就仿佛从云端出现或从地面伸出。有一种对丢失已久的东西的重识的愉悦,而接下来的事便顺理成章。一步接一步,那意想不到的供给的讶异在持续成长。"例如他在《白桦树》的开头写道:"每当我看到白桦树向左向右弯着/穿过更直更黑的树木,/我就会想有男孩子在摇荡它们。/可摇荡不会让它们弯下并停在那。/冰暴却会。你准是时常看见它们/在雨过日出的冬日早晨被冰压得那样。"(117)此段包含起承转合,包括视觉向知觉的转移,讶异发生在对常态事物的新发现和判断,并且它们会通向诗歌的过程中更多的讶异和认识。

弗罗斯特赋予诗歌的过程以"逻辑的野性":"逻辑是朝后的,在追忆中,在行动后。它必须被感觉到而不是像神示那样被事先看到。它是一种显露,或一系列的显露,对诗人和读者都是如此。为了显露,在逻辑内部必须有一种材料自由活动和建立无论时间和空间、先前关系和最不雷同的关系的最大自由。……我所坚守的全部是材料的自由——时时以身心的条件去召唤全部我所经历的浩瀚的混沌。"(777-8)然而,"诗既要有野性同时又要完成主题",(776)诗需要有结束:诗"随着行进发现自己的名称,发现在大约最后的阶段有最好的东西在等待,它既是智慧又是悲伤——是祝酒歌中的悲喜交织"。(777)从

第六章 弗罗斯特诗歌:"声音"、"图形"与"隐秘性"

"不经意中获得的力量感"(715)是弗罗斯特喜欢的状态,偶然、讶异、未被注意,这些是其诗歌的起点,而在终点处,诗歌总是将经验投掷于未来,指引前路。在弗罗斯特诗艺中同时显露的是诗歌的品质,他说:"诗歌最珍贵的品质保持在它自身的流动中并使诗人伴随其而不能自持。"(778)对此,我们以意象为例加以解释。事物是意象的基础,而事物会因个体意识对其过去的记忆和未来的投射而与时间发生联系。作为唤醒和投射的结果,事物本身被重新认识,并获得更新的意义和价值。将时间性、个体或文化经验性融入对意象的理解是弗罗斯特诗歌的特质,例如《未被选择的路》中的意象"被选择的路",它的意义在于当下作为诗歌言说者的"我"对过去某一时空经验中所做的选择的记忆,并将其对经验的理解投射到未来的时空——"在多年后的某个地方"回想当初的选择时而一声叹息,慨叹当初随机择路的可能后果,而重新认识"我"当初的选择使弗罗斯特将"未被选择的路"(而非选择的路)作为诗歌的标题(或焦点),以此表现现代人所面临的选择的自由及选择的焦虑。

弗罗斯特的《柴垛》("The Wood-Pile")可作为其诗歌图形论的样本。诗歌描述一次意识探索的行动,尽管探索的目标尚不明了。与史蒂文斯在《无关事物的概念而关乎事物本身》中所构造的纯粹的意识活动不同,弗罗斯特将探索主题进行了叙事化的处理。诗歌始于不确定的境遇和发现的预感:"灰蒙蒙的一天,外出走在冰冻的沼泽/停下脚步说,'打这掉头吧。/不行,还要走得再远些——这样我们就会看见了'。"(100)弗罗斯特将自我的分裂意识设计为对话形式,并预设了叙事过程将是行走的过程、并最终成为发现"某物"的心理过程。在这个基本的诗歌图形下,我们会主要关心三个部分:事件的动因(预感到"某种"未知意义的存在)、事件的过程(与小鸟及柴垛的相遇)、事件的结果(对"某种"意义的获得)。

尽管诗歌主体是孤独的行者,但弗罗斯特却对其以"我们"相称,类似于艾略特的普鲁弗洛克"就让我们出发吧,你和我"①中的"我们",我们由自我分裂而成,其中之一便投射在后文的小鸟身上。② 这只小鸟带着恐惧与"我"保持着距离,"像个把所有说出的话都当成是说给自己的人。/只要朝侧面飞开去

---

① ELIOT T S. The Poems of T. S. Eliot,Vol.1[M]. Baltimore:John Hopkins University Press,2015:5.

② 这种将分裂的自我化身为动物的技艺也体现在《雪夜林边小驻》("Stopping by Woods on a Snowy Evening"),诗中的抱着疑问的小马就是另一个自我的投射。详见FROST R. Collected Poems,Prose,& Plays[M]. New York:The Library of America,1995:207.

就不会再蒙骗自己。"(100)这两行暗示出诗歌主体雪天远行的原因——走出去是为了消除与他人相处的恐惧并试图发现言语事实的真相。如果在此断章取义,或许可以读出弗罗斯特的爱默生式反社会的独处情绪,然而,恐惧的小鸟依然与"我"在周旋着,只是看到柴垛的"我"把它忘了而已。被捆扎有序的柴垛与周遭的天昏地暗形成对照,但这种秩序(或形式)敌不过时间,最终腐烂解体并与雪地融为一体。诗中两次提到遗忘,一次是因为看到柴垛我忘记小鸟,另一次是柴垛的搭建者或许为干别的事而把柴垛遗忘,可出乎意料的是,弗罗斯特将忘记视为获得知识的方式。知识不是大写的真理而是在"灰蒙蒙的天"和"苍茫茫的地"中感觉到的东西,它的价值不是认识论的"符合"而在于其被发现的偶然性、过程性和其所引起的感发效应。诗歌结尾:"我想只有/曾生活在这里的什么人转身去做新的事情/才会这么忘掉/他为之付出、耗费苦力的活计/把它丢在火炉用不上的偏远之地/结果让它尽可能地温暖冰冻的沼泽/以它腐烂过程中缓慢无烟的燃烧。"(101)柴垛可被视作是诗歌的隐喻,其"用"不在近处,即最直接地影响具体的事物——让"火炉"用得上,而是在被遗忘的过程中以微弱的情暖感化世界。是"腐烂"将"火"("无烟的燃烧")与"冰"("冰冻的沼泽")达成暂时的统一。暂时是因为诗人探索的意志使然,为了"看见",他还将"忘记""还要走得再远些",就像詹姆斯所言的意识之小鸟在短暂的栖息后又一次次开始新的飞行。

三、"诗的隐秘性"

弗罗斯特将隐秘性视为诗应该具有的合法的而且必要的属性。他认为,隐喻的方式可以创造诗的隐秘性,因为"诗由隐喻构成","每首诗其内在都是一个新的隐喻",(786)提供对世界认知及感发的新的方式。然而,"所有的隐喻都会在某个地方沦陷,而这就是隐喻之美所在,它给你触动又离你而去,直到你与之相处够久而已不再知道还会从它那里得到什么以及它何时将不再生产意义。隐喻是生活事物,是作为生活本身而存在。"(723)隐喻是被弗罗斯特用来探求和激活意义的,不单是认知意义,也是美学意义。"在某个地方沦陷"

指隐喻的局限性以及在相似与差异之间进行协商的不完备性,①这些特征促成了隐喻的隐秘性。此外,将隐喻与生活事物的等同,强调了隐喻提供生存论意义的价值。弗罗斯特与庞德对待隐喻的态度大相径庭。在庞德看来,"隐喻因与被主体关注的客体的组成部分的图形相似而建立了与世界的直接的联系。隐喻也建立了用于展现被感觉到的思想:图形特征由被展现的事件提供理由而不是由主体的意愿所强加。相反,展现的直接性将作诗与感知的过程带到一起。"②喻体与喻旨的统一性、意识对世界的直接性是庞德隐喻理念的核心,而制造它们的间离性则是弗罗斯特隐喻的特征。弗罗斯特意下的隐喻指"言此而意彼,或以彼物而言此物"。(786)如果说庞德的隐喻展现的是主体意识与世界事实的整体性的同一、是主体对世界的刹那间的感觉和智识的统一的话,那么弗罗斯特的隐喻所强调的是主体对世界觉察中的怀疑、踟躇以及对自我意识的限定。

弗罗斯特的隐喻方式会在诗的整体或局部层面实施,他的《既不远也不深》("Neither Out Far Nor In Deep")整体上针对发现真理(意义、价值)的方法问题发出声音,同时在局部也就语言(或隐喻)的作为问题提出疑问。全诗由四节组成,首节设置了人们求索真理的戏剧式场景:"人们沿着沙滩/都转身看着一个方向。/他们背向陆地。/他们整天都向大海望去。"(274)这里营构出海洋与陆地的对立关系,并指明了人们对这二元关系的一致性地取舍。次节描写了人们之所见,其与诗歌标题"既不远也不深"形成表层照应:"船慢悠悠驶过/持续地升高船体;/潮湿的地面像玻璃,/倒映着站立的鸥鸟。"(274)第三节提供的东西较为复杂:"陆地可能变化更多;/但是无论真理可能在何处——/海水涌上岸来,/而人们观向大海。"(274)"陆地可能变化更多"暗指了人们观望大海的理由——希望在变化少的事物中发现真理,其间的预设是:变化与真理是相颉颃的,并且暗示真理是相对程度的问题。此节中间的破折号"——"既表示各种可能性也表示反讽性:各种可能的真理藏身之地也包括作为海水与陆地交汇处的海岸;反讽是说真理存在地的不确定性与人们的单一选择之间形成了差异。末节首先是对人们选择的评价性话语:"他们不可能看得远。/他们不可能看得深。"(274)采用重复的句式加强了断言的否定语气,

---

① KENDALL T. The Art of Robert Frost[M]. New Haven: Yale University Press, 2012: 267.

② ALTIERI C. Wallace Stevens and the Demands of Modernity[M]. Ithaca: Cornell University Press, 2013: 136.

强调了视线同一的"观看"对发现真理的不可及性以及"观看"作为发现真理的方法其本身的局限性。因此,后面两行提出了疑问,"究竟何时有了一道禁令/不让他们任意观望?"(274)"禁令"暗示出观望大海是一种被规定的行为,这种规定强制了事物的对立关系,迫使人们在包括与排除之间选择了后者。之于陆地和大海,前者包括变化,而后者排除变化,因此陆地就被规定为怀疑的隐喻而大海则为信仰的隐喻。然而,弗罗斯特在诗中暗示,大海作为不变真理的隐喻具有自身构成性的缺陷,因为尽管海浪具有重复性的运动模式,但其本身无法排除内在的变化和外在力量变化的影响。海浪的重复中包含不确定性并且每一次的运动都具有偶然性,这等于说,弗罗斯特承认真理的偶然性。

然而,如果重新审视诗的标题"既不远也不深",似乎它所履行的并不是单纯的对某种规定和规定之下人们行为的负面评价,对待这首诗也需要一道门去阻碍那种"便利意义"的获得。从诗学意义上看,《既不远也不深》提出了隐喻(语言)的"界限"问题,即隐喻应该在"多远"或"多深"的范围内发挥其真正的感发作用。诗中的"海水涌上岸来,/而人们观向大海"是重点,如何对待"海水涌上岸来"中的"岸"是理解诗的隐秘性的枢机,真理的藏身之处或许就在"既不远也不深"的海水与陆地的交界处。对此,肯德尔(Tim Kendall)在阐述此诗时提及的参考文本——爱默生的《自然的方法》中的一段极具启示性:

> "海洋到处都一样,只有从岸上或船上观之它才会有特征。谁会珍视被绵延的经纬线环绕的大西洋的浩浩海水呢?如果让花岗石赋其轮廓、让它冲刷智者栖居的岸边,这样它就会被充满表现的可能;而最叫人感兴趣的地方是陆地与海水的交汇处。"①

肯德尔指出,爱默生的海水的意义是由智者的视角和坚定的陆地所给予的,是它们给予了海洋以差异性的特征,没有它们便无以为海洋命名。无独有偶,弗罗斯特在《柴垛》中说:"眼前尽是些线条/直上直下的细挑高树/太过相似而不能用来标识或给地方命名/好让我确切地说出我是在这/或是别的什么地方:反正我是离家很远了。"(100)给事物命名即赋予其意义,它需要的是差异而非相似,命名等同于将确定性给予事物。这也应和了詹姆斯所

---

① 转引自 KENDALL T. The Art of Robert Frost[M]. New Haven: Yale University Press,2012:335.

说的:"我们必须经历事物的明细和差异才能为其清楚地命名。"①因为无法命名,弗罗斯特只好采纳了用形容词以示模糊性的描述方式,"反正我是离家很远了"。

在爱默生看来,海岸是自然给予其方法的最具魅力之地,因为那里展现的是包含而非排斥的关系(人与自然、陆地与海水等都因海岸联系在一起),然而,弗罗斯特诗中的人们却应和了一种"禁令"不仅背离了陆地而且也拒绝了海岸。对其而言,被海水冲洗的岸边只是作为物质的事实而存在,于是肯德尔根据诗中"潮湿的地面像玻璃,/倒映着站立的鸥鸟"得出的结论是,弗罗斯特对海岸并没有兴趣,他仅以其诗描述事实而不提供阐述。② 然而,情况并非如此。弗罗斯特利用肯德尔指出的"简朴的三音步、主语—谓语—宾语句法、单音节阳韵和重复句式"等诗歌形式,极尽其能地制造了重复呆板的"声音",但这一切恰好证明了其所说的隐喻"言此而意彼,或以彼物而言此物",也就是说,诗歌形式上的单调是对二元论及受其影响的人们的排斥性选择和行为的揭示与警示。"海水涌上岸来,/人们观向大海"提供了逆向运动,在自然的方法中,海水不仅背离也拥抱着陆地,海岸这一隐含同一与差异张力关系的意象以及诗的最后对"究竟何时有了一道禁令/不让他们任意观望?"的发问,实际上构成了一种劝告,让人们回到"既不远也不深"的岸边(生活世界),在岸边的经验中去探查并发现真理,因为岸边向着大海的无限可能性敞开又连接着坚实和具有生产性的陆地。因此,诗的标题"既不远也不深"就成为一道陷阱,它表面上似乎是对人们行为的评判,但实则通过"不远"和"不深"之主体缺席的方式制造了诗的隐秘性。

弗罗斯特有着强烈的对界限的渴望,他要在界限处寻求意义,就像《柴垛》中的诗歌主体"还要走得再远些——这样我们就会看见了"。(100)但"再远"是多远?他又为了"看见"什么?他的意图是反人类的远游,还是如理查森(Robert Richardson)描述詹姆斯的那样希望"通过边翼进入中央舞台"③,并最终释放新的能量以获新生?事实上,弗罗斯特对界限的排他性及其后果始终都非常关注,而且他对待界限的态度是明确的。《出生地》("The

---

① JAMES W. Pragmatism and Other Writings[M]. New York: Penguin Books, 2000: 338.

② KENDALL T. The Art of Robert Frost[M]. New Haven: Yale University Press, 2012: 336.

③ RICHARDSON R. The Heart of William James[M]. Cambridge, MA: Harvard University Press, 2010: xvi.

Birthplace")写道:"这里在山坡的更高处/在不曾指望过会到达的高度,/我的父亲造房、围住一潭泉水,/将所有的东西都用道道围墙拦住,/抑制野草的生长,/把我们的生命哺育。"(243)"无论我们从女性主义、生态批评还是美学价值论、哲学认识论视角解读诗歌的意义,都会将设立界限界与征服荒野、形成秩序的关系考虑进去。弗罗斯特想要表达的是,墙"作为界限是排除性的结构,为了人的目的排除了野草,但其后果却是"大山把我们推出怀抱。/现在她的怀中满是树木"。(243)《出生地》会让我们联想起史蒂文斯的《坛子的轶事》,因为它们都切近界限与秩序的问题。《坛子的轶事》中的"我"在田纳西的山上放了一只坛子,于是整个荒野都围绕坛子形成了秩序,"坛子"就像被杜尚放进艺术馆中的"现成品",是界限使其成为"堂而皇之"的艺术品。然而,尽管坛子"主导着四面八方",史蒂文斯对它的评价却是"坛子是灰秃秃而且光溜溜。/它不给养鸟和树,/不像田纳西别的事物"。① 如果说史蒂文斯关心界限所造成的"坛子"作为意象(或语言)的悖论性的话,那么弗罗斯特对界限的美学和哲学认识则更多地强调它的排他性的后果。史蒂文斯以强调"like nothing else in Tennessee"制造了"像……其所不像的东西"的悖论,而弗罗斯特用"大山微笑中的Something"抵制秩序的暴力。

＊　　＊　　＊　　＊

理查森对詹姆斯的著作评价道,他的写作是对传统思想、一般观念、行话术语以及其他被詹姆斯称为"巨型飞轮"的习惯所操控我们身心的方式的持续指责。② 受詹姆斯影响,弗罗斯特"句子的声音"理论的基调是对既成的语言习惯所实施的诗化改造。詹姆斯实用主义心理学的意识流理论将意识中的过渡阶段视为重于名词性阶段的东西,其"模糊意识的复原"方法强调,意识应该去探索那些尚无以言表和无法确定的、但依然在意识的边界处无法抑制的东西,"包括由感觉、直觉、含蓄、连接、断裂,以及支撑认知和激发行动的变化所组成的整个神秘的影子世界"。③ 弗罗斯特对詹姆斯意识流诗学贯彻表现在他的诗歌图形论中,即诗歌是有目的的意识探索行动,其总是处于未完成的状

---

① STEVENS W. Collected Poetry and Prose[M]. New York: The Library of America, 1997: 61.

② RICHARDSON R. The Heart of William James[M]. Cambridge, MA: Harvard University Press, 2010: xiii.

③ WHITE R. The Hidden God: Pragmatism and Posthumanism in American Thought[M]. New York: Columbia University Press, 2015: 74.

态,每一次诗歌经验就如同意识的过渡过程,它会在结束时达成短暂的智识并朝向更多敞开,就如帕里尼(Jay Parini)所总结的,弗罗斯特的诗歌"一首接一首总是在人们不曾想过可能搭建房舍的地方拓疆破土,建了又建"。① 弗罗斯特接受了詹姆斯的"信仰的意志"和真理多元论的思想,认为诗歌的意义源自于信仰而意义可以用不同甚至相反的方式去呈现。与制造表层阅读障碍的诗歌不同,弗罗斯特的诗歌设置了易读的表象,但表层的邀约会引向危险的解读。阅读弗罗斯特的诗歌需要探究其隐秘性,从诗歌的隐喻和声音中发现其隐藏的秘密。

列文指出,"詹姆斯将根植于对世界客体观察的经验主义与主体信念的心理动态学的有力防御的融合,是其实用主义对文学派生的最重要的方面。"② 然而,实用主义之于弗罗斯特诗歌信念的意义不仅是心理学上的,其诗歌探索的隐秘性还诠释了发现真理的方法并将这种方法指向了人本主义。詹姆斯指出,"在我们的认知和积极的生活中,我们是有创造力的。我们对实在的主题和述谓部分都进行了添加。世界保持着延展性,等待接受人类用手对它的触摸。像天堂王国,它乐意忍受人的暴力。人作用其上生产真理。"③ 弗罗斯特的诗歌真理是主体在世界的行动经验中、通过选择性的关注力和慎思性的意志力,在世界的混杂事实中一步步地生产出来的关系秩序,其诗歌扩大的不仅是主体的认知范围而且是认知方法。将认知进行戏剧化处理并将多元声音纳入其中是弗罗斯特探索诗歌真理的基本技艺,而他通过变换甚至矛盾的方式生产诗歌真理是为了提醒人们发现意义的复杂性。基于诗歌信仰,弗罗斯特总是关注在混沌中探索疆界的行动,其间考量的是人的秩序意志与变动的实在之间的矛盾。考斯泰勒(Bonnie Costello)指出,"弗罗斯特对结构和变动之间的协商造就了一种跨越边界的话语,生活既是熵性的又是记忆性的。人继续前行却思考过去。心智寻求并创造在时间中的模式,其与混沌的荒野、冰冻的沼泽和荒漠地带的反风景(anti-landscapes)的状态进行着较量。"④ 在熵的

---

① PARINI J. Robert Frost and the Poetry of Survival[M]//PARINI J P, MILLIER B C. The Columbia History of American Poetry. New York: Columbia University Press, 1993: 83.

② LEVIN J. Frost and Pragmatism[M]//RICHARDSON M. Robert Frost in Context. New York: Cambridge University Press, 2014: 136.

③ JAMES W. Pragmatism[M]. New York: Dover Publication, Inc. 1995: 99.

④ COSTELLO B. Shifting Ground: Reinventing Landscape in Modern American Poetry[M]. Cambridge, MA: Harvard University Press, 2003: 19.

世界中,弗罗斯特的诗歌是及物的、未完成的,其诗歌所达到的真理是 Something。正如詹姆斯所言之"实在始终都在制造之中,并且等待从未来获得它的部分形式",[①]对弗罗斯特诗论/诗歌的研究发现也期待在未来得到进一步完善。

---

① JAMES W. Pragmatism[M]. New York:Dover Publication,Inc. 1995:99.

第七章　史蒂文斯诗歌：形式、想象力与"终极之善"

【本章提要】史蒂文斯始终关心诗歌想象与实在的关系，并且他对二者关系的认识也一直发生着改变。史蒂文斯还关注诗歌审美的伦理价值，认为被想象的世界是"终极的善"。詹姆斯和杜威的古典实用主义哲学理论对解读史蒂文斯诗歌的认识论意义和伦理学价值大有作为；而反过来看，史蒂文斯的诗歌对詹姆斯之所谓实用主义思维是"趋向认识的增加和圆满"的具象，也是对杜威之所言实用主义是"充满希望的、能够改良的实验性的思维框架"的赋形。他的诗歌主体以自然为情境探究出的自我与世界关系的有机体伦理，以及他通过发挥想象力而虚构出的自我与社群关系的共同体伦理，都是将实用主义的性情寓于诗歌审美和形式的结果。史蒂文斯审美的意向性具有与"善"的动态关联，而"善"意味着诗歌主体对世界的持续性经验及对其认识的改良性增厚。他为想象的可能性而寻求可能的诗歌行动成为实用主义哲学的文学范式，而实用主义也为诠释史蒂文斯诗歌提供了哲学向度。

美国现代诗人华莱士·史蒂文斯（Wallace Stevens，1879—1955）对想象与实在的关系的伦理认识是："被想象的世界是终极的善。"[①]在他看来，想象需要感性的介入以抵抗抽象的理性，"诗歌必须几近成功地抵制理性"；他坚持"实在是唯一的基础"，(917)但同时也承认它只是基础。史蒂文斯认为，诗歌应该是想象与实在内化于彼此的后果，他在《纽黑文的寻常之夜》（"An Ordinary Evening in New Haven"）将上述认识转化为诗性表述："夜晚的星光，/在最古老的天际中的最古老的光，/它全然是一种内部的光，闪耀/自现实沉睡的胸膛，重新创造，/为闪耀的可能性而寻求可能。"(411)以实在为基础

[①] STEVENS W. Collected Poetry and Prose[M]. New York: The Library of America, 1997: 444. 本章以下引自该书的文字只随文标注出处页码，不再另注。

>> 浪漫派视域中的美国现代诗歌审美的实用主义

"为可能性而寻求可能"的筹划,以创造和重新创造的形式作为实施谋划的策略,这些都是以释放人和世界的潜能而实现更好的自我与世界并以达至"终极之善"为目的的实用主义哲学所关注的内容。本章将主要以杜威的实用主义伦理理论并辅以詹姆斯的实用主义理论观照史蒂文斯晚期的抒情诗歌,探索其诗歌形式中蕴藏的实用主义的伦理价值。

查尔斯·艾尔提艾瑞(Charles Altieri)在其著作《华莱士·史蒂文斯和现代性的需求:通向价值的现象学》(*Wallace Stevens and the Demands of Modernity: Toward a Phenomenology of Value*,2013)中建议,对史蒂文斯晚期诗歌的探索重点应该"从知识体系中的哲学关注转向有关价值问题的思考",因为这样"至少可以部分地避免对史蒂文斯进行哲学评论的陷阱"。对此,他诟病了过往以实用主义的方式对史蒂文斯的解读,指出它们"没有超出实用主义对19世纪的思想所发展出的、适合于一种不再墨守知识图像论的文化探究模式的敏感",而它们对史蒂文斯的认识是,其"履行了实用主义策略的承诺,即对自己的命题进行重新观看、测试并重新修正,以及将想象力回归于经验世界中的真实、日常和实际事物的描述"。艾尔提艾瑞最后得出的结论是,对史蒂文斯的认识论的考量应该就认识的作用,即其"以特殊的方式关注世界认知对世界意义会起到什么作用"的问题来进行。[①] 不难发现,他对实用主义批评的发现表示不满的原因是,过往的相关研究主要局限于对史蒂文斯诗歌的认识论意义的诠释。

尽管切中肯綮,但阿尔提艾瑞似乎并不愿在实用主义方向上继续走下去,而是转投了黑格尔和胡塞尔的现象学去深究史蒂文斯诗歌的价值问题。然而,在认识论问题以外,实用主义哲学对解读史蒂文斯依然大有作为,即便是在阿尔提艾瑞关注的其诗歌的存在论的价值问题上也是如此。事实上,史蒂文斯的晚期抒情诗歌不仅是对詹姆斯之所谓实用主义思维是"趋向认识的增加和圆满"[②]的具象,也是对杜威之所言实用主义是"充满希望的、能够改良的实验性的思维框架"[③]的赋形。他的诗歌主体以自然为情境探究出的自我与世界关系的有机体伦理以及他通过发挥想象力而虚构出的自我与社群关系的

---

① 详见 ALTIERI C. Wallace Stevens and the Demands of Modernity[M]. Ithaca: Cornell University Press,2013:4-5.

② JAMES W. Writings 1902—1910[M]. New York: The Library of America,1988:1204.

③ RORTY R. Philosophy and Social Hope[M]. New York:Penguin,1999:24.

共同体伦理,都是将实用主义性情寓于抒情诗歌形式的结果,其审美的意向性具有与"善"的动态关联,而"善"意味着诗歌主体对世界的持续性经验及对其认识的改良性增厚。可以说,史蒂文斯为想象的可能性而寻求可能的诗歌行动成为实用主义哲学的文学范式,而实用主义也为诠释史蒂文斯诗歌提供了哲学向度。

一、诗歌形式与有机体伦理

"探究"既是史蒂文斯晚期抒情诗歌的主题也是其形式策略。诗歌主体在对自我知识的探究过程及其与自然情境的互动关系中,糅合了自然主义、历史主义、实验主义和人本主义的实用主义哲学思维。《取代大山的诗歌》("The Poem That Took the Place of a Mountain")探究了作为有机体的主体如何通过行动方法和意志的选择实现与自然的协作,并最终建立向善信仰的过程。

> 它在那里,逐字逐句
> 取代了大山的诗歌。
> 他呼吸它的氧气,
> 即便尘封的案头上书已被开启。
> 它提醒他,他曾是多么地需要
> 以自己的方针前往某个地方,
> 他是如何重新构造了松树,
> 移动了岩石并在云中探路,
> 为了一个恰当的瞭望处,
> 在那里他会在一种难以解释的完整化中实现完整:
> 那确切的岩石,在那里,他的不确切
> 最终会发现他们曾摸索前往的观望点,
> 在那里他可以躺下,向下凝望大海,
> 认出他独特而幽深的家。(435)

库克(Eleanor Cook)在诗歌标点的使用上会意出:史蒂文斯在前两节分别设立了"诗"与"山"两个情境,而在余后五节完全进入了"诗—山"虚实交融的描写。① 斯科瓦兹(Daniel R. Schwarz)以叙事学视角观察到：诗中存在一个戏剧化的言说者，他为世界创造了一个隐喻"诗—山"并赋予其"山"的实体特征。"诗—山"在拟人化的瞬间变成了世界，而在化身的行动中是智识创造了心理地貌。② 但上述关于诗歌形式的分析尚未触及其哲学基底。作为以"探究自我"为主题的诗歌，其宏旨在于通过主体的斡旋使"诗—山"合作，从而构建具有历史跨度的"视界"并以一种有机发展的形式追求"自我的完整性"。于是，我们转向杜威的实用主义探究理论。杜威将"探究"定义为"将不确定的境遇有控制与有导向地转化为一种确定的境遇，而探究的结果是确定其组成成分及内在关系，使原境遇中的诸成分转变为某种统一的整体"。③ 以此鉴照史蒂文斯，他的诗歌主体若求得完满的自我，就需要与自然协作，在自然中发现一个"恰当的瞭望处"。于他，岩石提供了这样的场所，在那里，他能够通过基于实在的想象建立一种"视界"，在这个"视界"中重审"当下"的自我并最终"看到"自我与世界统一的归属。

《取代大山的诗歌》其形式的"整体性"也暗含在诗歌体式和语词的选择上。诗歌是十四行诗的变体，前八行和后六行分别涉及手段和目的；"手段—目的"构成的整体关系源自十四行诗体本身所施加的书写压力，它要求诗歌主体的心理地图也做出相应的安排。④ 之于史蒂文斯，他让诗歌主体像爱默生在《自然》中那样从书斋中退出，但又不像他在独处中"仰望星空"或"遥望天际"以成为"上天的一部分"，⑤ 他的主体不是将自然看作"非—我"的客体而是通过劳作(构造、移动、探寻)使自然成为"我"的合作体，而合作中的"我"不是清除了自我而是获得了自我的圆满。在语词层面，第六诗节"发现他们曾摸索前往的观望点"中的代词"他们"，指向人与自然协作的整体性，而"他们"之所指的模糊与条件限制使诗歌主体成为实用主义意义下的有机体。在诗歌的文

---

① COOK E. A Reader's Guide to Wallace Stevens[M]. Princeton: Princeton University Press, 2007: 285.

② SCHWARZ D R. Narrative and Representation in the Poetry of Wallace Stevens[M]. New York: Palgrave Macmillan, 1993: 217-218.

③ 詹姆斯·坎贝尔.理解杜威：自然与协作的智慧[M].杨柳新,译.北京：北京大学出版社,2010：48.

④ SCHWARZ D R. Narrative and Representation in the Poetry of Wallace Stevens[M]. New York: Palgrave Macmillan, 1993: 218.

⑤ EMERSON R W. Emerson's Prose and Poetry[M].New York: W. W. Norton & Company, 2001: 28-29.

本语境中,"他们"被判断为岩石和他(即自然与人)的结合,"他们"通过侧面接触、挤压式的协作探索到达了(edge toward)目的地。"edge(名词词义为边缘、边沿)"作动词时,其词义为"侧身或小心地移动或挤压"等,因此诗歌主体在探索移动的过程中既"做"又"经受",这表明他是在自然中并通过与自然环境的互动实现着自我的完整。

《取代大山的诗歌》也触及了诗歌形式与信仰的意志和"视界"的构造之间的有机关联。尽管岩石本身基础稳固,但"在那里(岩石的高处)他可以躺下"却暗含其观望点选择的风险,而他"向下凝望大海/认出他独特而幽深的家"又指向选择这种立场的情感价值。凝望大海本意味着朝向一个无限敞开、涵容天宇的空间,但他的目光向下,认出其"独特而幽深的家",则透露出史蒂文斯更希望看到一种世俗景象。于是,探索并选择"瞭望处"就转化为寻找和构建理性与现象世界之间连续性的形而上的过程。尽管选择在岩石处躺下意味着风险,但它朝向生活、自由和福祉;可以说,是信仰的意志而不是因果逻辑决定了选择的价值。史蒂文斯在岩石上形成了一种深度进取的"视界",诗歌主体仿佛从遥远的"彼在"俯视着近前的"此在",期待在"视界"的历史向度内证实其选择存在方式的有效性和向善信仰的无限可能性。[①] 从诗学意义而言,"确切的岩石"是未蒙遮蔽的原始语言的隐喻,史蒂文斯希望它能够与"他的不确切"的视角、凝视(gazing)的方式相结合,共同形成一种观点(view 既是视界也是观点)。诗中"在难以解释的完整化中"指向主体与自然的合作所达到的某种无以言诠(即逻格斯无法抵达)的神秘结果,"难以解释"亦指明只有接受这样的非话语(非理性)的成分,探究自我才会趋向圆满。

坎贝尔在阐释杜威的经验论时指出,杜威的经验"被理解为活的有机体与环境之间的累积性的互动过程,这一过程展现出经历着变迁并努力寻求控制的有机体"。[②] 与之相应,史蒂文斯的经验经常在主体与自然接触的边缘处发生并在边界的内外之间往复,而主体在往复过程中所产生的疑惑、否定、肯定或沉默之类的反应体现出他对动态不居的世界所做的认识论意义和伦理意义上的价值判断。在边缘处,新生事物不断浮现并重新构建主体感知和理解世

---

① 陈晓明.审美的激变[M].北京:作家出版社,2009:30.
② 詹姆斯·坎贝尔.理解杜威:自然与协作的智慧[M].杨柳新,译.北京:北京大学出版社,2010:70.

界的习惯模式,①使诗歌最终实现"从绝望到启蒙的移动"。②《无关事物理念而关乎事物本身》("Not Ideas About the Thing But the Thing Itself")就是史蒂文斯边缘意识过程的具象诗,同时也再次使实用主义的探究模式为诗歌的形式奠定了基础。"在冬季刚开始结束的时候,/三月,外面一声干瘦的鸣叫/好似他心中的一个声响。"(451)诗歌伊始,史蒂文斯借助"seemed(好似)"与"seamed(接缝)"的谐音开始了其在边缘处对外面"鸣叫"的意识探索:

> 他知道他听见了,
> 一声鸟鸣,在天亮时或之前,
> 在三月之初的风里。
> 太阳在六点钟升起,
> 不再是雪地上破烂不堪的头盔……
> 那鸣叫该会是在外面。
> 它不是来自廖远的声响
> 属于休眠中褪色的定型纸板……
> 太阳正从外面照进。
> 那干瘦的鸣叫——它是
> 唱诗班的成员,他的C调领先于合唱。
> 它是巨大太阳的要素,
> 被排成圆形的唱诗班环绕,
> 仍依稀遥远。它像
> 关于现实的一个新知识。(451-2)

诗歌就索求"鸣叫"终为何物展开并将探究意识的过程置于前景,体现了概念意义的事件性,这是对詹姆斯"真理实用论"和"过程泛经验论"的诗性塑形。詹姆斯认为,概念之真不是其固有僵滞的属性。真理对概念发生,由事件使其成真。它的真实性是证实自身的有效性的事件化过程。③ 上引诗歌的主

---

① LEVIN J. The Poetics of Transition: Emerson, Pragmatism, and American Literary Modernism[M]. Durham: Duke University Press, 1999: 187.

② SCHWARZ D R. Narrative and Representation in the Poetry of Wallace Stevens[M]. New York: Palgrave Macmillan, 1993: 219.

③ JAMES W. Pragmatism[M]. New York: Dover Publication, Inc. 1995: 77-78.

第七章　史蒂文斯诗歌：形式、想象力与"终极之善"

体对现实的认知针对"鸣叫"这一事物发生，它始于听觉又经由视觉想象而最终达到知觉的新阶段。他对世界的认知是与情境互动的结果，这说明其感知到的事物是仅凭自身而遗世独立，外部情境总是不由自主地变成了思维的属性。①史蒂文斯在标题中所说的"关乎事物本身"就是指诗歌关乎的是主体对自我和世界认知的意识过程的本身。

对"鸣叫"这一事物的探索过程也体现出史蒂文斯的实用主义的语言意识，即"词语是世界上所有其他的事物"(912)以及"诗歌是对无法解释之物的求索"(911)。对词语的"悖论性"和"不完备性"的认识使史蒂文斯对事物本身的求索采取了言他和延宕的方式，而所得到的不是关于对象的命题与它实际存在方式间的镜像符合而是它们之间的裂隙意识。这与詹姆斯的语言论相契合，后者认为，"不可以将任何词语的定义看作是一种结束，而必须让它在经验流中兑现价值。词语与其说是一个解决方案不如说是打开更多任务的计划，是存在的现实可能被改变的种种方式的标示"。② 对于词语与实在断裂的后果，史蒂文斯的态度则应合杜威，即"意义仅在可以中断的世界中才有可能，其间的矛盾、变化和破坏起着重要的作用，裂隙对理解意义是必要的"。③ 早在最初的诗集《簧风琴》(*Harmonium*)中，史蒂文斯就意识到词语与实在的断裂：诗歌《坛子的轶事》("Anecdote of the Jar")中的"坛子"在荒野中，以某种"暴力"的方式"主导四方"，但"坛子是灰色的、光秃的。/它不给予鸟或树丛，/不像田纳西别的事物"，(60)这说明，给予秩序（或形式）的"坛子"（词语的隐喻）与其情境是存在裂隙的，也正因此，"光秃的"的"坛子"才会有发展的可能，而这种裂隙提醒我们去反观"我在田纳西放了一个坛子"中的嬉戏性，它解构了浪漫派的主观性的设计和意图，重新思考语言自制与语境制约之间的动态关系。

文德勒(Helen Vendler)曾断言，没有哪个美国现代诗人能比史蒂文斯更好地在诗歌中再生产出冥想性的思维移动的方式——缓缓前行、路途中的突然折返、修正诗歌起初的断言、展现语句的含混歧义和自我蒙骗、怀疑诗歌自

---

① SCHWARZ D R. Narrative and Representation in the Poetry of Wallace Stevens[M]. New York: Palgrave Macmillan, 1993: 220.
② JAMES W. Pragmatism[M]. New York: Dover Publication, Inc. 1995: 20-21.
③ ALEXANDER T M. John Dewey's Theory of Art, Experience, and Nature—The Horizon of Feeling[M]. New York: SUNY Press, 1987: 125-126.

身的结果和讽拟诗歌自身的确定性等。① 这种就诗歌形式与意义关系所进行的评价直指了史蒂文斯意识中的否定倾向。布鲁姆(Harold Bloom)在阐释自己的"诗歌交叉点"理论时也认为,史蒂文斯诗歌地图的许多交叉点都是否定的时刻,②但否定性的怀疑和反讽并不必然导致悲观的存在。杜威指出,在人类认识的进程中,新的价值起初总是以模糊和不确定的形式出现,唯有经过一段发展后它们才变得明确和完整。即便是不太明确该如何采取最好的行动,我们的道德责任依然是积极地在行动中用智慧去创造一个更好的世界。③ 之于史蒂文斯,他通过怀疑或否定的认识积累,使诗歌主体在朝向圆满的认识道路上更进了一步,就如他对那"干瘦的鸣叫"终为何物而索得的:"它是巨大太阳的要素,/被排成圆形的唱诗班环绕,/仍依稀遥远。它像/关于现实的一个新知识。"(452)这里,个体事物与环境发生联系、个体声音成为群体的一部分,而这一切都导向"关于现实的一个新知识"。史蒂文斯不断地更新对世界的认知:"知识"之前的不定冠词"一个"和修饰语"新"说明,此次求索"鸣叫"的事件结果不代表结束而意味着向更多的探索敞开,并期待它们在共同体中实现圆满。

二、想象力与共同体伦理

史蒂文斯晚期抒情诗歌要比以往更为重视想象力的作用,而其表现不仅在诗学也在伦理的意义上。诗歌《对事物朴素的感知》("The Plain Sense of Things")写道:"巨大的池塘和枯槁的百合,所有这些/都必须作为必要的知识被想象,/被要求,像一种必要性之所需",(428)这意味着想象本身也成为诗歌的主题而想象的过程成为诗歌场景的构成。史蒂文斯坚持,诗歌是一种将概念作为一系列开放和发展的关系来实现的手段,因此,如果将"事物"本身作为一种概念,其意义是通过最直接的感知获得的(sense 既表示感觉也表示意

---

① VENDLER H. Wallace Stevens[M]//PARINI J P, MILLIER B C. The Columbia History of American Poetry. New York:Columbia University Press,1993:.373-374.

② BLOOM H. Wallace Stevens:The Poems of Our Climate[M]. Ithaca:Cornell University Press,1980:vii.

③ 詹姆斯·坎贝尔.理解杜威:自然与协作的智慧[M].杨柳新,译.北京:北京大学出版社,2010:118.

第七章 史蒂文斯诗歌:形式、想象力与"终极之善"

义)——"当树叶落尽,我们返回/到对事物朴素的感知"。(428)史蒂文斯认为,实现这样的感知不需要"审视",而需要"表现出硕鼠出洞观望的静默",(428)即以动物敏感的视角去感觉"巨大池塘"(宏大的统一结构)中的"枯叶、淤泥、肮脏的水面"(具体的差异事物)。(428)因为诗人"已经来到想象的尽头"而如果"缺乏想象使/自身需被想象",(428)就要求诗人必须回到细节,"为可能性而寻求可能"的诗歌想象就是在细节中实现事物的潜在的可能性,而想象的方式是去除事物的蔽障回到它们的本体去感知它们,从而使"迟钝的知识"重现生机。

史蒂文斯曾言,"实在并非其所是",实在"由许多它可能被转化成的实在而构成",(914)这一定义将实在置于时间的轴线上,将其作为在未来生成的结果。实在的生成需要主体的转化能力,它是主体能够拓疆的想象力。杜威指出,想象力是根据事物之"可能是"而具体感知"当下事物之所是"的能力,其对立面则是为了顺应规范而变得狭隘的经验。想象力最重要的体现是审美形式,"它扎根于问题处境,其间浸透着社会文化意义"。① 史蒂文斯的《中央处的隐居所》("The Hermitage at the Center"),将诗歌形式内置于主体的死亡意识及其转化中,通过构建共同体伦理超越狭隘的个体经验,从而圆满实现诗歌改造心理、改造实在的欲望。诗歌前四节由经验世界的描写(由凸出的诗行组成)和虚幻世界的描写(诗歌缩进的部分)盘绕而成,它们在诗歌末节合为一束:

> 碎石路上的枯叶沙沙作响——
> 草地多么轻柔,其上,欲念的人
> 斜倚着,在天堂的温度里——
> 像那些在前天就被讲述的故事——
> 天然的裸体熠熠发光,
> 等待着提提纳布拉铃声般的鸟鸣——
> 风摇摆着像蹒跚的巨物——
> 众鸟被不止一个太阳召集,
> 它们更有头脑,以——
> 突然间消散殆尽——

---

① 参见斯蒂文·费什米尔. 杜威与道德想象力:伦理学中的实用主义[M]. 徐鹏、马如俊,译. 北京:北京大学出版社,2010:99~100.

>> 浪漫派视域中的美国现代诗歌审美的实用主义

  可以听懂的叽叽喳喳
  取代了难以理解的想法。
  但这一结束和这一开始合一
  最后看一眼鸭子就是观看
  环绕她身旁的发光的孩子。(430)

  诗歌在主题和形式上都具有解构意义,而解构之途通向实用主义的伦理价值。①《中央处的隐居所》通过"不在场"之物(隐居所)实施了对"中央处"(蹒跚的巨物)的全面拆解,而交错的形式支持了诗歌所预示的对那种建筑在宏大修辞上的纪念碑式的政治叙事结构的终结。此外,诗歌让众鸟发出声音从而支持一个多声融合的共鸣,标志着统治 20 世纪上半叶的诗歌阳性(现代性)修辞和结构的缺席最终不是一种萎缩而是一种征兆,一种面向追求差异的伦理结构的未来征兆。② 不仅如此,诗歌摒弃了对悲凉的实在和欲望的世界之间鸿沟的掩盖,相反他将其进行公开,其间透露出史蒂文斯对世界审美之不可穷尽的信仰,即每个欧米伽之后都一定会有阿尔法的继续。③

  在《中央处的隐居所》中,经验主体感知到的"当下事物之所是"是行将到来的死亡意识。借助想象力的作用,死亡意识得到转化——死亡则"可能是"(会转化为)另一种形式的诞生,而这种信念反过来又使他产生了具体感知死亡的能力。诗歌中的"隐居所"是缺席的在场,指向主体欲念中的被孩童环绕

---

  ① 此处对史蒂文斯的解构阅读与实用主义相通的理解与艾尔提艾瑞不同,后者认为在认识论意义上实施解构阅读是适合的,但他认为解构思想主要是在海德格尔的路线上关注存在论的问题,而存在论的基础是对认识论的怀疑,因为语言无法在"此在"找到落脚点,因为在场总是受制于差异和延宕。参见 ALTIERI C. Wallace Stevens and the Demands of Modernity[M]. Ithaca:Cornell University Press, 2013:5.本章认为,不仅在认识论意义上,在存在论意义上对史蒂文斯的晚期诗歌进行解构阅读都是富有成效的,史蒂文斯确实非常关注存在论问题,但其意图不是为确认或接受语言/诗歌在此在中的无根性,而是寻找如何通过想象的实在改造和克服"此在"的问题,他试图通过重构自我与世界的关系的方式解决当下的问题。

  ② BROGAN J V. The Violence Within The Violence Without:Wallace Stevens and the Emergence of a Revolutionary Poetics[M]. Athens:The University of Georgia Press, 2003:151-153.

  ③ VENDLER H. Wallace Stevens:Words Chosen Out of Desire[M]. Cambridge, MA:Harvard University Press, 1984:59.

第七章 史蒂文斯诗歌:形式、想象力与"终极之善"

的维纳斯,因为在她那里,主体缺失的天伦能得以补偿、分裂的自我可得以弥合。① 经验世界的重复模式(枯叶沙沙作响像前天就被讲述的故事)和重复的始作俑者(作为叙述人的风)霎那间的消散与虚幻世界中的众鸟由思考转向喧叫的变化合一,构成一种实用主义的伦理模式。从诗歌图式上看,经验主体和池塘鸭群的位置与维纳斯和鸟群的位置形成同构,后者充满温情的生命关系反射到经验主体身上使其有能力重估当下的情境而产生超越死亡的生死连续性的幻象——"这一结束和这一开始合一",史蒂文斯使用近指代词"这"强化了结束与开始在其思维中的合一。

本章认为,《中央处的隐居所》的伦理价值不仅是个体意义上的,诗歌主体的经验圆满中也蕴含实用主义的共同体伦理。诗歌中,"众鸟"被不止一个太阳召集且更有头脑,表明它们具有个体(或派别)意识和智慧,但同时又乐于参与群体行动,从而形成多元的集体关系;它们"以可理解的叽叽喳喳/取代了难以理解的想法",说明诗歌主体在感觉和智性之间进行选择时,赋予了前者以更大的价值。此外,"众鸟"也是众诗人的代指,他们摆脱了"难以理解"的唯我沉思而转向社会活动并愿意承担社会责任——以"可理解的"非理性语言(叽叽喳喳)和听觉感知,去实现史蒂文斯在《想象力即价值》中所说的"满足众脑,用想象力穿透基本的意象、基本的情感,从而创造出一种基本的诗歌"。(732)诗歌中的"孩童"在维纳斯周围形成的"圆"也有双重意指:首先,它隐喻主体此次经验过程的圆满结束,"圆形"想象意味其完成了对生死问题的回应。其次,"圆"表示成员间相互依赖和谐的共同体的形成,这是一种"问题—解决"模式,是一种生命连续性的传递,或许在史蒂文斯看来,没有什么能比"圆"的形状更具有情感的力量。

史蒂文斯通过想象力建立的、旨在解决危机的伦理关系及其允许构成伦理关系的诸要素拥有个体智慧的做法与杜威的共同体观念不谋而合。杜威认为,共同体成员必须拥有一定程度的共享,应该包含在观点上可能的丰富和复杂,而不是简单的同一。在他看来,尽管"我"是不可避免的,但存在"我们"这样的一个共同体,在其中"我"拥有和其他人一样的关于事物的观念,与他们具有相似的思想,像他们那样地赋予事物和行动以相似的意义。② 如果说在《中

---

① VENDLER H. Wallace Stevens: Words Chosen Out of Desire[M]. Cambridge, MA: Harvard University Press,1984:39.
② 詹姆斯·坎贝尔.杜威的共同体观念[M]//拉里·希克曼.阅读杜威:为后现代做的阐释.徐陶等,译.北京:北京大学出版社,2010:46~48.

央处的隐居所》中,史蒂文斯想象力中的共同体伦理意向尚有所遮掩的话,《内心情人的最后独白》("Final Soliloquy of the Interior Paramour")则直指想象力、世界和善的关系,而杜威的伦理想象论也为诠释诗歌提供了依据。"点燃傍晚的第一束光,就像在一处居室/在那里我们歇息,以微末的理性,认为/被想象的世界是终极的善。"(444)史蒂文斯继续了他对世界的内在可能性的关切,但他主要凭借的不是理性(以微末的理性),而是一种在特定情境之下(就像在一处居室)的想象能力。史蒂文斯将想象力与道德联姻,对他而言,至善是想象力的后果,它不是按理性道德所要求的定律、法则和逻辑行事,而是强调想象行为所包含的社会性(我们一同歇息)和创造性(点燃第一束光)。至善存在的世界不受理性宰制、道德亦不由绝对的基本原则支配;在他那里,"终极之善"是一个无穷化的转变过程,因为变动的世界具有无底的深度,审美主体的多重选择会在其中获得无限的创造自由。

杜威认为,"想象是把经验作为通过行动实现意义的增加来掌握的。它是这样一种活动,通过不断地组织和重构情景事件将经验的流动编织进一个有意义的连续性之中,这样,它就会发展出一个视野和焦点来揭示现世的种种可能性并实现对它们的圆满整合。"[①]借此诠释史蒂文斯,他在《内心情人的最后独白》中构造了"情人会晤"这一情境事件,通过叙事程式的干预寻找到解决现世经验中宗教和两性信仰危机的途径,其事件的意义也在经验的圆满整合处得到充分显现:

  于是,这就成为最热切的会晤。
  在那样的思想中我们镇定身心,
  走出冷漠,进入一种东西:
  在一种东西内,一件披肩
  将我们裹紧,因为我们贫穷,一点温暖、
  一束光、一份力量,就有非凡的影响。(444)

挖掘诗歌的文本意义需要关注"内心情人""我们"以及"被想象的世界"之所指。有论者认为,"内心情人"是史蒂文斯晚年性意识危机的辛酸的代理人

[①] ALEXANDER T M. John Dewey's Theory of Art, Experience, and Nature—The Horizon of Feeling[M]. New York: SUNY Press, 1987: 261.

或是其诗歌的隐含读者。① 然而,杜威的实用主义理论引导我们发现,"内心情人"是诗人追求理想与现实联姻的隐喻(它可能是曾经统一的自我所分裂出的你,也可能是与我有观念差异的你),它构成了诗歌至善想象的形式基础。史蒂文斯将现实的道德危机再次纳入"问题—解决"的叙事模式,通过"一种东西"(从抽象的理念到具体的披肩)的围裹,非凡的影响——一种由外及内的变化便产生了:

> 此地、此时,我们忘记了彼此也忘记了我们自己。
> 我们朦胧地感到一种秩序、一种统一、
> 一种知识,那种安排了这次会晤的东西。
> 在它充满活力的边界内,在思想中。
> 我们说上帝和想象力合一……
> 那照亮黑暗的最高烛光是何等之高悬。(444)

"此地、此时"是情境标记,表明在此情境之下,史蒂文斯的自我进入与宇宙统一的意识中,这一结果符合杜威对自我发展的描述:自我的统一是不可能在经历所做、所遭受、所成就之事的无休止的流变中凭借自身能够实现的。自我总是指向某种超越自身的东西,因此它的统一取决于这样一种观念,即将世界中的流动场景纳入被称之为宇宙的富有想象力的完整之中。② 在"此地、此时",史蒂文斯的上帝意识也呼应杜威,即"上帝"指的是在某个给定的时间和地点,一个人所发现的能够左右自己意志和情感的理想,即他最为忠诚的价值观念。因为"上帝"代表的是一种理想价值的统一,所以达成这样的统一"从根本上说是充满想象力的"。③ 在史蒂文斯那里,"一种东西"隐含共同体伦理,共同体成员承蒙"一种东西"(共同观念)的吸纳而发生了改变:共同观念的非凡影响是让我们忘记彼此"也忘记了我们自己"。忘记"彼此"表示忘记了我与你之间作为对立个体的存在,而忘记"我们自己"则是一种融合——你我的融合和物我的融合,而这一切都发生在(安排了这次会晤的)诗歌想象中。

---

① SCHWARZ D R. Narrative and Representation in the Poetry of Wallace Stevens [M]. New York: Palgrave Macmillan, 1993: 216-217.

② ALEXANDER T M. John Dewey's Theory of Art, Experience, and Nature—The Horizon of Feeling[M]. New York: SUNY Press, 1987: 256.

③ 斯蒂文·洛克菲勒. 杜威:宗教信仰与民主人本主义[M]. 赵秀福,译. 北京:北京大学出版社,2010: 535.

>> 浪漫派视域中的美国现代诗歌审美的实用主义

需要指出的是,史蒂文斯朦胧感到的"一种秩序、一种统一"并不是理性或逻各斯所指的秩序或关系,他的"忘我"不是经验主体对理性的臣服,而是在虚构的审美世界里自我发展的途径,这种"忘我"则最终将一个更为独立、更为自由、更为深邃、也更富于包容性和创造性的主体奉还给人。① 凭借想象力,诗人行使了上帝的创造职权(事实上,诗歌开篇的祈使句"点燃傍晚的第一束光"一如《创世记》中上帝之所言"要有光"):

出自这同样的烛光,出自这中心的思想,
我们在傍晚的空气中搭建住所,
在那里相守便已足够。(444)

在想象力的烛照中,至善的居所在傍晚的空气中搭建。空气是自由的,而傍晚是白昼和夜晚的过渡时段、是经验和冥想的交汇场所,故在傍晚的空气中按照共同观念(中心的思想)建造的地方,一定是有深度和兼容的,而这些又符合杜威所强调的实用主义哲学的重构性的和调和性特征。"在那里",我们(作为个体整合的存在)能够互相厮守、彼此温暖,面向至善。杜威认为,想象中的真值在于它起到显示可能性的作用,之于史蒂文斯,他以"内心情人"的隐喻为基础,通过容纳情感的想象力而不是理性的谋划力,完成着他对世界可能性的揭示。《内心情人的最后独白》诗化了史蒂文斯的虚构论——"最终的信仰是相信一种虚构,你知道它是虚构的,除此之外别无他物。上乘的真理是,你知道它是虚构的却宁愿信任它。"(903)然而,史蒂文斯相信的虚构是具有实在根基的,它是以叙事的形式对"此时、此地"的"我们"所面对的人性冷漠、身心分裂等问题提供的可能的解决方案,因此,他对实在的虚构论中既具有詹姆斯所说的"信仰的意志"又不乏杜威共同体伦理所关注的人性的价值,他的诗歌主体的经验在其圆融的过程中所体现的共同体伦理是改良的和向善的。

* * * *

尽管重视想象力的作用,史蒂文斯的诗歌并未重蹈浪漫派诗歌让主体性控制一切的覆辙。他的诗歌审美是出自平实的高蹈,是对想象与实在关系的玩味:从早期诗集《簧风琴》(*Harmonium*,1923)意识到想象的秩序与实在之间裂隙的存在,到其后《秩序的种种理念》(*Ideas of Order*,1936)玩味超验的

---

① 详见马大康. 审美形式、文学虚构与人的存在[J]. 文学评论,2012(1):33~41.

想象如何无奈于实在的混沌,经《世界的某些部分》(*Parts of A World*, 1942)质疑"诗歌想象是对现实事物的拼合",再到《驶往夏季》(*Transport to Summer*, 1947)让诗歌通过想象趋近实在,直至最后的《岩石》(*The Rock*, 1954)使想象返回实在并与实在内化于彼此。史蒂文斯的诗歌审美蕴含杜威意下的实用主义的伦理意义。他的诗歌想象不司理性的圭臬,反显感性的圭角。感性的想象挣脱了理性的局限,追随生命整体的发展,不断调整和校正认识的路径而朝向终极之善。文德勒指出,"史蒂文斯以感性之欲对抗理性思维的审美想象在其晚近诗歌中居主导地位。"① 史蒂文斯的诗歌是"以整合想象与实在的虚构并将其作为真实理解世界的一个方面"②所采取的行动,而每次行动的结束都引向更多的行动:"阿尔法继续开始。/欧米伽在每次结束时都精神振作。"(469)

在阐述实用主义如何理解经验世界时,詹姆斯坚持"向前看",拒绝以固化的概念遮蔽变动世界中种种意义发生的过渡性"当下";我们的"当下",尽管在场,却指向未来。③ 而关于"未来"与"当下"的关系,杜威指出,"'未来'像光晕一样环绕'当下';未来由被感知为占有'此时此地'之事物的各种可能性所构成。"④ 对于史蒂文斯,"当下"的诗歌是探索真理的过渡过程抑或消弭危机的"未来"征候,而"当下"的诗人与众人的关系就像《无关事物理念而关乎事物本身》中的唱诗班领唱:"他的C调领先于合唱。"(452)借助C与"See(看见)"的谐音,史蒂文斯暗指了诗人的先知能力,他的预见由对探索"当下"事物(清瘦的鸣叫)的种种可感知的声源所决定,而每种感知与主体经验中的其他感知以整合的状态面向未来。史蒂文斯向善的实用主义诗歌审美也为我们如何活在"当下"提供了范式:阅读史蒂文斯,就是要学会生活在过渡状态、保持在思维的过程中以抵抗固执于寻求牢靠意义的欲望。要发现如何行动、如何做事,如何以现在的并且可能永远都神秘的创造性的方式去工作。⑤

---

① VENDLER H. Wallace Stevens: Words Chosen Out of Desire[M]. Cambridge, MA: Harvard University Press, 1984: 59.

② LEVIN J. The Poetics of Transition: Emerson, Pragmatism, and American Literary Modernism[M]. Durham: Duke University Press, 1999: 167.

③ JAMES W. Writings 1878—1899[M]. New York: The Library of America, 1992: 1203.

④ DEWEY J. Art as Experience[M]. New York: Capricorn Books, 1958: 17.

⑤ ECKHOUT B. Stevens and Philosophy[M]//SERIO J N. The Cambridge Companion to Wallace Stevens. Cambridge: Cambridge University Press, 2007: 114.

第八章 威廉姆斯诗歌:"当下"的审美与客体派的形式

【本章提要】本章主要关注美国现代诗人威廉姆斯的"当下"审美和诗歌形式中的实用主义哲学品性。尽管以庞德式的意象派诗人身份出道,威廉姆斯将美国的情境和声音带入"物"之爱默生和惠特曼式的作为,使其诗学与意象派决裂而进入客体派的阵营。威廉姆斯致力于对"当下"事物意义的追寻,其诗歌中"当下"美学意识的形式化的过程以及这一过程中包含的、对"过去"连续的持守和对"未来"轮廓的预设,都成为杜威古典实用主义的诗学范式。威廉姆斯的"当下"诗学的前提是强调诗歌形式的感觉经验基础,而实用主义允许思想在心智中朝向目的运动时为自身塑形的方法论,为威廉姆斯提供了揭示诗歌客体化过程的形式依据。威廉姆斯强调想象的实验性功能:想象的对象是物性的世界、想象的过程是对物性世界的感觉所进行的抽象化处理,而想象的目的是要达成感知强度的更新(或每次诗歌经验的完成)。他的客体派诗学体现出多元主义和建构主义的重要特征,其中包含杜威强调的智识、美学和民主协同的伦理意识。

笃定"概念仅存于物中"的美国现代诗人威廉·卡洛斯·威廉姆斯(William Carlos Williams,1883—1963),坚持直接抵达事物、戒除冗余言语、追求诗歌韵律的多样性等意象派诗歌策略,并认为这是美国人直截了当地拒绝对欧洲诗歌体裁传统卑躬屈膝的表现。[1] 然而,当威廉姆斯通过话语手段将美国的情境和声音带入"物"之爱默生和惠特曼式的作为,又使其诗学与意象派决裂而进入客体派的阵营,威廉姆斯致力于对"当下"事物意义的追寻,其

---

[1] 参见 MACGOWAN C. William Carlos Williams[M]//PARINI J P, MILLIER B C. The Columbia History of American Poetry. New York: Columbia University Press, 1993: 395-417.

第八章　威廉姆斯诗歌："当下"的审美与客体派的形式

诗歌中"当下"意识的形式化的过程以及这一过程中包含的、对"过去"连续的持守和对"未来"轮廓的预设,成为杜威古典实用主义的诗学范式。① 威廉姆斯以诗歌形式呈现主体意识进入"物"或客观化的过程浸透着实用主义哲思,即形式由诗歌主体的经验所控制、由语境所定向并在时空矩阵中发展形成,而经验过程完满于一个动态开放的"当下",它是在时间轴上被经历的时刻,由被感知为占有"此刻"之"物"的各种可能性所构成。进言之,他的"当下"是主体对客体进行感知并预知其对"未来"产生影响的时刻,是"形式是诗歌的完结性骨架还是它的历史性生命""词语究竟是事物还是概念"及"主体意识如何参与诗歌真理的构建"等问题被追索的时刻。

经验和形式是杜威实用主义美学的关键词,也是客体派诗学创立之初的核心概念。② 在杜威那里,"经验意味着一个过程,它以自然环境为情境、受社会共有的符号系统调解,通过寻求使最含混的东西变得明确的方式、积极探索并回应世界的种种含混。"③这就是说,经验具有情境性和目的性,它在语言的作用下变为辨明世界意义的过程。按杜威的思路,经验过程与艺术过程究其实质并无二致,因此可建立日常经验和艺术经验之间的连续性。以自然环境为情境的经验"需要忠实于自然提供的多种组织的可能性,即它的各种各样的兴趣和目的",而使世界的含混变得明晰表明,经验"不仅要饱满还要完整,并具备那种以封闭、超验和固定为特征的哲学所缺少的情理"。④ 通过语言为经验塑形就是给予其形式,而根据杜威,基于经验的形式是一种有机的统一,它强调历史的发展和关系的变化,是由各种关系建立起的动态的平衡。杜威的形式论含有自然主义和历史主义意味,强调形式只能产生于持续进行的对经

---

① Stephen Fredman 指出,由杜威 1931 年的讲座结集出版的《作为经验的艺术》(1934)是 20 世纪最有影响力的美国学者对美学哲学的贡献。威廉姆斯在 20 世纪 30 年代曾阅读过杜威的《经验与自然》和《作为经验的艺术》,因此以杜威的实用主义美学理论诠释威廉姆斯的诗歌和诗论是适切的。详见 FREDMAN S. Form and Experience: Williams, Dewey, and the Origins of American Postmodernism[J]. William Carlos Williams Review, 2015, 32(1-2): 34.

② FREDMAN S. Form and Experience: Williams, Dewey, and the Origins of American Postmodernism[J]. William Carlos Williams Review, 2015, 32(1-2): 34.

③ ALEXANDER T M. John Dewey's Theory of Art, Experience, and Nature—The Horizon of Feeling[M]. New York: SUNY Press, 1987: xiii.

④ DEWEY J. Art as Experience[M]. New York: Capricorn Books, 1958: 321.

验的组织,它标志着经验的创造性更新以便获得动态性的成长或发展。[①]

杜威意下的有机形式以平衡的达成为特征,平衡"需要根据各部分间的互动和相互加强而不是根据哪一个包括所有其他部分的东西来解释",并且平衡的到来"不是机械而无活力的",相反,它"出自矛盾并因为矛盾而实现"。[②] 作为杜威的形式论基础的经验既是作家的也是读者的,作家对经验进行组织而成的作品形式经过读者对阅读经验的组织而不断累积、增厚。艺术经验中互动性的组织及其获得的加强性的形式是杜威提出的形式美学论的实用主义特征。艾莉莎·牛(Elisa New)指出,"实用主义不是理论而是方法,相应地,经验的艺术就是将方法的动态关系保存在结构中的艺术。因此,艺术的辨识度主要由其构成(Composition)而非其他元素来实现,即艺术获得其影响力不是通过摹仿而是通过构成。"[③]艾莉莎·牛强调艺术形式的构成有别于摹仿,它是想象力的结果,是由构成艺术品的材料所组成的动态关系。关注诗歌形式的经验基础也是威廉姆斯客体派诗学的前提,而实用主义方法论中"允许思想在心智中朝向目的运动时为自身塑形"[④],威廉姆斯强调想象的实验性功能:想象的对象是物性的世界、想象的过程是对物性世界的感觉所进行的抽象化处理,而想象的目的是要达成感知强度的更新(或一次诗歌经验的完成)。他的客体派诗学体现出多元主义和建构主义的重要特征,其中包含杜威强调的智识、美学和民主协同的伦理意识。

一、想象力、隐喻与实用的形式

威廉姆斯在诗文集《春天和一切》(*Spring and All*,1923)中诠释了他对想象力的定义。威廉姆斯认为,想象力是确认实在的能力,其"不回避实在,也

---

① ALEXANDER T M. John Dewey's Theory of Art, Experience, and Nature—The Horizon of Feeling[M]. New York: SUNY Press, 1987: 233-237.

② PAPPAS G F. John Dewey's Ethics: Democracy as Experience[M]. Bloomington: Indiana University Press, 2008: 173.

③ NEW E. The Line's Eye[M]. Cambridge, MA: Harvard University Press, 1998: 9.

④ RICHARDSON J. Pragmatism and American Experience[M]. Cambridge: Cambridge University Press, 2014: 26.

第八章 威廉姆斯诗歌:"当下"的审美与客体派的形式

不描述或召唤客体和情境"①"不是窜改实在而只是移动它"——它通过所创造的新的客体、戏剧、舞蹈等强有力地确认实在。具体而言,想象力通过对语词及其组合的设计与实在发生关联,"就像鸟没有翅膀拍击空气就不能飞翔,没有被想象力解放的语词就不会在其组构中确认实在"。(235)设计是想象力的功能,(186)而在设计中,事物从日常经验中脱离而进入一种新的打破常规的组合形式。"具有想象力的作者会发现自己从以书写为目的的对事物的观察中释放出来。他会享受、品尝自由的世界或与其进行联姻。"(207)这样一来,作者就进入与世界的身心交往而不是仅仅是针对自然做出与之分离的形而上学的反思。想象力是"一种像电或蒸汽一样的实存的力量",它不是玩物而是一种用于提升理解实在的力量。因此,在威廉姆斯的诗歌中,想象力会落实为对主体观察自然的意识过程的记录,其间,被观察的自然与观察的过程是合一的。威廉姆斯认为:"自然是对作文(Composition)的提示,……因为自然拥有独立存在的特质,拥有我们在自身感觉到的实在的特质。自然不与艺术对立而与之并列(apposed to)。"(207—8)对此,他以莎士比亚为例加以说明,"他并未举起镜子去照看世界而是凭借想象力,使自然的文章与他自己的相匹敌。……他自己变成'自然'——持续'它的'奇迹……"(208)

威廉姆斯认为,"想象力的价值在于其制造和解放语词的能力,在于其创造性地给予实在即实际的存在以形式的力量。"(207)实在因想象力被赋予了"秩序与和谐",(179)有开始和结束的完整性。威廉姆斯强调,语词应"逃离粗陋的象征主义,消除勉强为之的联想和繁复的仪式性内容",因为这些会使作品脱离真实。相反,语词应当"在想象力发生的那个当下被记下"(206)、"必须为自身而写下",语词"不是作为自然的象征而是作为整体的部分,它要认识到整体"。(189)为此,"诗人要改善记录由想象力给予的理解的同情感和统一性放大的意识的能力、演练记录力量运动的技巧,然后在力场的大场景中认知它。"(206)综上可见,威廉姆斯的想象力是施动的行为,它"攻击、搅动、激活"实在,"是可被行动触及的所有事物中的放射性物质"。(234)具有及物性、坚信物质和力的不可摧毁性、强调部分与整体的动态关系和过程,不摹仿自然而是创造自然的真实、以语词和形式构造摧枯拉朽和自由解放的影响力,这些威廉姆斯给予想象力的定义特征使之成为杜威实用主义哲学中经验和形式概念

---

① WILLIAMS W C. The Collected Poems of William Carlos Williams, Vol.1, 1909—1939[M]. New York:New Directions,1986:234. 本章以下出自该书的引文将随文标注页码,不再另注。

的诗学理解范式。

以诗歌形式制造隐喻是威廉姆斯表现想象力的一个独特方面，为此，他首先将诗歌设计为"一个自我生成的语境"，在那里，通过"想象力的行为"，"隐喻将事物带入存在"。① 在他的诗歌中，"客观物"并不指向抽象的意义，而是指向语境意义；又因语境是生成性的，故"客观物"的意义是动态和发展的。威廉姆斯诗歌的隐喻"打破了图形与背景、喻体与喻旨的范畴化的区分，因为对其而言，作为想象力结果的隐喻是及物的：所有的范畴都是真实的，所有的范畴都是虚构的"。② 威廉姆斯 1935 年发表的诗歌《傍海之花》("Flowers by the Sea")通过介词"依傍(by)"将作为隐喻图形的"花"置于"海边"的背景，使"花"与"海"形成亦真亦幻的"花海"交错：

> 当越过开满鲜花的、轮廓分明的草地
> 边缘，不曾看见，咸咸的海水
> 托起它的外形——菊苣和雏菊
> 成束又散开，似乎各自己近乎不是花
> 而是色彩和移动——抑或形状
> 或许——是躁动，而
> 海水被环绕，摇曳
> 安详地在它形如植物的茎干之上(378)

《傍海之花》以视诗歌构造为经验的实用主义方式探讨了诗歌的隐喻和形式问题，它是关于诗歌的诗歌，即元诗歌。威廉姆斯一方面探索"花"如何获得其意义，一方面探索作为隐喻的"花"如何将事物带入存在，而对这两个问题的回答都是通过给予形式来实现的。《傍海之花》的主旨契合于杜威的形式论所言之"形式就根本而言是历史性和动态性的"。③ 《傍海之花》起始的时间状语

---

① PARLEJ P. Imagine the Outside：Metaphor in William Carlos Williams[M]// HATLEN B，TRYPHONOPOULOS D. William Carlos Williams and the Language of Poetry. Orono，ME：The National Poetry Foundation，2002：166.

② PARLEJ P. Imagine the Outside：Metaphor in William Carlos Williams[M]// HATLEN B，TRYPHONOPOULOS D. William Carlos Williams and the Language of Poetry. Orono，ME：The National Poetry Foundation，2002：164.

③ ALEXANDER T M. John Dewey's Theory of Art，Experience，and Nature—The Horizon of Feeling[M]. New York：SUNY Press，1987：237.

第八章 威廉姆斯诗歌:"当下"的审美与客体派的形式

"当……"及其包含的视觉位移的描述,将诗歌对自然经验的构造置于"当下"的时间和空间的情境,同时也将叙事的能量赋予了诗歌。标题"傍海之花"创建了一种统摄全诗的、花与海的亦分亦合的动态的"背景—图形"关系结构:四个诗节由主体对客体感知的不同阶段而完形,就"草地与海水的地理位置""海水与草地的形式互构"(第 2、3 节)以及"草地与海水的依存关系"渐次展开。《傍海之花》中的花与海虽有各自的边界但又允许彼此对边界的侵入、给予彼此动荡的形状,既保留各自的属性又因彼此的干预而使"名"与"实"在当下错位:花非花而形如海水之涌动,水非水而体如植物之茎干。诗歌的末节达成了诗歌作为经验的一种内在完满,将"海水"与"花"置于对立统一的关系之中:明喻"海的躯干形如植物(plantlike)"说明了二者"此非彼"的关系,但以"茎干"充当海水之体的隐喻又强调了其间的相似。由此看来,《傍海之花》旨在诠释:隐喻(或语词)的意义是情境意义,其意义依靠与情境的互动关系,在"是"与"不是"间"安详地摇曳"。隐喻将事物带入存在由对感觉经验的记录来体现,而感觉经验是增长的、发展的并具有试验性特征,因此,形式也相应地获得这些特质。①

这首 1935 年版的《傍海之花》是威廉姆斯诗集《诗歌:1929—1935》中同名诗歌(352)的修改本,变化如下:其一,威廉姆斯削减了首版中"花与海/带给彼此,变化""海的概念被环绕"等抽象的述评和"成束"与"散开"之间的逻辑连接词"但、却",进一步践行了他的"概念仅存于物中"的诗学主张。其二,威廉姆斯将原版首行句末"草地的边缘"做"跨行"处理,使"边缘"一词成为次行的首词,凸显了它作为自己诗学关键词的地位。麦格宛(Christopher MacGowan)指出,威廉姆斯的"诗行的边缘,随着诗歌的推进,打破了人们对句法关系、诗行意义和诗节形式的种种期待",因此"边缘"一词既具有主题意义又具有形式意义。② 事实上,《傍海之花》本身就是威廉姆斯思考边缘问题的主题诗歌:他通过视觉经验所得的"花"的语境化的隐喻"攻击""搅动"了"花"的概念的旧有界定,使隐喻不再与亚里士多德所说的已经存在的东西合作以建立知识的范畴,相反,隐喻通过意识行为将"花"和"海"同时带入当下的存在状态,通过想

---

① ALEXANDER T M. John Dewey's Theory of Art, Experience, and Nature—The Horizon of Feeling[M]. New York: SUNY Press,1987:248.

② MACGOWAN C. William Carlos Williams[M]//PARINI J P, MILLIER B C. The Columbia History of American Poetry. New York: Columbia University Press,1993:402.

象力的作用使它们解放于意义的通常品性而转变为具有活力且共同成长的东西,因此它们彼此的意义是动态发展的。再者,修改版增添的时间状语也彰显了"诗歌作为经验"的情境性和当下性,其目的是将当下经验作为通向真理意义的基础。最后,威廉姆斯以"躁动"的形状替换了原版中"静谧"的形状,这一变静为动的做法既符合感觉的思维状态也与诗歌营构的整体性的波动感之间达成了内在的和谐,这符合杜威的形式概念,即"形式是各种能量的动态性消解所形成的一种运动中的有序结构,它非由外部强加而是由互相作用之能量间的和谐互动关系所营造"。①

《傍海之花》将思维运动的过程置于诗歌想象力的中心,其在语词及其组合方面涉及将意识活动进行符号化处理,而意识的符号化即给予意识以语言形式。以"躁动(restlessness)"的构词为例:它由"静止(rest)"转为"躁动(restless)",又以名词化后缀"-ness"使"动态"的"躁动"得以稳定而成为一种常态,使"变化"成为"永恒"。"rest-less-ness"中三个闭音节连用所形成的节奏秩序和"正(rest)与反(less)交替"的语义变化恰切地总结了与海水涨落同态的花之变化(tied 音同 tide)和海水摇摆(sway)的状态。从"躁动(restlessness)"的选用可以看出,使听觉和视觉同时出场并使其显现出动态的平衡关系是一种诗歌设计策略,即让语词"不仅因其命名的力量而具有召唤性,而且让其成为物、能够听见其音也能看到其形",②这种策略实现并诠释威廉姆斯所言之"词语因解放的过程而发生于解放之中"。(234)威廉姆斯指出,语词被解放而因此能够从毁掉它的不变性中释放出来基于一定的条件,即能够"准确地将语词与事实相协调,而这事实给予语词以它自己的实在、借此实在语词得以建立从语词的必要性中挣脱的自由。因此,(事实)能够解放语词并同时使其发生动态变化"。(235)这里所指的语词的实在是经过想象力的中介作用的,其来自作为语境的事实,又在这个事实中发生意义。在语词组合方面,《傍海之花》呈现"躁动"和"安详"共济的形状:破折号的使用与行首字母放弃大写的规则增强了视觉的流动与连续性,与语法违和的分行和诗末不具标点揭示了诗歌构造的实在的解放性和形式的开放性,等等。

---

① ALEXANDER T M. John Dewey's Theory of Art, Experience, and Nature—The Horizon of Feeling[M]. New York: SUNY Press, 1987: 193.
② LAYNG G W. Rephrasing Whitman: William and the Visual Idiom[M]// HATLEN B, TRYPHONOPOULOS D. William Carlos Williams and the Language of Poetry. Orono, ME: The National Poetry Foundation, 2002: 184.

第八章　威廉姆斯诗歌："当下"的审美与客体派的形式 <<

从上述分析看，《傍海之花》通过对自然的个体直观的感知过程的描述，实验性地探索着诗歌审美发生的条件和形式边界的问题。威廉姆斯将诗歌的意义语境化，将其视为在"当下"时刻感觉主体与世界的互动结果，这是其诗学与杜威实用主义美学的呼应。杜威指出，"美学的敌人既不是实用也不是智性，它的敌人是单调、情节松垮、顺从于惯例操作和智识程序。"①之于威廉姆斯，其通过想象力的行动同时给予世界和诗歌以富于张力关系的情节及其发展过程，使诗歌不再顺服于格律和韵律的先验要求，而是从直观感觉出发、经历与情境的互动而抵达形式和意义。

威廉姆斯注重在历史进程中捕捉"当下"的种种细节并致力于探索在特定的语境中表征"当下"的意义，这一方面源于"他对以庞德、艾略特为首的国际学派因不能够书写和活在本土文化而投向无根性写作和追寻异国'过去'的批判"，②另一方面也是他对浪漫派抛却具体的物性细节而使意识"直上云霄"的诗歌传统进行的反拨。庞德因其意象表现为"某一时刻理性和感性复合体"的观念，在刻意追求意象的时间独立性的同时也使诗歌疏离了对历史和传统的需求，③而艾略特所诉求的古典和暗指模式则放弃了在"当下"语境中寻常事物中发现真、善、美。威廉姆斯却不然，他视历史为"过去""当下"和过程，视"当下"蕴含"过去"，但"过去"并不是在物质实体中而仅在物质实体通过与我们"当下"的生活产生关联时才得以留存，④其间，时间概念在空间事物的关系中得以表征，这也使其关注时间意义的"当下"诗学成为强调空间意义的"直观"诗学。在对细节的处理方面，威廉姆斯受到惠特曼的民主诗学的影响，但他也在后者诗歌中发现了技术上的问题，即惠特曼只是对细节进入视觉和思维的实际过程做实际的记录而不是通过想象力的行动对细节施以影响。相比之下，威廉姆斯按照意识模式对细节进行形式化处理，使之进入诗歌的客观化

---

① CRICK N. Democracy and Rhetoric: John Dewey on the Arts of Becoming[M]. Columbia, SC: University of South Carolina Press, 2010: 153.

② MACGOWAN C. William Carlos Williams[M]//PARINI J P, MILLIER B C. The Columbia History of American Poetry. New York: Columbia University Press, 1993: 397.

③ MACGOWAN C. William Carlos Williams[M]//PARINI J P, MILLIER B C. The Columbia History of American Poetry. New York: Columbia University Press, 1993: 401.

④ DORESKI W. The Modern Voice in American Poetry[M]. Gainesville: University Press of Florida, 1995: 57.

的秩序之中。

二、直观化、物性与感觉的伦理

作为美国客体派诗人,威廉姆斯强调视觉直观及意识的客体化过程,而在这个诗歌实验的过程中,致力融入历史、政治与文化的元素并使它们形成相互间的联系以实现一种想象力的秩序。《红色手推车》截取了"当下"时刻美国乡村生活的一幅场景——"一辆红色/手推车/雨水淋得它/晶亮/旁边是一群/白鸡"。(224)尽管车、水、鸡三种意象分别独自成行的组合会生产出意义的多种可能性,但威廉姆斯让它们的组合围绕诗歌首行"那么多地依靠"而进行就显现出想象力的介入功能。首先,威廉姆斯通过构造具有地域特色的手推车意象以及车之红、水之蓝和鸡之白这一美国国旗颜色的组合,暗示了他誓将现代诗歌打上美国烙印的用心。① 其次,尽管诗歌只截取"当下"一景,但手推车却非兀立于时间轴线上的一点。威廉姆斯在描述手推车因雨水的淋洗而熠熠闪亮时,使用了"glaze(给……上釉、上光)"这个显示艺术风格的词语,使诗歌具有了绘画的质感,从而建立了杜威倡导的日常生活与精美艺术间的连续性。威廉姆斯这种"视词为物"的构造诗歌的观念,也使诗歌本身成为依靠手推车的事物,同时显示从最常见的物质材料中创造诗歌的一种可能的方式。② 最后,车、水、鸡等具体意象分别独自成行"悬挂"在既抽象又具象(既评述又描述)的诗行"那么多地依靠"之下,既使诗歌在形态上摹仿了"形下为器"的物性之思,也使诗歌产生一种"众—合"的组合秩序。

威廉姆斯强调"当下"的直觉性和语言的物质性与传统的浪漫派诗歌放逐想象力、使其摆脱物性而置于"高处"或以幻觉虚构实在的做法大相径庭。他认为,"想象力的目的是生成文本而不是超越语言;文本出自能指而非空

---

① BEACH W. The Cambridge Introduction to Twentieth-Century American Poetry [M]. Cambridge: Cambridge University Press, 2003: 100.

② BEACH W. The Cambridge Introduction to Twentieth-Century American Poetry [M]. Cambridge: Cambridge University Press, 2003: 100.

想",①而其所谓的能指"即意象,它是托付实在之所"。②《红色手推车》的"手推车"意象出自日常生活的客体物,其"具有双重标记,作为客体和作为结构,而这一结构通过想象力的行动带出能够成为(人的)感觉条件的客体性"。③由介词的使用而形成的空间关系结构造就了诗歌的客体性,它作为视觉的条件参与了诗歌意义的构建。尽管威廉姆斯的同时代诗人史蒂文斯在《坛子的轶事》中也表达出超验的浪漫派的理想在美国语境下的不适切——田纳西山巅上那君临四方、给予秩序的坛子(暗指济慈诗歌中的希腊古瓮)"无法产生鸟或树丛,/不像田纳西别的事物",④但他仅止于此,并未提供如何将浪漫主义地域化的方案。威廉姆斯让浪漫派的想象复归于"事物",他的"天主教堂的钟声"不仅在星期天的早晨为"枝叶、冰霜、枯花、黑鸟、婴儿"这样的"圣礼之物"敲响,而且"让它们为众目敲响/为众手敲响/……/为鸣响而鸣响!/为鸣响的开始和结束而鸣响!"(398)正如马塞尔(Alan Marshall)所言,威廉姆斯的浪漫主义是"具体的、拓疆的、边缘的浪漫主义,是地域的、新开始和不断新开始的浪漫主义"。⑤

在返回事物的方法上,威廉姆斯与通过"向内之目(inward eye)"、在对随风起舞的水仙花的个人记忆中捕获至福的浪漫派诗人华兹华斯不同,威廉姆斯从未撤离现存的世界,他也不试图在内省中发现至上的秩序。相反,他在对"当下"日常事物的直觉观察过程中寻找世界的意义,他的诗歌是实用主义的,揭示了"意义是情境的创建功能并在整体之内和语境之中发挥作用",⑥一如他本人对其诗集《春天和一切》之首篇《在通往传染病院的路上》的成因所做的解释,"正是在总体运行着但却看似死寂的生命进程中,春天终于向我们缓缓

---

① DORESKI W. The Modern Voice in American Poetry[M]. Gainesville: University Press of Florida, 1995: 58.

② DORESKI W. The Modern Voice in American Poetry[M]. Gainesville: University Press of Florida, 1995: 58.

③ PARLEJ P. Imagine the Outside: Metaphor in William Carlos Williams[M]// HATLEN B, TRYPHONOPOULOS D. William Carlos Williams and the Language of Poetry. Orono, Maine: The National Poetry Foundation, 2002: 161.

④ STEVENS W. Collected Poetry and Prose[M]. New York: The Library of America, 1997: 76.

⑤ MARSHALL A. American Experimental Poetry and Democratic Thought[M]. New York: Oxford University Press, 2009: 187.

⑥ ALEXANDER T M. John Dewey's Theory of Art, Experience, and Nature—The Horizon of Feeling[M]. New York: SUNY Press, 1987: 118.

>> 浪漫派视域中的美国现代诗歌审美的实用主义

走近"。(182)威廉姆斯在诗歌对冬末的景色进行没有动词参与的杂陈后续道：

> 它们进入新世界,裸露
> 冰冷,对一切都不确知
> 只知道它们在进入。周遭
> 是寒冷而熟悉的风——
> 现在的青草,明天将成为
> 僵硬卷曲的野胡萝卜叶
> 一个接一个的事物显露特征——
> 叶子的轮廓逐渐清晰,速度加快
> 但是现在它们是庄严十足地
> 进入——然而,深刻的变化
> 已经发生:它们生了根,
> 紧紧扎下去,开始苏醒。(183)

引文中的"现在"可有三重解码:它首先不是叙事的时间标记而是呼语,它的作用并非使叙事得以延续,而是如卡勒所言,"制造了一个虚构的话语事件",①它使诗歌从描写转向抒情;其次是它承上启下的功能,连接"可见"与"非可见"之物。但最重要的是,"现在"使诗歌整体处于"当下"的状态,而这个"当下"是个过程,它蕴含着变化(从无知到苏醒;从迟缓到加速),使"融入'当下'的过去在继续,在努力向前"。② "当下"过程的圆满由"它们是庄严十足地进入"来廓清,但这种"庄严"不是托举浪漫主义的"向上"力量,而是将根"紧紧扎下去",深植于大地。这里,威廉姆斯"当下"的一切迥异于艾略特"残酷四月"的荒原,在后者那里,"死寂的大地孕育出丁香,/混合着记忆与欲望,/春雨搅动枯槁的根须"。③ 尽管也联系着过去(记忆)和未来(欲望),但艾略特的"当下(四月)"是泥泞的、混乱的而且缺乏坚定。相反,威廉姆斯的"现在的青

---

① CULLER J. The Pursuit of Signs: Semiotics, Literature, Deconstruction[M]. Ithaca: Cornell University Press, 2001: 152-153.
② ALEXANDER T M. John Dewey's Theory of Art, Experience, and Nature—The Horizon of Feeling[M]. New York: SUNY Press, 1987: 195.
③ ELIOT T S. The Poems of T. S. Eliot, Vol.1[M]. Baltimore: John Hopkins University Press, 2015: 55.

草,明天将成为/僵硬卷曲的野胡萝卜叶"却似"革命化的宣言,其中,'僵硬'和'卷曲'间的张力使植物成长的后果得以塑形"。① 伴随着客观事物特征的逐渐清晰,诗歌本身在"当下"时刻的轮廓化过程也得以实现:无活力的细节铺陈转化为"当下"的变化——"它们生了根,/紧紧扎下去,开始苏醒。"

《春天和一切》采用了惠特曼式即兴感发的写作方式,其由威廉姆斯抓住"当下"时刻与反对韵文式写作的意志使然。他认为"写作无需先入为主的形式而仅需要在全神贯注于自我表达行为的压力之下、无需人们所期待的思维范式的介入而能自主进行",②就像"赤裸裸"进入春天的"事物",始于"对一切都不确知"但却在扎根的过程中逐渐积蓄生命的力量和形式。威廉姆斯的"当下"是感觉主体在时间轴线上对世界产生诗性反应的时刻,其诗学的积极意义可以借用学界对杜威实用主义的评价:(它)是一种重构性哲(诗)学,展示了对世界做出有意义回应的可能性,它拒绝掩饰矛盾、冲突或玄奥的深度,也不盛气凌人地操持在自我盘问之上。③ 在想象力的自主介入下,威廉姆斯将离散的感知细节带入一种作文秩序,而这一过程也体现出他的美学伦理意识,其特征为"将具体的细节整合进一个具有统一性的美学作品中而不篡改它们各自的特性"。④ 也正因此,"珊瑚"成为威廉姆斯钟爱的隐喻,因为他在珊瑚中发现,无论其触手有怎样多变的形态和斑斓的色彩,它们都在根部聚拢一处,成为一个具有美学和哲学伦理意义的统一整体。

威廉姆斯对事物感觉的图像化过程与为确立秩序而在诗歌内部制造平衡的意志互为表里,因此其诗歌将图像功能和伦理表征融为一体。在这一方面,同是客体派诗人的乔治·奥本与威廉姆斯是相似的。然而,在处理感知方式以及个别与整体的关系方式上,他们之间却显示出不同。奥本诗集《离散序列》(*Discrete Series*,1934)中收录了一首"船"诗:

---

① FELSTINER J. Can Poetry Save the Earth? [M]. New Haven:Yale University Press,2009:148.

② MACGOWAN C. William Carlos Williams[M]//PARINI J P,MILLIER B C. The Columbia History of American Poetry. New York:Columbia University Press,1993:403.

③ ALEXANDER T M. John Dewey's Theory of Art,Experience,and Nature—The Horizon of Feeling[M]. New York:SUNY Press,1987:xxi.

④ COSTELLO B. Planet on Tables:Poetry,Still Life,and the Turning World[M]. Ithaca:Cornell University Press,2008:55.

>> 浪漫派视域中的美国现代诗歌审美的实用主义

　　桅杆
　　无声地高耸；树干样的，逐渐变得尖细；风中的帆从桅杆垂落。
　　滞缓的水拥着船的圆形
　　侧面。太阳
　　将寡淡的光斜撒在甲板。
　　我们的下面滑过
　　礁石，沙子，和没有边缘的空洞。①

　　就如"手推车"在威廉姆斯诗中的位置，"船"是奥本诗歌的核心意象。奥本以视觉、听觉、触觉等多元感觉描述它的存在状态，但他在作诗法层面上不是将这个意象做威廉姆斯那样的以视觉为主导的图片样的静态展示，而是对它的构成成分进行分析，其作诗的过程就如同分析过程正在被展示一样。②这种以展示过程为要务的作诗法的伦理要旨是，衡量感觉价值的不是作者描述世界的方式而是他如何使各种感觉相互适应，而感觉间的配合说明，观看和评价完全是一致的行为。③ 在"船"诗中，所有的事物都与船有密切的衔接而所有的接触又都是松垮的且潜藏着危机。感觉的伦理埋伏在诗歌造句中"并置"技法的表现性利用上。在"圆形/侧面。太阳"的配置中，"圆形"和"侧面"的分裂以及"侧面"与"太阳"的并置，打破了连贯的描述同时又使边缘获得了与中心同等的地位（奥本在诗中有意削弱了太阳的能量——"太阳/将寡淡的光斜撒在甲板"）。通过悬吊于船体和太阳之上的"圆形"，事物间的相似感被建立起来，但"我们的下面滑过/礁石，沙子，和没有边缘的空洞"之意象的并置却又触发浮游生存表相下固定、混沌和虚无的混杂感。通过记录感知过程，奥本将事物带入一种客观的存在。

　　阿尔提艾瑞（Charles Altirier）曾这样解释现代诗歌对"并置"的偏好："当诗人们不再信任叙述和议论的连贯形式而转向并置所具有的聚拢诗歌微妙且芜蔓的感觉的能力时，连贯完全取决于将独特的美学形式赋予那些材料的使然力量。"④尽管他们的伦理意识都以感觉经验为基础，威廉姆斯诗歌的连贯

---

① OPPEN G. New Collected Poems[M]. New York：A New Direction，2008：12.
② HASS R. what light can do[M]. New York：Ecco，2013：56.
③ ALTIERI C. The Art of Twentieth-Century American Poetry[M]. Malden，MA：Blackwell，2006：126.
④ ALTIERI C. The Art of Twentieth-Century American Poetry[M]. Malden，MA：Blackwell，2006：103.

第八章 威廉姆斯诗歌:"当下"的审美与客体派的形式

由通过想象力的行动而构建的多元聚合的形式激活的能量所实现,而奥本诗歌的连贯并不依靠想象给予秩序,而是凭借感知对实在进行揭示、发现存在的事物中的关系与非关系、同一与差异以及连续性与偶然性等对子间的平衡。但无论怎样,威廉姆斯和奥本的美学伦理意识都内含杜威的实用主义民主思想。帕帕斯(Gregory F. Pappas)指出,杜威的实用主义伦理颂扬连续和差异间平衡的民主共同体,而他的经验哲学也认为在经验连续体中相似与差异是同时存在的,但同一与差异是功能性的而非本体论的标示。① "非本体论"说明事物间的伦理关系并非它们的本质使然,而是对事物感觉经验的美学构建。奥本以"没有边缘的空洞"(unrimmed holes)作结,借助其与"没有韵律的整体"(unrythmed wholes)的谐音,连同"滞缓的水"(limp water)中的"limp"所含有的"韵律不谐"之意,使"船"诗成为杜威伦理美学中强调矛盾平衡的范式之一。而在威廉姆斯一方,其诗歌不渲染冲突和矛盾,而更关心如何通过想象力发现促进协和与统一的条件,如何将各种差异的力量整合为一种完满的诗歌秩序,因此走向杜威伦理美学关注的在感觉经验内部各种力量相互合作和约束的一面。

* * * *

列文(Jonathan Levin)指出,强调主体感知发生时刻诸要素间的动态关系和过程是美国文学现代主义者努力表征事物现存意义和新创意义之关系的一种策略,其本质是实用主义的。② 之于威廉姆斯,其基于感觉经验形成的"当下"诗学也关注"真",即诗歌意义的问题,在他那里,"真"在感知主体和客体间遭遇的过程中不断地浮现和更新,他的"真"以经验为导向,具有情境性、暂时性、实验性和过程性等实用主义的真理特征。威廉姆斯的诗歌之"真"存在于"物"中却不受役于物,就如他所言:"艺术中唯一的现实主义是想象力的现实主义,作品唯有脱离剽窃自然而变为一种创造才会如此。"(198)在威廉姆斯的客体派诗歌中,其创造性表现为对语义(词语的指称性)和文本(词语组合的非指称性)之间的张力的设计与维持,这是说,他的诗歌素材有世界的根基而他对这些素材的取用则按照想象力的逻辑,而其逻辑是"拒绝将'我'与'非我'混

---

① PAPPAS G F. John Dewey's Ethics: Democracy as Experience[M]. Bloomington: Indiana University Press, 2008: 237.

② LEVIN J. The Poetics of Transition: Emerson, Pragmatism, and American Literary Modernism[M]. Durham: Duke University Press, 1999: 167.

同,'我'与'非我'间的界限是明确的"。① 尽管强调想象力在构建诗歌文本中的功能,"我"的主体性在威廉姆斯的诗歌中是离场的,其诗歌意义表现在诗歌的客体化的过程中。

帕帕斯针对杜威倡导的融智识、美学和民主于一体的伦理生活解释说,其中的美学维度指的是在生活内部参与生活而形成的、具有内在性的、有意义的形式,这种形式与机械的、碎片的、非整合性的以及其他一切无意义的参与形式具有反差性。生活内部即情境,有智识地参与情境同时也要美学式地参与它,因为用这种方式可以保护伦理生活不至落入形式主义的窠臼以及僵化的重复,可以使之灵活、生动并始终都在成长之中。② 以此为尺度,可以对威廉姆斯客体派诗学的伦理取向进行总结。首先,以与生活的互动经验为根基并通过想象力介入的设计,威廉姆斯建立了具有生活与美学之间连续性特征的形式诗学,其主要表现为诗歌形式的动态发展及其实用的整合意义。其次,由形式的动态发展性也可以观察到威廉姆斯的"当下"历史观,后者强调"过去、当下和过程"的兼容。③ 当下性的历史观在他的诗歌中是以词语以及语词组合所形成的诗行、诗节组合显现的。再次,威廉姆斯的诗学体现了杜威实用主义伦理学的多元建构特征,其多元性表现在意象、客体物、语词的选取方面而其建构性则显现为他对前者施以的秩序。通过使用反传统作诗法的并置、跨行等技术手段,威廉姆斯使诗歌创造了一个新的实在,体现了他的"想象的现实主义"。最后,威廉姆斯在诗学中实现了以美学的方式承担重构伦理的可能性。他的诗歌及其他客体派的主流诗歌都不同程度地表现出民主伦理的特质,使美学的经验与形式成为伦理生活的样本。

---

① DORESKI W. The Modern Voice in American Poetry[M]. Gainesville: University Press of Florida, 1995: 118.

② 详见 PAPPAS G F. John Dewey's Ethics: Democracy as Experience[M]. Bloomington: Indiana University Press, 2008: 166.

③ COSTELLO B. Planet on Tables: Poetry, Still Life, and the Turning World[M]. Ithaca: Cornell University Press, 2008: 56.

第九章　奥本诗歌：爱默生的幽灵、诗的语言及人的目的

【本章提要】美国现代诗人乔治·奥本的诗歌中时常闪现着爱默生的幽灵。奥本对爱默生的语言哲学遗产既有继承也有偏离：沿循爱默生的语言怀疑论的路线，他将语言的现代利用视为问题，并致力以语言的人本主义观念和语言的内部逻辑修复和改造语言，以使其最终实现人的目的。但就语言的实用主义影响力而言，爱默生强调语言的充分变形及其中蕴含的激活精神的能量，希望对语言形式和内容的革新能够促进个人成长和文化更新。而奥本坚持语言与事物的结合，关心诗歌形式对经验世界中的意识行为的显现，其诗歌着力探究的是，如何在事物中发现语词并使其与自我知识和人的存在方式相关联，以及如何使人最终成为完整而具体的人。

爱默生曾经说过："他者是透镜，借其我们可以检视自己的思想"。[①] 照此，如果将美国现代诗人乔治·奥本放在爱默生这面透镜下观察，凸现出来的多半会是他们之间的差异。原因在于：其一，爱默生被普遍认为是超验主义哲学家，自然是其借以超拔精神（语言意义）的主要媒介和方法，而奥本从出道起就被纳入客体派诗人的系谱，[②] 自然仅作为思考语言问题的路径而不是其安

---

① EMERSON R W. Uses of Great Men[M]//RICHARDSON Jr. R D. Ralph Waldo Emerson: Selected Essays and Lectures, and Poems. New York: Bantam, 2007: 270.

② 美国诗歌的客体派是非象征主义的、后意象派的诗歌流派，其以历史性的、现实主义的和反神话学的世界观为特征。客体派要求人们注意世界和语言的物性（materiality），注意其细节而不是幻象。客体派的代表诗人为路易斯·祖科夫斯基、乔治·奥本和威廉姆·卡洛斯·威廉姆斯。详见 DUPLESSIS R B, QUARTERMAIN P. Introduction[M]//DUPLESSIS R B, QUARTERMAIN P. The Objectivist Nexus: Essays in Cultural Poetics. Tuscaloosa: University of Alabama Press, 1999: 3.

放主体意志的场所。① 其二,就风格论,爱默生推举隐喻及语言的"满溢"(superfluity)和模糊(vagueness),奥本却反对隐喻而崇尚语言的沉默(silence)和澄明(clarity)。然而,如果我们调整视角,从语言怀疑论的切口进入,并沿循语言的自然发展史线路看去,奥本与爱默生的相似之处就会显露出来,即使在上述貌似对立的方面也有着深层的联系——他们都将语言的现代利用视为问题,并都致力以语言的人本主义观念和语言的内部逻辑修复和改造语言,从而在特定的社会文化情境下使语言能够实现人的目的。

帕西耶(Richard Poirier)在评价爱默生对美国诗歌的影响时指出,诗人从他那里接受的"是特许和命令——让历史概念、让任何概念都成为自己的东西。通过修辞,改变或给予历史概念以新的声音,通过对其重新塑形以致对过往文本表示感激变得统统不再必要"。② 在爱默生质疑的众多历史概念中,语言概念首当其冲。语言于他,不是"某种预先存在的实在的镜像,而是为了实现某种结果所需要的工具"。③ 在语言的工具性利用中,爱默生极其反对科学理性主义的抽象语言或凌驾于个体经验之上的机构话语。自身即诗人的爱默生,"将诗歌技艺与不顺从(non-conformity)的社会意识形态联系起来,强调诗歌审美的认识论和政治学的效用"。④ 爱默生虽然怀疑语言,但仍坚持语言中始终有一种激活精神的能量;通过语言的形式和内容的革新,他希望最终能够实现个人的成长和文化的更新。

以爱默生之镜审视奥本,可见其在实用主义路线上对爱默生的语言哲学遗产的继承和偏离。爱默生式的语言怀疑论,"使现代诗人对依赖语词和句法(即话语规则)产生了具有解放性和创造性的怀疑"。⑤ 之于奥本,其充分意识到语言的双面性,即语言介入话语者的思维同时又遭受话语者的操控。奥本

---

① 事实上,对奥本的这一评价有待商榷。过往对奥本诗歌的哲学研究,深刻地戳记上黑格尔的精神现象学和海德格尔的存在主义的纹理,这在很大程度上遮蔽了奥本诗歌的浪漫派特质。详见 NICHOLLS P. George Oppen and the Fate of Modernism[M]. Oxford:Oxford University Press,2013:110-135.

② POIRIER R. Poetry and Pragmatism[M]. Cambridge,MA:Harvard University Press,1992:19-20.

③ GOODMAN R B. American Philosophy and the Romantic Tradition[M]. Cambridge:Cambridge University Press,1990:54.

④ MORRIS S. Poetry and Poetics[M]//MOTT W T. Ralph Waldo Emerson in Context. Cambridge:Cambridge University Press,2014:81.

⑤ POIRIER R. Poetry and Pragmatism[M]. Cambridge,MA:Harvard University Press,1992:5.

对语言的社会利用的态度是,"我不再确信语词,/世界的发条装置",①而他就此采取的行动是,重新关注语言中曾被革除、被抛弃或被排挤至边缘的部分,重新赋予语言以道义和人性的力量。为此,他试图回到语言的根部,在经验世界中探索关于自我的个体和文化意义——"如果行至如此遥远我们必须唱/歌//那就让它足够微渺吧。//贞女/曾在彼处被思量过的/来自路边"。(199)但奥本不是爱默生式的维护语言道德的理想主义者(即相信善的绝对存在而恶不过是善的否定性的赘生物);他也不是爱默生意下的作为亚当和命名者的诗人。奥本将语言限定为臣服而不是创造真理,诗歌所关心的不是创造事实而就是事实。因此,他在语言怀疑论的前提下,更多关注的是语言如何为人的现实存在方式提供依据,如何实现使人成为完整而具体的人的目的。

"语言""小事物"与诗人的招魂

爱默生在文集《自然》中的《语言》一章写道:"词语是自然真相的符号;个别的自然真相是个别的精神真相的象征;自然是精神的象征。"②在爱默生那里,自然、语言和精神形成了有机的整体。他指出,语言发展的自然史表明,任何被用来表达道德和智性的词语,若究其根源,都从某种物质表象中借来。诸如正确、错误、高傲自大等道德性的词语最初都与笔直、弯曲、扬起眉头等自然表现直接相关,而表达思想和情绪等精神性的词语也都来自可感之物。然而,自然物转变成符号的大部分过程,自语言被施以边框后就都被遮蔽了起来。(Emerson's:35)爱默生在《诗人》中指出,"语言是石化的诗"(Emerson's:190)。语言是诗,因为"词源学发现即便是最僵死的词也曾具有闪耀的图像性"(Emerson's:190)。僵化,是指"由意象、辞格组成的现代语言,在它们的逐渐使用中,已不再提示我们其诗性的源头"。(Emerson's:190)爱默生这种历

---

① OPPEN G. New Collected Poems[M]. New York:A New Direction,2008:89. 本章后文出自该诗集的引文将随文标出页码,不再另注。

② EMERSON R W. Emerson's Prose and Poetry[M].New York:W. W. Norton & Company,2001:35. 本章后文出自该著作的引文,将随文标出该著名称首字(Emerson's)和引文出处页码,不再另注。

史性的语言概念与浪漫派的语言观相一致,即"先民自然地以隐喻表达想法,而文明却将其封上外壳直至语言失去与生活的接触"。①

爱默生的语言哲学思想是在语言的图像性自启蒙运动后被概念性加速取代的场景下提出的,其目的是要通过恢复语言的自然活力而最终实现个体身份与文化身份的革新。他将矛头指向词语的石化趋势以及文化强加给语言的语法化现象。概念化(或范畴化)在抹去图像性(个别性)的同时带来的是对同一性的顺从,而按理性主义的逻辑法则所生成的语法导致了主体对客体的主导和控制,以及重实质词(substantial words)而轻过渡词(transitive words)的句法倾向。帕西耶指出,爱默生心中的美国是这样一个地方,那里从一开始就承认所有机构的偶然性、承认语言作为知识的形式也同时是压迫力量的形式。② 为了反抗语言的压迫,爱默生疾呼:"智慧的人刺穿这陈腐的措辞而将语词紧系于可见之物;由此,图像性语言就会成为威风凛凛的证书,证明使用它的人与真理和上帝形成联盟。"(*Emerson's*:37)他认为,语言需"具有植物、动物和人的活力,在其所有的复杂性中逐渐成长"。③

除了以自然的活力激活僵化的语词,爱默生也意在使句法或言说方式生动起来。他在自然中发现,自然的真相是一切都处于运动和变形的过程中,与之相应,"所有的象征都流变不息,所有的语言都是及物的媒介,是用于运输的渡船和驿马,而不是宅地上的农场和房舍"。(*Emerson's*:195)语言是活的,其功能在运动和变化的复杂性中实现。"自然是某种自我调节的运动和变化;自然所做的一切都是通过自己的双手,她不让别人而只让自己为之洗礼,而这需要通过变形而实现。"(*Emerson's*:190)爱默生用类比思维得出,语言(或由语言书写成的文本)具有自我调节的能力,松动的语句结构不需要更高一级的统一机构(外部力量的管控),它的力量(或意义)来自语言内部的运动。语言的目的不是为了表达抽象的概念命题,而是用以捕捉个体的经验流动,但语言"如果是用来再现个体经验的流动,它就不再是澄清或明晰的工具,相反,会变

---

① HOPKINS V C. Spires of Form:A Study of Emerson's Aesthetic Theory[M]. Cambridge,MA:Harvard University Press,1951:114.

② POIRIER R. Poetry and Pragmatism[M]. Cambridge,MA:Harvard University Press,1992:135.

③ HOPKINS V C. Spires of Form:A Study of Emerson's Aesthetic Theory[M]. Cambridge,MA:Harvard University Press,1951:114.

成维护不确定性和模糊性的工具"。①

爱默生坚信,语言以及思想,可以通过个体的想象行为和个体对词语、句法的操纵而改变。措辞和句法的选择和组合可以指示智力和生物进化的过程。但他同时认为,"语词稳定思想也因此背叛思想;语句安置思想也因此修改思想。因为语言具有去个性化的力量,语言本身也可以构建我们并言说我们。"②因此,语言不仅可以成为释放个性的方法,更重要的是可以成为文化更新的途径。为了实现语言上的独立宣言,他号召使用隐喻,认为它具有摧枯拉朽的力量和激发想象的潜能,鼓励诸如转化和再描写的实践以突破概念的石化。此外,他强调使用为人们所熟悉的非专业的语言形式,并认为家常词语不能被废弃,因为这些词语的意义可以通过特别的句法改变而被重新塑造。对句法的改造不是聚焦于由句子中的名词或诗歌中的意象所意指的概念,而是补偿性地强调句法中的过渡性成分——动词、副词、介词、连词等通常被安排低级任务而帮助人们通往实质性词语的微词。③ 不仅如此,爱默生承认并接受语言形式的偶然性,认为语言的主体不应永远占据主词的位置,而需要分散于句子的各处,其主体性始终处于生成之中和游牧状态。

爱默生的上述语言哲学思想为其语言风格的"流溢"和"模糊"提供了依据。对此,帕西耶曾做过辟透的解释。虽然"流溢"暗含过剩、奢侈、无用和欲望,但爱默生认为"流溢的事物"具有美德,坚持"过剩重于必要之物、能量比任何意义都更持久",④能量的多态和混沌所产生的模糊性要比意义的确定性更具价值。"流溢"的信念作用于言说会导致无形式的表象,而爱默生的语言风格也因此饱受诟病。但布艾尔(L. I. Buell)认为,爱默生的"无形式在很大程度上是一种言说策略,是对其思想有计划的表达,它要比直接陈述所允许的东西更真实有力"。⑤ 事实上,"流溢"的重要性与其在于所产生的形式,毋宁在

---

① HOPKINS V C. Spires of Form: A Study of Emerson's Aesthetic Theory[M]. Cambridge, MA: Harvard University Press, 1951: 3.

② ARSIC B. On Leaving: a Reading on Emerson[M]. Cambridge, MA: Harvard University Press, 2010: 165.

③ POIRIER R. Poetry and Pragmatism[M]. Cambridge, MA: Harvard University Press, 1992: 135-136.

④ POIRIER R. Poetry and Pragmatism[M]. Cambridge, MA: Harvard University Press, 1992: 38.

⑤ BUELL L I. Reading Emerson for the Structures: The Coherence of the Essays[J]. Quarterly Journal of Speech, 1972, 58.1: 59.

于其行动的意图。爱默生所追求的"流溢","是一种使世界重新悬浮起来的努力,使其减少静态而增强过渡性,使对世界的描述相应地变得松动,不那么机械,多一分不确定"。① 至此,爱默生通过语言的方式进行了个人更新和文化革命的哲学筹划。

与爱默生的语言哲学路线相似,奥本也信赖源于自然的词。他说:"我非常喜欢像树、山那样的小词,它们和那些精心筹划的概括词一样具有分类作用";②"小名词/宣泄出信仰/在此地"。(99)然而,如斯坦纳所指出的,"人类掌握语言包含了一种自我流放的欲望——离开自然节奏和无名状态的动物世界",而流放到了现代致使"语言不再被经历,语言只被言说"③的境地。同样,奥本说"语词不能是全然透明的。而那是/语词的'无情'"。(194)"全然透明"指词语原本具有的确凿的物质基础,即词语完美的图像性。奥本使用了"heartlessness"表意"无情",通过构词法"heart—less—ness"揭示了语词与世界的关系发生变化的过程——从情感(词与物)的依存到亲密关系的丧失进而转化成对立的存在状态,即一个语词从创造性的生命堕落为僵化的抽象存在的过程。对此,诗人就像海葵那样"梦想着某件事情,用身体过滤海水"。(194)"像海葵用身体"意味着诗人使语言向自然和身体经验回归的欲望。

奥本渴求语言的澄明,"我现在没有过去从来也没有任何写诗的动机/除了为了达到澄明",(193)其澄明"指的不是许多东西可以被解释。//澄明在沉默的意义上"。(175)通过加大诗句成分间和句子间的留白以克制对语义的解释,他的诗歌走向了沉默。斯坦纳在《语言与沉默》中说:"只要走向表现形式的极限,文学就来到沉默的海岸。只有赋予语言极度的精确和辟透,诗人和哲人才能意识到其他不能用语词包裹的维度。"④而此时,语言无以表现的沉默将包含所有的可能性,它像一种绝对肯定的东西,一种类似于不可道说之道,一种绝对的澄明。奥本写道:"澄明,澄明,想必澄明是世上最美的东西",但转而又加了限定语:"一种受限的,限制的澄明"。(193)作为语言现实主义者的奥本与作为语言理想主义者的爱默生不同,他不希冀超越知道此时此地的限制,但也不愿受役于此时此地。于是,他设想回到世界的原初质料,"行/至它

---

① POIRIER R. Poetry and Pragmatism[M]. Cambridge, MA: Harvard University Press, 1992: 40.

② HASS R. what light can do[M]. New York: Ecco, 2013: 55.

③ G. 斯坦纳. 语言与沉默[M]. 李小均,译. 上海:上海人民出版社,2013: 45、110.

④ G. 斯坦纳. 语言与沉默[M]. 李小均,译. 上海:上海人民出版社,2013: 104.

会弄湿我们的脚/倘若它是水",(106)即回到语言初始的言与物结合的状态,然而,"倘若"引出的虚拟情态又暗示折回的不可能性。

因为既不能返回又拒绝接受已有的诗歌文体的自足性,奥本选择了一种自由并且必要的语言策略使诗歌呈现内在的能量。他的作诗法以借句法的展布客观化地记录意识行为的浮现过程为特征,其对句法的处理是以非话语的方式消解话语秩序和集权文化的努力。奥本诗歌的形式特点包括:主要动词的省略、标点的省略或突兀设置、分行对规约搭配成分的撕裂、句法秩序的颠倒、代词指称的游离与含混、以介词代替动词作为叙事标记、强调使用诸如并列连词等所谓"次要"词性的词语,以及因使用上述手段所致的诗歌物理外形的毁损。① 诗集《离散序列》的♯2号作品写道:"白色的。从/T 的臂下//红色的球体。//上/下。圆形的/光亮固定的/替换物//从平静的//石质地面……"(6)② 奥本依照事物进入视觉的先后和意识过程的实际样貌使用语言,其所造成的阻碍性句法、分行和并置使诗歌呈现出不完整、断裂和参差的形状,而所暗示的是被描述事态的陌生感及其内部关系和秩序的缺失。其中,通过在"白色的"后面施以句号而拒绝将其附着于任何实体性的名词,这样,它就丧失掉与事物的联系而成为空洞的符号。此外,诗句中所有的动词都被删去,叙述的时间秩序因语言断片的并置而受到分化。再者,诗歌不具标题,不给予理念或浓缩意义,一方面使诗歌自身的"形"与"象"能够自然凸显,另一方面也暗示出语言的不完备性(这一点也因 T、球体和替换物等抽象符号或词语的使用而得到强化)。然而,被爱默生强调但被现代语言压制的微词却在诗中得到彰显:副词(上/下)和介词(从……)释放出事物的动能和势能。此外,事态中的能动主体(红色的球体和替换物)也因缺少谓语的紧随而变成孤绝的存在。

因为注重语言的物性,奥本反对那种脱离鲜活的经验对象而急于进入语言自身的言说行为。《牧歌》("Ecology")写道:"男人们交谈着/靠近屋子中央。他们说的/多于意想。"(39)尽管人们设法在物理形式上聚拢言谈,但在封闭的空间内言语依然泛滥着。这也应和了诗歌《是众多的》("Of Being Numerous")所描述的现代语言的特点,它已变成"残忍的咕哝"和"大众/没有根

---

① 参见 NICHOLLS P. George Oppen and The Fate of Modernism[M]. Oxford:Oxford University Press,2013:20-21.

② 奥本诗歌的原文为:White. From the/Under arm of T//The red globe.//Up/Down. Round/Shiny fixed/Alternatives//From the quiet//Stone floor…,详见 OPPEN G. New Collected Poems[M]. New York:A New Direction,2008:6.

由的话",(173)因为语词的生活之根越来越萎缩,公共言语与词语之根愈发疏远而导致如此。再从语言走向政治:"当语词不能够抑制或恢复或愈合个体经验与大众组织场所的关系的时候,诗歌就会变得不能担当并向抽象化投降。在这个意义上,抽象化制造了最恶劣的分裂,因为它将人的某种反人性概念树立为可取的精神客体,从而将人同实际的生物学和社会学的必要性相分离。"①对此,奥本在诗歌《路线》("Route")中嗟叹:"朋友和恋人都不属于这个时代了//因为很久以来我们就把他们抛弃在/绝境"。(194)

关于奥本的语言怀疑论,已有的研究结论主要声称,他对语言能够表现实在世界的言辞效力缺乏乐观,语言是无情的,缺乏慷慨和宽容。由于语言的澄明只能是一种可能性,因此对语言的焦虑构成奥本主要的诗学情绪。②然而,这种观点忽视了奥本试图恢复语词在资本文化和机构化中所失去的神秘性和人性。他说,词语"——幽灵般疯跑/在地铁中/当然还有机构/和银行里。如果捉住它们/一个接一个地进行//小心翼翼地它们将恢复/我希望,意义/和感觉"。(116)词语如幽灵,而诗人就如捉鬼者,追逐着它们,渴望将其捕获,不仅捉住它们的逻辑意义(Meaning),还要捉住它们的感觉意义(Sense)。奥本对待使用中的语词如疯跑的魂灵,意在召唤其依稀尚存的神秘性和非理性的特质,那种由身体感觉联通的意义。"小心翼翼"既是一种反抗语言暴力的态度也是对捕捉行为难度的描述。斯坦纳认为,语言应该具有"提供我们称之为法律的人文秩序,传递我们称之为优雅的人性精华"③的功能,为此,奥本将致力于在个体自我和文化自我中实现语言的人性意义功能。

"圆圈""小生活"与诗性的存在

"圆圈(Circles)"是爱默生的超验主义哲学的关键词,是其设想通过语言的方式实现自我和文化更新的重要隐喻。爱默生《散文:一集》中的《圆

---

① DI PIERO W S. Public Music[M]//PARINI J P,MILLIER B C. The Columbia History of American Poetry. New York:Columbia University Press,1993:577.

② 详见 KIMMELMAN B. "The 'Heartlessness' of Words":Michael Heller and Hugh Seidman, Objectivist Poetics and the Problem of Language[J]. Textual Practice,2011(5):867-892.

③ G. 斯坦纳.语言与沉默[M].李小均,译.上海:上海人民出版社,2013:116.

圈》写道:"眼睛是第一个圆;它所形成的视界是第二个;这个重要的形式在整个自然界中不断重复没有尽头。它是世界密码中至高的象征。"(Emerson's:174)自然中的所有事件都追寻圆圈的形式,具有无尽的连续性和改良性,但这一认识首先取决于"我"(Eye 即 I)的角度与观看的行为,强调"我"之所见乃"思想和意志的合成(Synthesis of thought and will)",因此,上引段落体现了爱默生的人本主义的形而上学理想。① "圆圈"喻指思想的进步和意志的解放活力所产生的变化,而"每一种进步行动都打开一个新的视界,将过去转变成新的价值,并通过改造自然和过去以形成当下的方式而拒绝同一的重复"。② 将"圆圈"隐喻推及开来,它还可以喻指语言的构建性功能。爱默生将语言的构建性视为自我借以改善和进步的希望,即自我通过使用语言得到编码或表述,又通过语言的想象力和自我改良的意愿和行动而达到不断重新开始的上升境界。根据帕西耶,爱默生的"圆圈"可类比为福柯所谓的"话语构成"(discursive formation),其"远不是被动地反映或再现被假定外部于它们的真理或知识的某种形式;相反,是主动地创造真理和知识并巧妙地将它们实施传播",③ 而以此为途径,文化的更新便可通过"圆圈"的扩大而逐步实现。

然而,如果被机构化利用的话,作为"话语构成"的"圆圈"就将成为限制,阻碍并扼杀自我意志,使社会性的顺从成为必然的结果。于是,就有了奥本所揭示的恶的"圆圈":"蛇,衔尾蛇/尾巴在嘴里:它是邪恶之根/……/他的思想/是它自己的场所;/他没有故事。"(153)爱默生的"圆圈"是开始和重新开始的可能性,而奥本的则是"无法开始/在开始处"。(170)"圆圈"作为限制自由思想的界限,成为否定性的空间和时间隐喻。《一种叙事》("A Narrative")将现代城市描述为"一块飞地",它被人们的生活所填满,"但他们疏散//进自己的工作,/他们的'圆圈',没有关联/到自身……",(151)人成为没有自我的存在,其主体性丧失在工作职能分割出的封闭的"圆圈"中,他们是孤立的,没有内在联系和方向感。在"飞地"中,"人"尚存在,但在《它照亮树枝》("It Brightens up into the Branches")中,"人"已被其工作的"圆圈"和时间的圆圈"淹没:"它

---

① JACOBSON D. Emerson's Pragmatic Vision: The Dance of the Eye[M]. University Park, PA: The Pennsylvania University Press, 1993: 18.

② JACOBSON D. Emerson's Pragmatic Vision: The Dance of the Eye[M]. University Park, PA: The Pennsylvania University Press, 1993: 39.

③ POIRIER R. Poetry and Pragmatism[M]. Cambridge, MA: Harvard University Press, 1992: 22.

照亮树枝/并且照着相同的建筑//早上:/他的工作如常。"(31)不仅如此,太阳和人都成为无名的存在。面对主体性的消泯和死亡,诗人总是最先意识到救赎的必要。作为犹太裔美国诗人,奥本对主体性发现和维护的要求则更为迫切。

在奥本确立主体性的过程中,爱默生的"圆圈"幽灵再次显现。但此时的"圆圈"作为日常事物的重复模式,不再压缩主体,相反成为主体得以发现自我并维持诗性般的生存的条件。奥本将视角转向"小生活",在其重复的"圆圈"中,发现一种感知差异的力量,从而维系那种游牧性(或非自我同一性)的主体。诗歌《历史性的双关语》("Historic Pun")写道:"小生活,……/一种行为方式,一种在公众场合/我们欠缺的方式——//……//犹太人:要为自己找到一种方式。"(189)最终,在巴黎,他"发现一种力量/在咖啡店和小酒馆里//熟悉的事物和某些熟悉的事物的力量/闲适的力量",(189)一种波德莱尔笔下的巴黎浪荡子在公共空间里打发的"小生活"(La petite vie)的力量。奥本认为,"小生活"是一种以隐忍痛苦为福祉的"我们"犹太人所缺乏的闲适存在的方式,也是一种在"荒野"和"僻静处"锻造和修炼个人主义的美国人所鄙弃的公共存在方式。① 巴黎浪荡子的"小生活"对奥本启示的哲学意义在于:散居的犹太人应该在熟悉的事物中找到抵抗主体被同一化的方式。

无独有偶,爱默生也认为熟悉的事物中深藏厚味,因为完全熟悉的状态(如待在某处)要比纯然的异地情调(如外出旅行)更能够激发对知识的调整和重新调整的欲望和行动。② 在调整的过程中,"熟悉的事物被带入与未知的接触中,而这是一个将知识延伸到事物的神秘边缘的过程"。③ 以此相应,奥本说,诗歌是"知与不知/触碰,/一个见证——"(159)。那么,《历史性的双关语》究竟会见证怎样的知识延伸呢?结合阿西克(Branka Arsic)对爱默生的研究发现,诗歌中的奥本几乎成为爱默生的"知识游牧主体"的注脚。"知识游牧主

---

① 奥本在此指的是那些将爱默生的超验主义错误地理解为离群索居寻求精神自由的美国民众。

② 但这并不意味着爱默生建议人们不窥牖而知天下。在此,爱默生利用对比强调,如何在熟悉而不是陌生的事物中发现差异和新知以增强诗性的创造力和生存能力。他认为,诗性创造的经验待在家里和在旅行中都不会被发现,它的发现要在两者间的过渡中。详见 VON DER HEYDT J E. At the Brink of Infinity: Poetic Humility in Boundless American Space[M]. Iowa City: University of Iowa Press, 2008: 86.

③ LEVIN J. The Poetics of Transition: Emerson, Pragmatism, and American Literary Modernism[M]. Durham: Duke University Press, 1999: 3.

体"是爱默生针对理性主体宣称只有理性知识才具有客观性而提出的。他认为,启蒙哲学家们的目光固定于一处,置视觉主体于中心而让世界知识随其目光进行调整,而与之相反,游牧主体将目光分散在各处,他们转向客体但目的不是确认预先设立的主观真理而是欲与客体形成联系,因此所获得的世界知识才具有客观性。以此审视关于自我的知识:游牧主体不是自我同一的主体,"我"之最内在的核心是关系性的因此呈现出不稳定的特质,它就如同穿过空间的"光线",只有洒向物体时才能被看见。也就是说,自我只有在特定的环境中与非我之物形成关联时才会显现,而环境和事物都变动不居,因此自我知识也始终处于变化之中。爱默生也恰好凭借波德莱尔的浪荡子诠释其"知识游牧主体"的概念:在巴黎,一种人永远无需回家,他在城市的任何地方都能够发现与其所离开的一样好的东西,如咖啡、晚餐、报纸、伙伴、戏院和床。浪荡子的隐喻说明,游牧性的主体具有迅速的家园化的能力,他们不需要物理场所的变化而能够在相同的地方发现差异,而其中的哲学意义为,颖悟力不在于使每样东西都像我的而因此否定它们,它是通过疏离而使我的像所有的东西(在"一"的里面发现所有,只有在不懈地与自身产生差异的条件下才有可能)。①在熟悉的生存环境中生成与自身差异的能力,是爱默生对久居美国的奥本的启示,他因此说,"我不会移居,我不会活在船栏之内无论我们被引向何方//一些事物在理性的界限,没有什么在梦境的界限,梦只是结束,借此我们知道现实/是我们面对的"。(202)

游牧性的主体保持着对同一与稳定的警醒及对差异与变化的肯定,他们的世界,按奥本之所言,应该"有山,有湖/从内部观看的图画。这幅画是不稳定的,一幅/动态的图景,无拘束的游移。然而,这幅画/存在着",(197)可以说,运动与差异构成了游牧主体的生存世界的内在性。游牧主体"不会将事物还原为无——//(他)会极尽所能伫立窗前/说,向外看;向外有世界"。(193)奥本的目光向外投放,在熟悉事物的"圆圈"里认识自我并获取生存力量,这表明他已经成为爱默生的"知识游牧主体"。但事情并未就此完结。与其他美国犹太人一样,奥本需要面对犹太哲学家法肯海姆所指出的特殊主义和普遍主义的矛盾处境:他们一方面要做出对犹太民族性与精神传统的认同和选择,另一方面因已享有普遍的社会政治权利而把自己当作世界公民,从而淡化了自

---

① 关于爱默生"知识游牧主体"的概念,详见 ARSIC B. On Leaving: a Reading on Emerson[M]. Cambridge, MA: Harvard University Press, 2010: 50-52.

身的犹太民族特性。① 对此,奥本的态度是,要在"我们"与"我"之间形成某种张力,使"我"即是"我们"的构成部分又区别于作为普遍概念的"我们",就像其曾注记自己的犹太人的事实"存在于特殊事实和普遍事实之间的某个地方"。②

就此,回到《历史性的双关语》的语言切面。奥本说,"要为我们自己发现一个词/否则我们将一无所有,既无信仰也无意志",(189)他将发现"词"与信仰和意志关联起来。在希伯来语中,"词"记作 *davar*,既指词又指物,对依然保留犹太信仰的奥本而言,他要发现的"词"是与生存世界相关的具有物性的词。奥本说"近处是/知识"(185),"有些事物/我们生活在其中'并且看到它们/就是了解我们自身'",(163)他"相信我们是在语言中并通过语言共享着世界,'我们'实际上就是在他者中间并与他者一道发现的词"。③ 而当这个"词"关乎意志时,奥本指的则是它能够影响"我们"和"我"的差异化的诗性生存方式。奥本"要为我们自己发现一个词"并且使其源于生活经验,这是对形而上学裂解言与物结合的同一神话的抵制。形而上学对普遍性的肯定视同一为终极法度,作用在语言上则企图通过压制符号内部的差异而形成纯粹的自我趋同的符号体系。④ 也恰因此,奥本反对现代隐喻的泛滥,因为它"根本不具有让一个图像并列于现实的意义,相反,它自己取消了隐喻式语言和非隐喻式语言的差别",⑤局限于发现"一"与"多"的相似性,并因趋向"一"对"多"的共同

---

① 傅有德等.犹太哲学史[M].北京:中国人民大学出版社,2008:713.

② NICHOLLS P. George Oppen and The Fate of Modernism[M]. Oxford:Oxford University Press,2013:109.

③ NAYLOR P. K. The Pre-Position "Of":Being, Seeing, and Knowing in George Oppen's Poetry[J]. Contemporary Literature,1991(1):114.

④ 根据柯里(Currie)的概括,同一的后果主要有三:首先,符号总是规定了其所指称的事物间的同一性,是故,"狗"这个词,因其假定了"狗"与"狗"之间的共同性而抹去了"狗"丰富的多样性和差异性。其次,符号抑制了"狗"与"猫"之间的差异,因为每当"狗"将自身显现为自主的词时,它就遮蔽或排除了他异的词而佯装意义是由其自身而非差异构成的。最后,符号压制了其所嵌入的符号序列中自身与其他符号间在时间上的差异,于是就导致了历史叙事中关乎时间的意识形态问题。详见 CURRIE M. Postmodern Narrative Theory[M]. New York:Palgrave,1998:80.

⑤ 胡戈·弗里德里希.现代诗歌的结构[M].李双志,译.南京:译林出版社,2010:195.

性而忽视了隐喻中的"是"与"不是",即同一与差异之间的张力。①

如果说奥本要发现的"词"就是从类似描述巴黎人行为方式的"小生活"的生活经验中提取的话,那么奥本避开了对犹太人主体性的本质的述求,而将主体性的获得与其存在的方式相关联,使这个"词"具有生存论的价效。像爱默生目视自然一样,奥本采取了观看生活的行动。在《历史性的双关语》中,他选择在巴黎圣心教堂的台阶上——在宗教信仰和个人意志的连接处,将目光投向暮色(昼夜交替时段)中的巴黎:"巴黎美轮美奂却又滑稽可笑,城里每棵树的叶子都在风中摇曳/姑娘们的美腿,美裙,一切都模仿勇气——"(189)诗歌发表恰值巴黎五月风暴扫过的1968年,那时的巴黎"作为抽象海洋空间中的一个被解放了的具有差异性的岛屿空间而存在着"。② 巴黎是殊异的,因其赞美身体经验和行动的勇气,巴黎人用不羁的身体抗拒着技术政治和官僚政治对社会生活的概念化和结构化。巴黎的殊异也因巴黎人戏仿的生存方式:戏仿之重复与间离的双重编码,与其说在重复中强化了某种共同的东西,毋宁说因语境的间离而在重复中形成了差异。的确,巴黎风中每片摇曳的叶子都不懈地产生着自身的差异,借以反观自身,奥本发现了现代犹太人应有的差异性的存在方式,即关注感性经验和行动经验的生存方式。

诗歌《权利,魅惑的世界》("Power, the Enchanted World")写道:"人们熙攘地来/到空茫的街道//权势不及的街道//于是非理性的苗裔//我们关注经验事实。"(204)经验事实是奥本记录生存世界特殊性的使成条件,对其而言,"诗歌的客观化所寻求的是揭示差异而不是一致的知识,这就不仅要求主体位置的迁徙而且需要将主体的思维定义为一个必然'思念'客体的过程"。③作为"非理性的苗裔",奥本将"非理性"的思维投射在诗歌形式上:以并置毫无关联的断片呈现存在的偶然性、通过代词的频繁游移不断地测试其所指示的关系距离、避免使用标点或掩藏插入语或拆分语法成分以消解暗中设计的句子结构,以及利用双关策略使词语绕开或破坏指称关联和指涉秩序,等等。通

---

① 关于隐喻的本质,利科指出,隐喻中的相似是同一与差异的结合,而隐喻性真理的实质是其在"是"中保持"不是"。详见 HANDELMAN S A. The Slayers of Moses: The Emergence of Rabbinic Interpretation in Modern Literary Theory[M]. Albany: SUNY Press, 1982: 23.

② MERRIFIELD A. Henry Lefebvre: A Socialist in Space[M]//CRANG M, THRIFT N. Thinking Space. London: Routledge, 2000: 180.

③ NICHOLLS P. George Oppen and The Fate of Modernism[M]. Oxford: Oxford University Press, 2013: 71.

过这些语言策略,奥本希望构建一个理性法则不可通达或妨碍其通达的世界。但在反抗语法图式的同时,奥本也利用其规则制造差异或局部性。首先是有意构造悖论性的词语形态,如在"外面——哦小东西/要出生"(39)[①]中,奥本以"ones"指称将要诞生的事物,其含义在于它是由"一"组成的复数集合体,是差异性元素(one)的结合。其次,奥本惯以反讽修辞为诗歌命名,如《赞美诗》《牧歌》和《民谣》等,但这些诗歌的意指却与自然无涉,其"名"与"实"之间出现了断裂。再次,在范畴化的概念后使用限定成分也是奥本诗歌的特质,如前文提及的"一种受限的,限制的澄明",这种限定策略不仅揭示出语言的不完备性,而且也是对整体性和普遍性的拆解。最后,奥本对意象的处置也倾向呈现其间的异质和分裂,如"'太阳是个熔化的团块'。因此/瓦解为自身——"。(192)

综上可见,与爱默生希望通过语言实现自我更新的目的不同,奥本试图通过语言确立自我(和我们)的身份。奥本关心"他"(his)的故事和"人类"(His)的"故事"(story),这也是《历史性的双关语》的"双关"主题所在。不仅如此,作为美国诗人,他也像爱默生那样,关心美国国家所面临的文化问题。美国肇始于18世纪启蒙运动的全盛期,笃信理性的美国人认为他们需要克服人的有限性从而进入永恒的世界,而克服的方式就是征服时间。因为柏拉图告诫,有能力进入理念世界是将人从自然世界的死亡恐惧和时间罪恶中解脱出来的唯一途径。美国人相信,凭借技术理性,人可以逐渐挣脱吃了善恶树的果子所招致的死亡惩戒,结果他们用仪器掌控空气,靠汽车角逐时间,"汽车在轮毂中奔跑//——强大的轮胎——超越/幸福……",(198)"轮子"让感性和爱欲都被抛离而执拗地向更高的理性奔去。奥本忧心于技术的美国"向意识的光明行进"(198)的后果:"有轮子的交通,冷漠,/混凝土结实的边缘不断碾压/成砂石路肩的砂石。"(200)

爱默生在《诗人》中说过,"不是格律而是制造格律的理由造就了诗歌",(Emerson's:186)此处,格律即形式,也就是说,是制造诗歌形式的理由制造了诗歌的形式。爱默生给奥本诗歌形式带来的不仅是思考人该如何存在的理由,更重要的是为诗歌提供了诸如"小事物"和"小生活"那样解决上述问题的必要的入口和实用的视界。尽管爱默生和奥本坚持语言的实用影响力的志向不同,但他们都是语言人本主义的捍卫者。在奥本生活的时代,"映像"(代指

---

① 奥本诗歌的原文是:Outside—O Small ones,/To be born,详见 OPPEN G. New Collected Poems[M]. New York:A New Direction,2008:39.

脱离具体的抽象语言)成为人们生活的主导产品。巴瑞特(William Barrett)指出,耽溺"映像"能使民众迅速丧尽其把握实在的能力,因为"映像"是技术与官僚政治下机器制造的、带有大众性质的抽象精神产品,它的现成性使其能够快速取代实在物。① 对此,奥本认为,人们有必要把头伸向窗外去观看真实的东西,在对具体而差异的存在方式的感受中获得个体的完整,成为包括全部的神秘性和不确定性的日常生活境遇中完整而具体的人。②

---

① BARRET T W. Irrational Man[M]. New York:Anchor Books,1990:269.
② 具体的人与笛卡尔以来仅作为认知主体的智性的人相对,后者只是记录数据、制造命题、进行推理并寻求知识的确定性。参见 BARRET T W. Irrational Man[M]. New York:Anchor Books,1990:275-276.

第十章　毕肖普诗歌:"时空体"、"当下性"与实用主义

【本章提要】在毕肖普的自然诗歌里,自然不是作为物性的他者兀立于主体之外。相反,自然是主体感觉下的、具有流动性并能与主体形成互动交往关系的存在:一方面,主体对自然的体验构成了自我意识形成的基础;另一方面,自然也成为主体意识外化的寓所,成为表征其意识形态的构造。毕肖普的自然诗歌的反浪漫主义特征表现为,自然已经不是浪漫派主体所欲实施精神转化的"非我"的或他性的自然,主体也不行使高高在上的特权强制自然成为与外部精神统一的符号的容器。在毕肖普看来,作为能指的自然其所指中具有内在的模糊性,因为自然、符号和"我"总是裹挟一团,它们互为依赖也相互对峙,并在这复杂的关系和过程中互相给予了意义。此外,与浪漫派主要借助视觉认知世界不同,毕肖普的主体更关心在对世界的多元感觉的事件中达到美学真理。主体性与"自然体认"和"自然构造"的关系是毕肖普的自然诗学的内核,而支撑这一关系建立的思维逻辑显示出毕肖普对杜威的实用主义美学理论的接受和演绎。杜威的实用主义审美形式论是与自然主义和历史主义兼容的,它强调形式的动态生成特质。形式是主客体的相互作用在时间中的展开,其间,主体既适应客体环境又对其施以影响,而互动的结果则是引起双方发生变化的可能与实现。之于毕肖普,由主体与自然相互作用的经验所生成的诗歌形式也兼具了自然性和历史性,主体与自然和时间的纠缠并向其索要形式的事件构成了毕肖普的最重要的诗艺之一。

　　本章就毕肖普的自然诗歌、围绕诗歌主体发乎自然感觉的审美意趣进行解读,其中将重点关注审美主体与自然的关系发展和作为经验的诗歌其意指过程之间的关系。毕肖普对自然书写的执着几乎贯穿其《北与南》《旅行的问题》《地理学Ⅲ》等全部的诗集当中,其凭借对自然的抒情将浪漫派所关心的主体性和想象力以及知识和真理等问题进行了现代审视与反应。在毕肖普的诗

歌里，自然不是作为物性的他者兀立于主体之外。相反，自然是主体感觉之下的、具有流动性并能与主体形成互动交往关系的存在：一方面，主体对自然的体验构成了自我意识形成的基础；另一方面，自然也成为主体意识外化的寓所，成为表征其意识形态的地方。主体性与"自然体认""自然想象"和"自然构造"的秩序关系构成毕肖普的自然诗学的内核，而对自然的把握又可延伸到她对知识和真理的现代式理解，后者于毕肖普而言是基于感觉经验的形上思维的结果，而它们的赋形则依赖主客之间互相作用的关系和过程。

毕肖普的自然诗歌中的反浪漫主义特质早已被其研究者们关注并论证。如宝妮·考斯泰勒（Bonnie Costello）指出，自然作为俗世天堂的浪漫主义的版本，在毕肖普《克鲁索在英格兰》（"Crusoe in England"）这个反田园诗中不择不扣地遭到了责难，①为此她援引下列诗句加以佐证："……我注意到/水沿着它们盘旋上升就像烟雾。/美艳，是的，可不那么合意"，言下之意是自然与人之间缺少了默契，而"山羊的瞳孔，水平的，越变越窄/目光呆滞，或有点儿恶意"②则体现了山羊与人的格格不入。此外，考斯泰勒认为《克鲁索在英格兰》是对华兹华斯"独处"功能的解构式演绎：在华兹华斯那里，"独处"是强大记忆的前提以及超验的福祉发生的基本条件，而对于毕肖普的克鲁索，记忆与其是填补毋宁是抹去，他的孤独永远不会转化为完满的"独处"状态。③ 如果说毕肖普的《克鲁索在英格兰》解构了浪漫主义的自然意象和"独处"主题，那么她的《雨季之歌》和《一个寒冷的春天》则反思了华兹华斯的思维机制、霍普金斯的"内在图景"与济慈的"美即是真"。就考察自然的方法而言，毕肖普的反浪漫主义之思已经进入了哲学层面。

支撑毕肖普的自然诗学的深层逻辑来自其对杜威的实用主义美学哲学思想的接受和演绎。杜威的实用主义审美形式论强调形式的动态生成特质，它是主客体的相互作用在时间中的展开，其间，主体既适应客体环境又对其施以影响，而互动的结果则是引起双方发生变化的可能与实现。因此，在毕肖普的自然诗歌中，自然已经不是浪漫派的主体所欲实施精神转化的"非我"（Not-Me）的或他性的自然，主体也不行使高高在上的特权强制自然成为与外部精

---

① COSTELLO B. Elizabeth Bishop: Questions of Mastery[M]. Cambridge, MA: Harvard University Press, 1993: 203.

② BISHOP E. The Complete Poems: 1927—1979[M]. New York: Farrar, Straus and Giroux, 1983: 163, 165.

③ COSTELLO B. Elizabeth Bishop: Questions of Mastery[M]. Cambridge, MA: Harvard University Press, 1993: 205.

神统一的符号的容器。在毕肖普看来,作为能指的自然其所指中具有内在的模糊性,因为自然、符号和"我"总是裹挟一团,它们互为依赖也相互对峙,并在这复杂的关系和过程中互相给予了意义。此外,与浪漫派主要借助视觉获得对世界的知识不同,毕肖普的主体像杜威指示的那样,更关心在对世界的多元感觉的事件中达到美学真理。杜威的实用主义的形式是与自然主义和历史主义兼容的形式,之于毕肖普,由主体与自然相互作用的经验所生成的诗歌形式也兼具了自然性和历史性。主体与自然和时间的纠缠并向其索要形式的事件构成了毕肖普的最重要的诗艺之一。

一、"时空体":实用主义的关系与过程

在《短暂却缓慢的生命》("A Short but Slow Life")一诗中毕肖普写道:"我们生活在时间的口袋里/它是封闭的,它是温暖的/沿着河流漆黑的缝隙/屋舍、谷仓和两座教堂,/像白色的面包屑躲藏/在灰色蓬松的柳树和榆树林/直到时间摆出架势;/用指甲抓破木瓦屋顶。/他粗暴地伸进手/把我们扔出去。"①在这里,广义的抽象时间被拟人化并被赋予了阳性性别,它被描述为既给众生以生的庇护神又让众生有死的暴戾鬼,而生命的具体时间则化为空间中的河流,生命的记忆凸起在河流经过的物性空间——房屋、谷仓和教堂。"口袋"外化了毕肖普对生命的体认,她将逼仄的生命空间与生命之外的浩瀚空间形成对照,又以"缝隙""面包屑"和"灰尘"等微物的意象将生命短暂、渺小和偶然的意义安放在其中。在这首诗里,空间已不是衬托人的行为的漠然的背景,而是一种被主体感知到的有温度和被保护的存在。在毕肖普的诗歌想象中,空间甚至是包容时间的存在,被拟人化了的时间在空间中操控"我们"于其股掌间。表面上看,空间不动声色,但它让时间也有了寿命。

如果说前引诗歌表现的更多的是空间对主体的心理作用的话,那么《雨季之歌》("Song for the Rainy Season")中则存在一种主体感知与空间的复杂的

---

① 根据 Alice Quinn,毕肖普很多年在笔记本中无数次抄下这首诗,每次只做轻微改动,使诗歌主体在第一人称单数和复数之间变动以及不断地在"直到时间"和"但是时间"之间纠结。参见 BISHOP E. Edgar Allan Poe & The Juke-Box—Uncollected Poems, Drafts, and Fragments[M]. New York: Farrar, Straus and Giroux, 2006: 310.

第十章 毕肖普诗歌:"时空体"、"当下性"与实用主义

互动关系,即空间在时间内向主体不断显现其存在而主体也同时感知出空间对他的意义。因此,本章以下对《雨季之歌》的研究主要关注两方面的问题:其一,空间形态如何影响主体意识的形成?其二,主体意识又如何通过构造空间被显现出来?《雨季之歌》以空间形式的变换指涉时间性,使空间成为时间能指的同时也成为诗歌意义的所指,空间的组构成分——家、岩石、雨雾和生灵——之间的结构关系及其变化则蕴含了以"关系和过程"为特征的实用主义美学思想。毕肖普在诗中构建了一个巴赫金所言的"时空体",尽管"时空体"这一概念首先来自对小说的研究,但毕肖普的诗歌作为杜威所言的"一次经验"的事件属性完全符合巴赫金意下的"时空体"的构成条件。在巴赫金那里,"空间变得充满活力,对时间的流动、情节的发展和历史的前进做出反应",[①]而在毕肖普这边,诗歌中的空间被结构化为"白天——夜晚——日出——烈日当空"等4个时段,在这个时间轴线上,房屋、水、生灵与岩石之间的关系发生着变化,推动着诗歌抒情结构的展开,而变化的过程和后果则与主体的思维进程和结果相对应。

"房屋"的时间"位移"与周遭所形成的联系,显现出其作为符号能指所承载的意义。在诗歌首节,毕肖普通过句法关系"设立"了诗中涉及的核心概念"家"的物理位置:"隐藏,啊,隐藏/在高高的云雾中/我们居住的房屋,/在有磁性的岩石下/满目是雨—彩虹,/在那里,暗红的/凤梨树,地衣,/猫头鹰,还有绒布似的/瀑布悬挂着,/冒昧地不请自来。"[②]围绕着房屋的是一系列方位状语或名词短语的并置,而房屋本身缺失了本该有的"谓词"。[③] 毕肖普使作为名词的房屋处于句法展布的核心位置,但这一语言策略却制造了房屋之为空间能指的辩证意义——既强调了房屋与周遭事物的空间联系的中心地位,又令其处于被隐蔽包围的位置而削弱了它的控制地位。在对白天的仪式性的描述中,空间中的一切都是相互依存的:"水气/攀援繁茂的植被/毫不费力,折转回头/抱住它们俩,/房屋和岩石,/在一片私密的云底。"而进入夜晚阶段,毕肖普又将房屋置于背景,突出了房屋与自然的关系:"屋顶,/隐蔽的水珠缓慢地滑动/寻常的棕色/猫头鹰向我们证明/他会数数;/五次——总是五次——/驻

---

① BAKHTIN M M. The Dialogic Imagination[M]. Austin: University of Texas Press, 1981: 84.

② BISHOP E. The Complete Poems: 1927—1979[M]. New York: Farrar, Straus and Giroux, 1983: 101.

③ 这种通过削弱动词而凸显方位状语即"空间性"的句法形式,是毕肖普"视觉"诗歌的一贯特征。

足屋顶又离去/而后肥硕的青蛙/尖声求爱,/费力地攀檐爬上屋顶。"但在日出时分,房屋被再次置于核心位置,整个段落的中心词只有"房屋"而其他都是修饰成分,在这里,毕肖普揭示出房屋与自然亲密的"友伴"关系:"房屋,敞开的房屋/对着白色的露珠/和乳白色养眼的日出/对着结伙的银鱼、老鼠/蛀书虫/大蛾子;有一面墙/专留给霉菌画出/不合规矩的地图;弄黑了、弄脏了/因那温暖的气息/温暖的触摸,/有污点,被珍爱,/何等欢喜!"然而,诗歌却预言如今的人与自然交友的欢畅在下一个纪元就会改变,其结果将是所有生命的消泯,因为:

……没有水

伟岸的岩石,目光就会
失去魅力,赤裸,
不再披挂
彩虹或雨,
仁慈的空气
和高悬的水雾将会逝去;
猫头鹰继续迁徙
好多个
瀑布会枯竭
在持续炙烈的阳光里。①

诗歌在这最后的段落由先前的描写进入了评论,这其中需要特别关注的有三个方面。首先,诗歌在此从自然的时间进入虚构的时间,并以空间关系结构的改变预言将要发生的事件的结果。其次,毕肖普虚构了房屋的缺席,早前设置的空间结构中所有其他的要素都被提及却唯独没有处于结构中心的房屋,这再次表明:房屋尽管是形式结构的中心,却不是其功能中心,因为是水"抱住了房屋和岩石",失去了水,房屋和岩石就会"分离",植被将消失、生灵将迁移,而房屋(也是人)最终将遭遇的结果是消失。可以看出,毕肖普的"自然/思维"逻辑中存在强弱势力的倒置:柔弱的水因其随物赋形的属性而使岩石和

---

① BISHOP E. The Complete Poems:1927—1979[M]. New York:Farrar, Straus and Giroux, 1983:101-102.

房屋成为被俘之物,因此,岩石作为符号所意指的"稳定性"(并可进而设想"家"的"稳定性")就被水的"变化不居"所征服了。① 但在最后,水与其所有的变形之物(雨、雾、空气等)都将被烈日吞噬,而生机被耗尽所留下的将只是炽热和赤裸,太阳带走的不仅是自然的生气还有其中潜藏的与之对应的道德意涵。

以上是关于《雨季之歌》的诗歌内部的形式分析。然而,若要进入诗歌审美的哲学层面则有必要回到浪漫派的诗歌传统。诺亚·海因曼(Noah Heringman)在《浪漫的岩石、审美的地质》(*Romantic Rocks, Aesthetic Geology*, 2004)中指出,"浪漫主义时期的文学想象以对审美经验进行再创造、构建或发明为普遍特征。由于审美经验(尤其是自然的审美经验)根植于感觉,它就需要面对精神和物质之间的表面区分。通常是视觉性的客观物吸引了感觉并成为表达感情的场所。物性之于审美经验是必要的,因为它使因主体不由自主发生的审美反应而形成的概念能够切实可行。"② 显然,毕肖普的诗歌想象继承了浪漫派的"客观物—感觉—概念"的思维逻辑,其诗中的自然物不仅吸引了主体的视觉,还有触觉和听觉,它们一道使主体在思维中产生了显示"关系"和"过程"的审美并将其上升为"伟岸"和"仁慈"等抽象的道德概念,而这些审美特征和概念因为有了物性基础而具有了实用的存在意义。

毕肖普在《雨季之歌》中对岩石、水与太阳的关系以及这一关系的变化过程的描述,几乎重新演绎了英国浪漫派诗人华兹华斯在《湖区指南》(*A Guide to the Lakes*, 1906)中对审美主体置身于山中小湖的所见和所感。下面摘录《湖区指南》的一段,从中可以管窥审美主体想象力产生的物质基础及其如何由自然空间内的客观物的关系和变化所引起的思维过程:

> ……,水在没有阳光照射的时候显得漆黑而阴沉;围绕它的边沿,散布着巨石和岩块;其中的一些挑战着人们对它们来历的猜测,其他的则一看便知是从高处落下的——它们是数个世代的贡献! 一缕并不令人不快的忧伤由这种迷惑和这些衰败的景象引起;当想到一片洁净的水体不为

---

① 再如《海湾》中的水"吸纳、而不是被吸收",《沃维克大街》的"我们的床/从煤烟中退缩/倒霉的气味/把我们抱紧",这些似乎都是刚柔顺序倒置的诠释,详见 BISHOP E. The Complete Poems: 1927—1979[M]. New York: Farrar, Straus and Giroux, 1983: 60-61, 75.

② HERINGMAN N. Romantic Rocks, Aesthetic Geology[M]. Ithaca: Cornell University Press, 2004: 5-6.

树林和其他通常陪伴清爽水域的快乐的乡野景象所关照,而且不能促进周围微薄草木的生长——就会激起强烈的反感,于是会加深对这些情景自然产生的忧郁。没有什么样的独处感觉会像置身于山区小湖旁边的这么强烈抑或庄严地让人铭记:尽管形影相吊得令人生畏,但它却似乎是旅行的独到去处;游人稀少的地方,才可以没有干扰。水鸟云集于此,孤独的垂钓者也可能在此出现;但是想象力,因不满于这个生物群落微薄的赠予,会被诱使将一种自发的力量归因于这个地点每每发生的变化,无论它是徘徊在威严峭壁中间水面上的和煦的微风还是傍晚铺洒在湖面上的夕阳壮美的余晖。①

这一段落围绕自然的地质变迁现象与主体对其产生的审美反应之间的关联而展开。诗人的审美特征表现为罗伯特·朗鲍姆(Robert Langbaum)所发现的,是"一种关系和过程,它生发于外部的影响力、个体的理解力和思考能力又进而演变成为主体对客体的想象力",以此方式,主体的思维"就从一处流向另一处"。② 不难看出,观察主体对客观物的感觉是想象力的基础,而感觉,一如华兹华斯所言,"作为伟大心智的作用者,/创造,创造并接收,/产生效果但要与/所观看到的事物结盟"。③ 他的《我孤独地游荡像一朵云》("I Wandered Lonely as a Cloud")中的水仙,首先进入诗人的视觉,而后触发诗人产生与银河繁星的联想和与潋滟水波的比较,以致最后在诗人独处时又在其心目中闪烁,使主体以其想象力在回忆中捕捉到了"独处的福祉"的真理。这一过程被约翰·埃尔德(John Elder)总结为,"自然作为外部刺激物,首先作用于感官,再经过记忆加工,进入主体的诗性写作。"④《湖区指南》表明,华兹华斯是具有唯物主义美学思想的诗人,他对物质世界的经验与审美反应形成了其特有的"景物美学",即主体与景物首先在经验时间内发生有形的接触,并由之引发逃离经验时间的形而上的思考,其诗歌创造了经验时间与心理时间的连续性,同时,作为表现媒介的诗歌也获得了超验的意义,即精神的统一。

---

① WORDSWORTH W. A Guide to the Lakes[M]. London:Henry Frowde,1906:41.

② LANGBAUM R. The Mysteries of Identity:A Theme in Modern Literature[M]. New York:Oxford University Press,1977:33.

③ WORDSWORTH W. Selected Poems[M]. New York:Penguin,2005:211.

④ ELDER J. Imagining the Earth—Poetry and the Vision of Nature[M]. Urbana:University of Illinois Press,1985:116.

第十章　毕肖普诗歌:"时空体"、"当下性"与实用主义

毕肖普的空间审美与华兹华斯的自然审美在强调关系和过程、事物的变化和思想的唯物性等方面的确具有很多相似之处,但他们之间存在着方法论和认识论意义上的差异。华兹华斯的审美反应倾向于那种"摆动过程中的协调",其主体意识是"主体对世界的感官投入与其大脑对世界进行接收之间的活动"。① 例如,在上引的《湖区指南》段落中,华兹华斯记录了主体对山中小湖的视觉投入和心理反应之间的活动,其间,大脑反思中的因果逻辑控制着主体对湖区景物的心理摆动过程,而其"协调"是指裸露的岩石和孤立的水体所引发的主体积极的和消极的心理反应之间的协调。华兹华斯"以场景中的其他事物放大了湖区人迹罕至但却有神秘力量时常出没的原始感觉",并在对岩石和水体的描写中采用了迷惑、衰败、不为……所关照、不能促进、引起反感等否定性的修辞,而这些言辞"摹仿了客观物的'他者性'"。② 但他这样做的目的只是为了承让一步,其真正的意图是要显露湖区的孤绝之于人类独处其中的非常意义。最后在对想象力的定义上,华兹华斯将其归结为湖区景象的变化使然并在定义中以"无论……还是"这一带有主观强制意向的句式强调了想象力的自主性。可以说,唯物性和自主性构成了华兹华斯浪漫主义想象力的主要特征,而通过想象力实现的真理诉求则以超验的统一性为基本特点。

毕肖普在《雨季之歌》中对空间关系变化的视觉方式和审美动因与《湖区指南》几近相同——将引起空间事物变化的外因归于太阳位置的变化,并将主体的审美反应归因于空间发生的形态变化。然而,在处理主体与空间的关系问题上,华兹华斯的思维是以主客二元对立为基础的,其赖以生成的感觉主要是视觉;(自然)空间于其而言是被冥想的对象,其形式的统一是由主体给予的。相比之下,毕肖普的思维中的主客体具有杜威意下的实用主义的相互作用的关系,并且主体的视觉、听觉和触觉等感觉都参与到审美反应中;她的空间不是被动的存在,其形式的统一表现为主客体间互动经验的圆满。毕肖普赋予水、岩石和生物以人性的意义和功能,并让房屋(或家)的意义紧密依靠它们,这种对客观物的实用认识论与华兹华斯的强调主观能动性的认识论是不同的。在思维方式上,毕肖普对自然的感觉尽管也与自然中的事物结盟,但其结果却既不是对自然的接收也不是对它的创造,而是与自然的协作。她既以

---

① ELDER J. Imagining the Earth—Poetry and the Vision of Nature[M]. Urbana: University of Illinois Press,1985:116.

② HERINGMAN N. Romantic Rocks, Aesthetic Geology[M]. Ithaca: Cornell University Press,2004:44.

实用主义者的行动姿态,使诗歌主体与自然进行互动交往而寻获与自然共生存的自我真理,又以实用主义者的审视姿态,在时间的轴线上思考着空间关系从当下到未来的累积性的变化及其后果。

苏珊·麦可比(Susan MaCabe)将《雨季之歌》中房屋与周遭的关系抽象为自我与他者的心理关系。她认为,诗歌主体具有死亡意识,而死亡意识使她注意到与他者"重叠"存在的必要性。"重叠可以转化成对他者性的体验,它既不将'非我'置于放逐地位也不将其抬高至无法理解的位置。在他者中看到的自我不是将他者自恋式地整合进自我,也不是把自己的欲望投射到他者身上。自我和他者存在于合作和互动之中"。[①] 麦可比的分析进一步证明了毕肖普的实用主义审美性情,然而她对有关他者的分析尚需再进一步。如果将空间受到的外部影响,即"太阳位置变化"的作用考虑进去,则可知人与自然的关系之外还存在另外一个他者——"那改变残杀,/抑或威吓了我们多少渺小黯然的/生命"的太阳。将太阳作为他者同时暗示了毕肖普的反理性主义[②]的和反浪漫主义的态度。对于这个作为他者存在的太阳,毕肖普采纳了投射性的思维逻辑,即通过当下的空间关系预设其未来的发展结局,她让太阳成为最后的胜者意在说明守持住当下的人与自然的关系的必要性和重要性。

与华兹华斯凸显统一性在场的想象不同,毕肖普的诗歌以"失去""不再""逝去""迁徙"和"枯竭"等离散性的想象结束,并使离场成为既是物理过程也是心理过程。无独有偶,岩石是华兹华斯和毕肖普的共同观察对象,因此有必要对其再做探究。托马斯·威特利(Thomas Whately)曾就岩石与心理反应的关系做过如下描述:景观中如果"只有岩石可能会让人惊奇,但却不能取悦于人;它们太过远离普通生活,太过贫瘠,而予人冷淡,孤立而非独处的感觉。如果它的棱角不加以环境的软化,如此让人敬畏的特征不可能长久迷人"。[③] 威特利建立了物的存在方式与人的心理方式之间的对应关系,其恰切地解释了毕肖普对岩石裸露的心理感觉:没有水气环抱和彩虹披挂的"软化",岩石作用于人的心理的魅力将不复存在。然而,人与自然协作的意义在于,没有房屋(此处房屋是人的换喻)作为岩石的协作体,青蛙、老鼠、蛀书虫和大蛾子将会

---

① MCCABE S. Elizabeth Bishop: Her Poetics of Loss[M]. University Park, PA: The Pennsylvania State University Press, 1994: 186.

② 在西方文明中,太阳通常代表理性。

③ 转引自 HERINGMAN N. Romantic Rocks, Aesthetic Geology[M]. Ithaca: Cornell University Press, 2004: 44-45.

迁徙，从而将使岩石裸露得丧尽掉一切的美学价值。在毕肖普的诗歌中，进入主体意识的可能不是空间中的在场事物或其作用力，而可能是正在发生的"整合、分解、再重组"进程中的事物之间的关联，是事物的关联和过程定义了主体意识和事物本身。毕肖普重视个体感觉的影响力但也从不因感觉的在场而矫揉造作忽视常理，她的诗歌是感觉与常理的共济与辩证。

二、"当下性"：实用主义的审美与真理

与美国现代诗人威廉姆斯一样，毕肖普也特别关注"当下"，并视"当下"的意义是"一切"的后果①。不同的是，毕肖普的"当下"诗学更强调在"此刻"与传统、主体与客体的互动交往的过程中发现知识和真理以及重视"当下"的种种表现与"未来"的构成关系。毕肖普的"当下"既是主体意识的复杂居所，其中每一分对景物的新关注都散布着想象的凸起，②又是一次经验的"动态结束，其中存在有使经验瓦解预兆的各种张力间的相互合作和约束"。③

能够充分表征毕肖普的"当下"诗学的是其发表于1955年的诗歌《一个寒冷的春天》("A Cold Spring")。诗歌对春天描述的展开摹仿了英国浪漫主义诗人济慈《秋颂》的第三诗章"While/Then/Now"的结构顺序，其中又糅合了与英国诗人霍普金斯（Gerard Manley Hopkins）的《春天》("Spring")的互文。"While"阶段仿拟了霍普金斯的十四行诗《春天》的八行部分，但在语义上形成了对后者的间离。霍普金斯的《春天》以"抽象—具象"的结构秩序展开：概括性的陈述"任什么也不如春天这般美丽"④因一连串的视觉、听觉、触觉和运

---

① 关于威廉姆斯诗歌的"当下"审美及其与实用主义哲学的关系，参见本书《威廉姆斯诗歌："当下"的审美与客体派的形式》一章。

② 详见 ALTIERI C. The Fate of the Imaginary in Twentieth Century American Poetry[J]. American Literary History，2005，17.1：70-94.

③ ALEXANDER T M. John Dewey's Theory of Art, Experience, and Nature—The Horizon of Feeling[M]. New York：SUNY Press，1987：204.

④ 《春天》的八行部分为：任什么也不比春天这般美丽——/滚滚野草蹿得高挑、动人又茂密；/画眉鸟的蛋看似矮小的天宇，而声音/穿过回响的林木果真这样清洗又绞干/耳际，听它歌唱犹如闪电来袭；/光滑的梨树抽叶又开花，摩挲着/倾泻的碧空；那蓝色来得匆匆/洋溢着富裕；连竞跑的羔羊也有了放纵的道理。见 HOPKINS G M. Poetry and Prose[M]. London：J. M. Dent Orion Publishing Group，2002：45-46.

动知觉的意象得以具体化。霍普金斯以《春天》演绎了其重要的诗学概念"内在图景(Inscape)"和"内在能量(Instress)",即"事物的个性模式和支撑那个模式的内在能量"。① 其中,"内在图景"是诗歌主体对春天之"野草""画眉鸟""林木""碧空"和"羔羊"的感知以及它们之间的联系模式。词语的斡旋使整个"春天"的"内在图景"中充盈着势不可挡的"内在能量":春天的野草"滚滚如浪""蹿得高挑",画眉歌唱"犹如闪电来袭",梨树"抽叶开花",碧空之蓝"匆匆流溢",羔羊放纵地"竞跑"。霍普金斯对诗歌不着任何时间标记,似乎春天里的一切都顺从天意、在"当下"一刻竞相"绽放"个性却又和谐地统一在春天的图景中。与《春天》不同,毕肖普的抽象之思"一个寒冷的春天"却具象为:

> 紫罗兰在草地上弄出疵点。
> 两周或者更长,树木在犹豫;
> 小树叶在等待,
> 谨慎地标示自己的纹理。
> 终于一层庄重的绿尘
> 安顿在你漫无目的的大山。
> 一天,在一道凄寒苍白的日光中
> 在山的一侧一只小牛出生了。
> 母牛停止了哞叫
> 花了很长时间才吃掉
> 似一面悲惨的旗帜的胎衣,
> 可小牛却敏捷地站起
> 似乎天生就有感觉快乐的能力。②

虽然毕肖普所采用的词语策略也使"事物"动态化,但她通过"犹豫""等待""谨慎地标示""安顿"等词语的堆积却阻滞了"春天"前行的动力。毕肖普说过,"诗歌中的时间选择有助于解释诗歌其他方面的许多事情",③那么,她

---

① MILLER J H. The Univocal Chiming[M]//HARTMAN G H. Hopkins:A Collection of Critical Essays. Englewood Cliffs,NJ:Prentice-Hall,Inc.,1966:98.

② BISHOP E. The Complete Poems:1927—1979[M]. New York:Farrar,Straus and Giroux,1983:55-56.

③ BISHOP E. Time's Andromedas[M]//SCHWARTZ L,ESTESS S P. Elizabeth Bishop and Her Art. Ann Arbor:The University of Michigan Press,1983:273.

在这一诗节中凸显时间标记究竟是像麦可比所言之"暗示了一种焦虑"①还是另有所谋?将《一个寒冷的春天》对《春天》的仿拟性考虑进去可将答案拓进一层。哈琴(Linda Hutcheon)认为,仿拟提供了一个让"当下"审视"过去"的角度,它允许当前话语对某一个话语说话而又不完全回复到那个话语,从而建立起两个话语间既认同又求异的对话关系。② 毕肖普对霍普金斯实施仿拟的角度是"时间的选择",而她的话语意图是要挑战后者"世界、词语和自我三者可以达成统一"的诗歌宏旨。霍普金斯认为,自然的"内在图景"源自上帝的旨意,词语的也是。诗歌是一种介质,借其,人类可以在上帝那更好地表达三者的和谐音律。③ 但在毕肖普看来,诗歌是经验性和符号性的,她的小树叶谨慎地标示着自己的纹理而大山的存在却漫无目的。霍普金斯的"春天"概念是"具体事项的整合",④而毕肖普的"小树叶"正"等待成长",而她的"小牛"却能"立刻站起"。

《一个寒冷的春天》对霍普金斯"内在图景"的仿拟与她的《2000多幅插图和一个完美的和谐》("Over 2000 Illustrations and a Complete Concordance")对圣经"故事"的诘问和《海景》("Seascape")对波德莱尔"应和论"的反思,结论只有一个:"完美的和谐"是脱离经验或语境的宗教或浪漫的想象使然,其不可能是因为它由话语构造又随时承受来自他者话语的消解。春天中的紫罗兰"在草地上弄出疵点",显示出诗人没有忘记现代诗歌借由对物的嬉戏以消解浪漫主义沾沾自喜地认同于自然的基本精神的使命,⑤同时也构成对霍普金斯另一首诗歌《斑驳之美》("Pied Beauty")的隐性辩驳,因为后者让一切事物——天色、鳟鱼、新落的栗子、燕雀的翅、田野等——都因具有"斑驳"的共性而变得荣耀,并"让荣耀归于上帝因这斑驳的事物"。⑥ 毕肖普的诗歌对自然

---

① MCCABE S. Elizabeth Bishop:Her Poetics of Loss[M]. University Park, PA:The Pennsylvania State University Press, 1994:116.

② HUTCHEON L. A Poetics of Postmodernism: History, Theory, Fiction[M]. New York: Routledge, 1988:35.

③ MILLER J H. The Univocal Chiming[M]//HARTMAN G H. Hopkins: A Collection of Critical Essays. Englewood Cliffs, NJ: Prentice-Hall, Inc., 1966:115-116.

④ MILLER J H. The Univocal Chiming[M]//HARTMAN G H. Hopkins: A Collection of Critical Essays. Englewood Cliffs, NJ: Prentice-Hall, Inc., 1966:104.

⑤ ALTIERI C. The Fate of the Imaginary in Twentieth Century American Poetry[J]. American Literary History, 2005, 17.1: 70-94.

⑥ HOPKINS G M. Poetry and Prose[M]. London: J. M. Dent Orion Publishing Group, 2002:48.

状态的时间性组织和对自然行为的评价性介入(如视母牛的"胎衣"为"悲惨的旗帜"等)使经验中的自然无法天真地"自在自为",而终将成为人的意识的栖所。以此,毕肖普揭示出人是自然之物的另一面——自然也是人的构建之物的真相。

《一个寒冷的春天》在"Then"阶段进入"温暖的一天",另一些"景物"在主体意识的干预下进入诗歌的叙述。毕肖普所采用的印象派的描述突出了景物色彩的模糊感和动态性:"白中带绿的梾木渗入树林,/每个花瓣看起来都像被烟头灼烧;/朦胧的紫荆立在/旁边,一动不动,但几乎/又比任何可摆布的颜色更像在流动。"毕肖普并置了对自然的描写与评价,此中潜伏的真理意义类似于济慈《希腊古瓮颂》("Ode on a Grecian Urn")所言之"'美即是真,真即是美',这就所有的/你们所知,和所有的你们需知"。① 杜威认为,济慈的"真"是在特殊条件下产生的概念,"'真'不意指对事物的理性陈述的正确性,'真'作为意义也不受科学的影响。它指示着人类的生存智慧,尤其是'善与恶的知识'"。② 毕肖普的"真"是对"善"与"恶"并存的模糊感知:树林复苏之"善"中有"花瓣看起来都像被烟头灼烧"之"恶"的存在以及静止的紫荆中蕴含颜色流动之"善"的现象。尽管"恶"无处不在,毕肖普却总是不断地寻找着"善"。于是,她的山峦苏醒了,自南方伸展出的绿色肢体绵延数英里;而后,"在山的顶部丁香透白,/然后有一天它们像雪花飘落",此处的明喻修辞使"然后有一天"成为一种"心理时间",它使丁香与雪花相遇的事件成为可能。克里斯蒂娃(Julia Kristeva)说:"一旦我们发现物体与情感产生联系,它们的意义便开始显露。时间是情感的联系,而情感发生于符号并使符号的在场为人所知。"③ 此时,心理时间也已成为空间的隐喻,在"那天",伤逝的情感产生于"丁香"到"雪花"的变形,毕肖普就像普鲁斯特那样,"在追忆一种'物化'的意象空间,在那里,词语连同它们的无意识和隐晦之意将'我'所属的世界接合成完整的血肉之躯"。④

---

① KEATS J. Ode on a Grecian Urn[M]//DONALDSON E T, SMITH H, ADAMS R M, et al. The Norton Anthology of English Literature, Vol.2, 4th ed. New York: W.W. Norton & Company, 1979: 825.

② DEWEY J. Art as Experience[M]. New York: Capricorn Books, 1958: 34.

③ KRISTEVA J. Time and Sense: Proust and the Experience of Literature[M]. New York: Columbia University Press, 1996: 169.

④ KRISTEVA J. Time and Sense: Proust and the Experience of Literature[M]. New York: Columbia University Press, 1996: 169.

白昼的春天令人伤感,毕肖普选择走入傍晚。但傍晚何为?"傍晚是使诗意的思考变成凡俗歇息和神圣崇拜之间的第三种行为的时刻",米勒(C. R. Miller)在就浪漫主义诗歌中的"傍晚的发明"曾得出如是结论。① 的确,毕肖普的第三种行为既没有像霍普金斯《春天》的六行部分将对自然的描写升华为神圣想象——"这一切的润泽和欢乐究竟是什么?/是在伊甸园大地甜蜜存在之初的一段旋律",②也没有持续那种凡俗式的伤春,而是将对春天的经验进一步写入"Now"时刻:

> 此刻,傍晚,
> 新月升起。
> 山峦少了棱角。长草丛泄露
> 牛粪的藏身之地。
> 牛蛙作声,
> 萧索的琴弦被沉重的拇指拨弄。
> 月光下,迎着你白色的前门,
> 幼蛾,像中国扇的扇面,
> 身体摊平,呈现银色并把银色涂在
> 淡黄、橙色或灰色上面。
> 此刻,自密集的草丛,萤火虫
> 开始飞舞
> 向上,然后向下,然后再向上:
> 在上升的飞行中燃亮,
> 又同时飘向一个高度,
> ——就像香槟酒中的气泡一模一样。
> ——后来它们飞得更高。
> 而你月光下的牧场将会奉献
> 这些特别热情洋溢的颂词
> 在每个傍晚的此刻并持续整个夏天。

---

① MILLER C R. The Invention of Evening. Perception and Time in Romantic Poetry [M]. Cambridge: Cambridge University Press, 2006: 9.
② HOPKINS G M. Poetry and Prose [M]. London: J. M. Dent Orion Publishing Group, 2002: 46.

值得玩味的是,此段中的三个"Now"并不是叙事过程中时间序列的标记,而是具有抑制叙事进程功能的呼语。卡勒(Jonathan Culler)指出,"呼语不是事件的表征,如果起作用,它会制造一个虚构的话语事件",①毕肖普的前两个"Now"经"新月升起""草长萤飞"等意象的具体化,与其前段落中的时间标记一同构成可感知的"现象"流动以及虚构性的"事件"。新月之下密集草丛的神秘、幼娥体色的变幻和流萤飞行的飘动,以及"牛粪"和"沉重的拇指"等"他者"转化而成的草丛生长力量和春天夜晚的声音,这些都显示出毕肖普所具有的济慈所言的"否定感知力"。毕肖普的流萤在飞行中燃亮、从一个高度飞向更高,尽管如此,像香槟酒气泡的流萤却无法逃脱某种阈限的束缚,毕肖普在这里通过"气泡"的隐喻与浪漫主义的崇高和超越的可能性进行着嬉戏。② 最后的"Now"由"你月光下的牧场将会奉献这些特别热情洋溢的颂词"所定义,成为在每个傍晚出现的特定一刻。针对这个埋伏于诗行中间的"Now"的意义,阿尔提艾瑞(Charles Altieri)总结道:其重要性首先在于它将未来包括进去,诗歌的话语主体不仅看到"当下"而且预见了"当下"在未来的重复出现。其次,"当下"也有阴暗的"他性",那种与万物更新对立的逼近的缺失感,而这一"他性"也使"当下"事件可预料的重复发生成为可能。最后,将"Now"嵌入句子当中也使"当下"概念在对未来的投射中承载了更多的情感力量。③ 阿尔提艾瑞对"Now"的语用学概括进一步显露出杜威的实用主义美学实质:即将到来的夏天是"当下"重复式的继续,就像杜威所言:"'未来'由被感知为占有'此时此地'之物的各种可能性所构成,它像光晕一样环绕当下。"④

毕肖普"当下"意识中的情感在场颇具史蒂文斯《内心情人的最后独白》("Final Soliloquy of the Interior Paramour")之厚味:"出自同样的夜色,出自这核心的思想,/我们在傍晚的空旷中搭建居所,/在那里相守便已足够。"⑤ 史

---

① CULLER J. The Pursuit of Signs: Semiotics, Literature, Deconstruction[M]. Ithaca: Cornell University Press, 2001: 152-153.

② GOLDENSOHN L. Elizabeth Bishop: The Biography of a Poetry[M]. New York: Columbia University Press, 1992: 95.

③ 详见 ALTIERI C. The Fate of the Imaginary in Twentieth Century American Poetry[J]. American Literary History, 2005, 17.1: 70-94.

④ DEWEY J. Art as Experience[M]. New York: Capricorn Books, 1958: 17.

⑤ STEVENS W. Collected Poetry and Prose[M]. New York: The Library of America, 1997: 524.

第十章　毕肖普诗歌:"时空体"、"当下性"与实用主义

蒂文斯的欲望居所是被其称为"终极之善"的"想象的世界",一种"难以赢得却深触内心的东西",①而毕肖普的欲望所系是月光涟洗的"当下",她渴望"当下"的持续出现,即使不能,至少也会因其书写而被留住。济慈的《秋颂》("Ode to Autumn")用一天的音乐讴歌了整个秋天,毕肖普却让春天全部的能量汇聚一刻,通过"掩藏","Now"似乎无法逃走,在"你月光下的牧场"成为永远"在场"的"事件"。《一个寒冷的春天》通过凸显时间标记的方式使自然描写变成以行为动向为特征的经验事件,时间的选择不仅统摄了诗歌的表层秩序,而且记录了诗歌主体与世界交往互动的全过程。杜威说,"每当一种稳定的、即使是移动之中的摆动状态被获得时,形式就将达成",②在毕肖普那里,世界、语言与自我相互纠缠,并在"当下"时刻形成了"内外"短暂的平衡。毕肖普对形式的自律和形式的不完备之间进行调和的努力是她诗歌的使成母题之一,③这意味着她对形式的求索摆脱了浪漫主义的语言理想论的束缚。她像史蒂文斯一样接受形式(或语言)的不完备,并认为意义只有在存在"裂缝"的世界中才可能被发现,其间,矛盾、变化和破坏起着重要的作用。就毕肖普的语言观念而论,她的"当下"诗学本身是一种杜威意下的实用主义诗学。

比较威廉姆斯和毕肖普基于自然经验所形成的"当下"诗学可以发现,他们都关注真理的问题,并且他们的真理都在感知主体与被感知的世界的遭遇过程中不断地浮现和更新,其真理都以经验为导向,具有情境性、暂时性、实验性和过程性等实用主义特征。不同之处在于他们的诗歌主体对自然经验书写的介入程度。威廉姆斯"拒绝将'我'与'非我'混同,对其而言,'我'与'非我'间的界限是明确的",④他的真理存在于"物"中却不受役于"物",就如他所言:"艺术中唯一的现实主义是想象的现实主义,作品唯有脱离剽窃自然而变为一种创造才会如此。"⑤毕肖普则不然:她的自然书写试图维持其原貌但却常因诗歌主体的参与而使自然失去了"本真",自然之于毕肖普既是"思"之容器也

---

① MILLER C R. The Invention of Evening: Perception and Time in Romantic Poetry[M]. Cambridge: Cambridge University Press, 2006: 203.

② DEWEY J. Art as Experience[M]. New York: Capricorn Books, 1958: 13.

③ DORESKI C K. Elizabeth Bishop: The Restraints of Language[M]. Oxford: Oxford University Press, 1993: 6.

④ DORESKI W. The Modern Voice in American Poetry[M]. Gainesville: University Press of Florida, 1995: 58.

⑤ WILLIAMS W C. The Collected Poems of William Carlos Williams, Vol.1, 1909—1939[M]. New York: New Directions, 1986: 198.

是"思"之发动和持续因素。毕肖普通过将自然作为交往主体的方式实现对自然的感知和对世界真理的探寻,而主体与自然互动的后果及其可能性都被认为是世界的真实因素。然而,毕肖普和威廉姆斯都倾向于让诗歌的"结束"把持着对世界的开放:它们要么是一种觉醒、使某些问题得到解决,要么是冲突和挣扎受到制约后的短暂平衡。但无论怎样,它们都是诗歌业已建立的各要素间某些动态和节奏关系的结束,通过结束,这些关系从潜在的、想象的状态转变为可见的、实在的形式。杜威的实用主义形式论将形式看作是诗歌的历时性生命,形式提供了各种具备完满"结束"的经验之间的连续性,它是一种发展壮大的功能性和文化性视野,[①]而这正是研究毕肖普诗歌的"时空体"审美与"当下性"诗学的前提和意义之所在。

[①] ALEXANDER T M. John Dewey's Theory of Art, Experience, and Nature—The Horizon of Feeling[M]. New York: SUNY Press, 1987: 248.

第三部分
当代(新浪漫派)诗歌的实用主义审美

第十一章　格里克诗歌:"反对诚实"、抒情诗与实用主义

【本章提要】美国当代重要诗人路易斯·格里克,其创作图式和作品肌理始终处于重复和变化的张力状态。她在重复经典的过程中不仅使经典发生了结构性的变化,也改造了其意义及意义呈现的方式。格里克的抒情诗歌关乎自我和主体性,但与浪漫派诗人无限放大主体性不同,她使其诗歌主体不仅作为观察世界的基点而且承受着世界动态性的塑造,其主体性形成于与世界的互动交往过程中。格里克的诗歌可作为美国经典实用主义哲学所定义的真理求索行动的范例,其真理之中有主体性的言说方式的参与。格里克抒情诗歌中主体性的逐步建立似乎逆序于拉康的"三界说",即它始于现实界、经由象征界而最终返回到镜像阶段。早年的格里克以自我为轴心抒发现实中的苦痛,中期的她凭借对古典寓言的结构性改造实现着对痛苦的转化和消解,但晚近的格里克与其说希冀通过镜像中的他者反观自我,毋宁说在剖析镜像的意识活动中将自我的存在状态逐渐显露而最终实现了对自我的认知。本章将对格里克中后期的诗歌进行历时性解读,结合其诗论揭示其抒情诗歌中自我真理及主体性构建的实用主义诗学意识。格里克的主体性真理表现为物质与形式间对话的动态展开,主体经验在诗歌言说中获得重塑并在诗歌语境中实现意义和体现价值。格里克在对自我概念进行真理式的求索过程中拒绝掩饰矛盾、冲突或回避玄理,亦不纠缠于存在经验的苦境;相反,她对自我概念不断地进行着解构和重构,从中体现出对浪漫主义抒情诗歌命运的反思及对当代文化历史的批判意识。

美国普利策诗歌奖得主、桂冠诗人路易斯·格里克(Louise Glück,1943—),其创作图式和作品肌理始终处于重复和变化的张力状态。尽管无法逃逸出受经典影响的焦虑,格里克却始终能够对构建诗歌的主体性持有自觉意识。她笃守艺术是"关乎否定的感知能力或至少能从不止一个角度呈现问

第十一章 格里克诗歌:"反对诚实"、抒情诗与实用主义

题而不是投射观点"①的诗学理念,在重复经典的过程中不仅使经典发生了结构性的变化,也改造了其意义和意义呈现的方式。格里克的抒情诗歌关乎自我和主体性,但与浪漫派诗人无限放大主体性不同,格里克使其诗歌主体不仅作为观察世界的基点而且承受着世界动态性的塑造,其主体性形成于与世界的互动交往过程中。

格里克的诗歌可作为美国经典实用主义哲学所定义的真理求索行动的范例。詹姆斯(William James)指出,真理是我们针对经验的事实所言说的东西,它发生于概念并通过事件使其成真。② 概念之真不是其固有的静态属性而是体现为一个过程、一个验证自身的动态过程。③ 与之契合,格里克在诗论《反对诚实》("Against Sincerity")中指出,将现实转化为真理是诗人的根本任务,而真理不同于诚实,它是"被体现的想象、阐释或持续的发现",④诗人在审视现实和将现实符号化的过程中"不断地对其进行干预和掌控、制造假象并加以涂抹,而这一切皆服务于真理"。⑤ 由此可见,格里克意下的真理之中有主体性的参与,而参与的方式就是言说的形式。格里克诗歌主体性的真理表现为物质与形式间对话的动态展开,主体经验在诗歌话语中获得重塑并在诗歌语境中实现意义和体现价值。

文德勒(Helen Vendler)曾言,要把格里克的诗歌作为一种真理来阅读,而这种真理在其自身条件内部被完善,反映在她对经验的无数种整合过程中。⑥ 格里克的个体诗歌既独立发声又在总体上形成对话关系,它们的共存维持了其诗歌全貌的恢宏和稳定状态。⑦ 有鉴于此,本章将对格里克中后期的诗歌实施历时性解读,结合其诗论揭示其抒情诗歌中自我真理及主体性构建的实用主义诗学意识。作为被美国桂冠诗人哈斯(Robert Hass)称为当今美国最纯粹、最有成就的抒情诗人,格里克在对自我概念进行真理式的求索过

---

① COSTELLO B. Meadowlands: Trustworthy Speaker[M]//DIEHL J F. On Louise Glück. Ann Arbor: University of Michigan Press, 2005: 51.
② JAMES W. Pragmatism[M]. New York: Dover Publication, Inc. 1995: 25.
③ JAMES W. Pragmatism[M]. New York: Dover Publication, Inc. 1995: 77.
④ GLüCK L. Proofs & Theories: Essays on Poetry[M]. Hopewell: Ecco, 1994: 33.
⑤ GLüCK L. Proofs & Theories: Essays on Poetry[M]. Hopewell: Ecco, 1994: 34.
⑥ 详见 VENDLER H. The Poetry of Louise Glück[J]. The New Republic, 1978, 24.1: 34-37.
⑦ BIDART F. On Louise Glück[M]//DIEHL J F. On Louise Glück. Ann Arbor: University of Michigan Press, 2005: 24.

程中拒绝掩饰矛盾、冲突或回避玄理,亦不纠缠于存在经验的苦境;相反,她对自我概念不断地进行着解构和重构,从中体现出她对浪漫主义抒情诗歌命运的反思和对文化历史的批判意识。

一、掩蔽深度的表象

以经典寓言原型使凡俗经验秩序化是格里克的重要诗学模式。获普利策奖的诗集《野鸢尾》(*The Wild Iris*,1992)构筑了这样一个寓言体系:故事的场景设置在花园,人物分别是处于上层的上帝、中间的园丁(诗人的代指)和底层的自然,故事的情节围绕三者间的关系展开。通过构造言说方式和运用类比思维,格里克将实用主义性情融入寓言的抒情诗歌化的想象并在其中对个体的生存状态进行着文化观照,而采用这样的结构方式是"20世纪末诗歌书写所冒的风险,但格里克赢得了赌注"。[①]

与诗集同名的诗歌《野鸢尾》("The Wild Iris")指涉了记忆、声音与自我发现的关系,它采用了叙事形式,其中叙述者是自然中的野鸢尾而受话人则是渴求声音和自我身份的园丁。诗歌具有回忆性叙述的特征,通过时态的切换构建了花魂再生事件的秩序:灵魂经历死亡与身体脱离、灵魂作为意识留存以及灵魂转世与身体再度结合——一种柏拉图式的灵魂故事结构。柏拉图认为,死亡能够带来身体和灵魂的完全脱离;脱离身体的灵魂具有一切意识行为——知觉、感觉和欲求。[②] 灵魂在转世的过程中,记忆承担了使其非物质性在跨越时间时保持同一的任务。[③] 然而,《野鸢尾》的诗歌主体却试图通过涂抹记忆实现与前世自我的断裂从而获得崭新的身份:

> 记不起
> 从另一个世界来路的你,
> 我对你讲我又可以说话了:无论什么

---

① VENDLER H. Soul Says: On Recent Poetry[M]. Cambridge, MA: Harvard University Press, 1995: 17.

② BOSTOCK D. Plato's Phaedo[M]. Oxford: Oxford University Press, 1986: 27.

③ BOSTOCK D. Plato's Phaedo[M]. Oxford: Oxford University Press, 1986: 36.

第十一章 格里克诗歌:"反对诚实"、抒情诗与实用主义

从忘却中返回,都回来
发现了一种声音:

从我生命的中心涌出
巨大的泉流,湛蓝的
在海面上投影。①

诗中,再生的自我与绽开的野鸢尾形成了类比,它们都是涌动生机的存在。关于忘却之于自我发现的意义及其所提供的诗歌主题生成的可能性,格里克指出:"对忘却的欲求不是病症而是真正的目的。自我希望祛除的恰是其一直力争发现和维护的界限,而这在我看来是个无尽的主题。"②是忘却而不是记忆构成了发现声音(身份)的前提,这是对格里克"忘却是自我形成的一种选择"③之断言的演绎。

格里克以寓言形式对自我与世界的关系实施着判断,同时也对浪漫主义诗歌的当下命运进行着反思。《原野之花》("Field Flowers")的诗歌主体以花之身份对园丁嗟叹:

——哦
灵魂!灵魂!是不是
只消内视就已足够?轻蔑
人类是其一,但为何
鄙视辽阔的
原野,你的凝望越过
野毛茛清丽的头冠
投向何物?你那可怜的
天堂理念:缺乏
变化。天堂就比大地好吗?你怎么

---

① GLüCK L. The Wild Iris[M]. Hopewell: Ecco, 1992: 1.
② GLüCK L. Proofs & Theories: Essays on Poetry[M]. Hopewell: Ecco, 1994: 104.
③ GLüCK L. Proofs & Theories: Essays on Poetry[M]. Hopewell: Ecco, 1994: 105.

>> 浪漫派视域中的美国现代诗歌审美的实用主义

> 会知道？你既不在
> 此处也不在彼处而是站在我们中间。①

此间，我们既可以觉察出格里克对试图在内视中捕捉世界、捕获至福的华兹华斯式浪漫主义的怀疑，也可以通过诗歌情态(你怎么会知道？)得出她对现代主义者既无法在"彼处"实现自我超越又不能在"此处"达到自我适应之唯我式姿态的否定。诗歌对"你(园丁)"的审视发端于"野花"的经验认知——"在你皮肤上/晒斑是太阳留下的，粉尘/来自黄色的毛茛"。② 自然对人的影响表现为皮肤、日光和粉尘的毗邻，一种自然与人的暂时性、随机性的接触，人与自然的这种关系决定了其自我概念的不稳定性。

从形式解，《原野之花》表现出格里克曾评价里尔克诗歌所言之"在诗歌的制造中将其抒情性的程度与形式的不规则性进行联姻"。③ 格里克诗歌的抒情性源自其对自然的经验观察和理性判断，上引诗句的跨行处理具象了其视觉和理性间转化的过程。园丁对自然的野性进行着规范和治理，其欲望凝视越过自然指向那因无变化在场而被认定为永恒的天堂，这是一种缺乏感受自然中微小事物力量的机械式的天堂崇拜，是对浪漫派崇高观的讽喻。从自然的反诘("天堂就比大地好吗？")可以断定，通过与自然的交汇，人的自我能够在自然的重复和变化中实现动态性的发展并逐渐接近永恒。格里克《原野之花》的哲学意识与实用主义相一致，即诗歌想象需"远离抽象和不完备而转向具体和充分性，转向客观事实，转向行动以及影响力"。④

格里克以实用主义反拨浪漫派一味"逐上"的态度在她的晚近诗集《乡村生活》(A Village Life，2009)中更为鲜明。讽喻体诗歌《蚯蚓》("Earthworm")以蚯蚓的"居下"视角阐释了位置与身份的辩证法："……思想的特点/是捍卫卓越，就像走在地面上的人的特点/是害怕深度——人的/位置决定了他的感觉。"⑤借蚯蚓之口，格里克剖析了人之所以困苦的缘由并虚构出人类自救的方案：

---

① GLüCK L. The Wild Iris[M]. Hopewell：Ecco，1992：28.
② GLüCK L. The Wild Iris[M]. Hopewell：Ecco，1992：28.
③ GLüCK L. Proofs & Theories：Essays on Poetry[M]. Hopewell：Ecco，1994：75.
④ JAMES W. Pragmatism[M]. New York：Dover Publication，Inc. 1995：20.
⑤ GLüCK L. A Village Life[M]. New York：Farrar，Straus and Giroux，2009：53.

……返回是无痛的,
若没有语言和想象;若像佛教徒
退身以致丢下
自我的清单,人就会出现在某个空间,
对其思想无法企及,那里只有纯粹的物质
而无隐喻。你们用的那个词是什么?无限,
意味着不可测度。①

人之痛,起于语言和想象(欲望),隐喻为原本纯真和完整的人堆砌出芜杂的人为观念,使其深陷意义的涡流。也许只有回到"前语言"的状态才是人类消除痛楚的唯一指望,因为真正的无限仅存于纯粹物质的世界,复归于泥土才会发现曾经逃离的完整。借"蚯蚓"这一讽喻符号的双重意指功能,格里克暗示了人类与作为人类他者的蚯蚓在意识上"浅"与"深"的关系以及人的主体性中所蕴含的悖谬——正是人的有限性把人构造为至高无上的主体;"蚯蚓"同时也暗施了对浪漫派诗歌想象因无法认同于非自我而追求自我超越与永恒之神话的解构。

二、指涉完整的断片

获得耶鲁大学博林根奖的诗集《新生》(Vita Nova,1999)关乎死亡与开始、顺从与希望、梦幻与现实以及自我概念之时空塑形等主题。诗歌创造的内驱力来自格里克对变化的欲求和对断片的信赖,而诗歌过程表现为诗歌对事件形成过程的采纳而不是总结性的超验抒情。朗根巴茨(James Longenbach)曾这样评价《新生》的成就,称其"造就了一种新的抒情结构,体现了诗人喜爱中间而不钟情结束"。②

对事物形成的某个中间过程、未完成之物抑或毁损之物的偏好折射出格里克对经验和知识关系的实用主义认识。在格里克看来,"经验是褊狭的,不

---

① GLüCK L. A Village Life[M]. New York: Farrar, Straus and Giroux, 2009: 53.
② LONGENBACH J. Louise Glück's Nine Lives[M]//DIEHL J F. On Louise Glück. Ann Arbor: University of Michigan Press, 2005: 145.

仅由于经验是主观的而且因为我们对宇宙、对死亡之所不知远远大于之所知。未完成或被毁损之物参与了未知的神秘,而艺术要创造出一种不会丧失掉未完成之物力量之完整"。① 诗歌《佛玛吉奥》("Formaggio")开篇道:"世界/曾是完整的,因为/它破碎了。当它破碎了,/我才知道它原来的样子。"② 此中,格里克"向后看"的真意不在于追忆世界可能曾经完整的状态,而在于以"分裂的伤痛"为起点实现诗歌想象朝实用主义"向前看"的思维转移:"它从未痊愈。/但在裂缝深处,小世界出现了"。③ 诗歌截取了自我的形成在现实流变中的断片,其主体回望过去并面向未来期待着自我概念形成的总的形势:

> 这之前我有过多条命,茎干
> 绽放出花朵:她们变成了
> 某种东西,中央用丝带扎住,丝带
> 从手的下面露出。手的上端是
> 分叉的未来,茎干
> 的顶端是花。而握紧的拳头——
> 是当下的自己。④

《佛玛吉奥》主要关切部分与整体的关系,在格里克看来,部分的力量之和大于整体的力量,因为"整体放弃的东西是动态性"。对于部分之间以及部分与整体之间的"虚空","思想无需迅速进入加以填补",这种"虚空"构成事物完整性的必要的部分,其玄妙不是理性认知可以妄断的。⑤ 格里克在诠释里尔克诗歌《古老的阿波罗躯干》("Archaic Torso of Apollo")时指出:其"诗歌始于未知,一种置于过去的虚空。它止于未知:一种新的、不同的生活,一个投射到未来的虚空。"⑥ 这说明,里尔克诗歌关注的是一种未知和另一种未知中间的过程,它建立了过去、当下和未来的连续性,使诗歌成为一种关于知识的探索性的实验。同样,格里克在求索自我概念的完整性时也充分把玩了断片的作用,她以自我知识形成的当下断片勾连过去和未来,表征出那"未被言说"事

---

① GLüCK L. Proofs & Theories: Essays on Poetry[M]. Hopewell: Ecco, 1994: 74.
② GLüCK L. Vita Nova[M]. Hopewell: Ecco, 1999: 13.
③ GLüCK L. Vita Nova[M]. Hopewell: Ecco, 1999: 13.
④ GLüCK L. Vita Nova[M]. Hopewell: Ecco, 1999: 14.
⑤ GLüCK L. Proofs & Theories: Essays on Poetry[M]. Hopewell: Ecco, 1994: 75.
⑥ GLüCK L. Proofs & Theories: Essays on Poetry[M]. Hopewell: Ecco, 1994: 75.

第十一章 格里克诗歌:"反对诚实"、抒情诗与实用主义

物的力量。

如果说《佛玛吉奥》构建出个体自我在分裂的多元世界中形成的总趋势,那么诗集《乡村生活》(*A Village Life*,2009)中的《支流》("Tributaries")则以喷泉广场这一乡村意象记录着群体自我观念的发展流程。诗歌以喷泉广场的空间布局和一天之内时间的线性流淌为表层衔接,通过描述各年龄组的人们在广场的活动,使广场成为构思缜密的整体,通过空间的位移刻画出人们自我概念形成的时间性。格里克将喷泉广场构造为一个巴赫金意下的"时空体",其中,时间变得浓稠、鲜活、艺术性地可见而空间则充满情感,对时间、情节和历史的进程做出回应。① 广场是人群汇聚的公共空间,格里克有意选择了泛指的老年"夫妇们"为被述主角而让同样未被命名的孩子、青年以及中年人的妻子们散布其间,通过对他们在广场行为蒙太奇式的快照布置,努力地拼连起人类自我形成的历史连续性。

以断片把握整体从而建立自我与世界的动态关联是诗集《乡村生活》的主题之一。《黄昏》("Twilight")记录了一个未命名的"他"为生存劳碌、无法持久地体察自然,而只能以观看断片的样子来想象世界:

> 窗内,不是世界而是方寸的风景
> 表征着的世界。季节变换,
> 每个季节在一天只可见几个时辰。
> 绿色的后面跟着金黄又跟着白色——
> 那些抽象的东西带来强烈的愉悦,
> 像桌上的无花果。②

世界实验性地存在于受时间影响的个体意识中,而在格里克看来"时间被经历/与其作为叙述不如作为仪式。/被重复的事物有力量"。③ 季节更替表征着世界历史的重复性演进,诗歌主体由感觉形成抽象的观念,其愉悦如同看到可触及的实物,从而增强了自身与周遭存在的真实感。然而,因为时辰的缘故,放弃对世界的感觉(视觉、听觉、嗅觉等)又是顷刻间的事情。不仅如此,世

---

① BAKHTIN M M. The Dialogic Imagination[M]. Austin:University of Texas Press,1981:84.
② GLüCK L. A Village Life[M]. New York:Farrar,Straus and Giroux,2009:3.
③ GLüCK L. Averno[M]. New York:Farrar,Straus and Giroux,2007:25.

界只能以浓缩的符号（方寸的风景）去表征，因而其不可见的部分被人为的结构（窗口）力量阻隔了。由此便可推知《黄昏》的结尾——"我放走一切，燃起蜡烛"——的含义：放走涵括可见世界和语言等的一切而燃起蜡烛，意味着诗歌主体渴望面对烛光进入不受时间干扰的冥想世界，渴望从烛火的意象中发现世界与内心完整的秩序。

《黄昏》以自然为交往对象使诗歌主体的自我构建表现为对自然的既自觉又被动的回应，而《在咖啡馆》（"In the Café"）则始于诗歌主体"他"在社会关系中实现自救的渴望。然而，以他者的断片镜像构建自我所暴露出的不完备性，又使"他"复求于自然，在社会和自然的共同观照下寻找确立自我的方案。"他"在寻求自我解放时依然是被动的："他"用与之交往的女人的眼睛观看一切；对其而言，这一新的发现自我的方式是解放性的，因为自我是被发明的："他吸纳她们的灵魂赖以生根的基本需求，/体验它们带来的仪式和喜好，而他的每个自我的新版本都很充分地被经历"，"因为它不会被通常的廉耻和焦虑所破坏"。[①] 然而，事过境迁，当他探索新知的渴望已不在，他就希望坐下来，面向一个他永远都会了解的人倾诉，而此时：

> 他已在新生的边缘。
> 他的目光是炽热的，可他对咖啡不感兴趣。
> 即便是日落时分，对他而言
> 太阳正重新升起，大地蒙黎明之光照耀
> 泛着不凝固的玫瑰红。
>
> 在这样的时刻他成为自己而不是
> 与之交往的女人的断片。他进入她们的生活就像你进入梦境，
> 不由自主，他活在她们那如同你活在梦里，
> 不管它持续多久。早上你根本
> 不记得所梦，一点儿都不。[②]

"他"的新生被置于黄昏和黎明这种连接昼与夜和夜与昼临界的时间内：物理时间与心理时间的交汇将"他"对自我的理解纳入到对寻常事物（日夜）模

---

① GLüCK L. A Village Life[M]. New York：Farrar, Straus and Giroux, 2009：13.
② GLüCK L. A Village Life[M]. New York：Farrar, Straus and Giroux, 2009：15.

式的感知之中,从而使自我认知的断片得以借助自然的图式(而不是理性的强行介入)加以修补。此处,格里克将"他"对自我的认识类比为非理性的无意识行为,其用意在于提醒那些在后现代文化语境中滋生出来的要么沉浸在无意识中不能自醒和要么被主体意识淹没无法自救的人们,要恢复自我的完整性就需要使浪漫派的自我想象重回现实,使其发生于承蒙黎明之光照耀的大地之上。

三、作为过渡的意识

格里克的断片诗歌想象中大多蕴含具有实用主义意义的"过渡"诗学模式。詹姆斯指出,人的意识过程可归结为名词性和过渡性两种状态的交替发生,名词性状态是某种认识的达成而过渡性部分是引领我们从一个名词性状态的完结走向另一个的变化过程。[①] 在语言范畴内,文本意义的生成要求在词语、意象或概念层面对过渡阶段中维持意义的能量做出必要的、离散的测定,使其能在文本中得到辨识。[②] 这里,能量意味着使言语事件能够持续发展的诸要素间的关系,而测定能量就是对这些关系的辨认和确定。格里克诗集《乡村生活》(*A Village Life*,2009)中有四首以"燃烧树叶"事件为书写对象的诗歌(其中三首直接以事件本身命名),它们既彼此独立又互相勾连;通过对火、树叶、田地等意象间关系的确立,诗歌主体就生与死、天与地、内与外等二元对立的主题进行了实用主义的认识论和存在论的反思。

格里克对几次"燃烧树叶"事件的描述都以证人的身份来进行,也就是说,诗歌就是作为证言来完成的。早在诗集《新生》(*Vita Nova*,1999)中的《鸟巢》("Nest")里她就写道:"一只鸟正在做巢。/在梦里,我定睛打量:/生活中,我正设法做/一个证人而不是理论家。"[③]作证就要提供证言,发誓要讲述、生产并保证自己的话语可作为真相的物证;作证是要完成一次话语行为而不是

---

① JAMES W. Writings 1878—1899[M]. New York: The Library of America,1992:159-160.

② SPINKS L. Oppen's Pragmatism[J]. Journal of American Studies,2009,43.3:484.

③ GLüCK L. Vita Nova[M]. Hopewell:Ecco,1999:37.

简单地形成一个陈述。① 之于格里克,其对"燃烧树叶"的证言是以言说行为提供信息的过程而不是像理论家那样以秩序为前提去规整事件。② 她的第二首《燃烧树叶》("Burning Leaves")首先是对主体经验进行信息加工的思维性诗歌,再现了从火之升腾到火星之奄奄的整个过程所引发的诗歌主体的冥想。其次,它关涉边界和越界的主题。树叶燃烧之火对其周遭的围石实施逃脱与反抗,同时围石也设置了火与证人的边界,使证人保持着与观察对象(两种存在形式间)的疏离,从而为诗歌进行证言式的解读提供了可能。

格里克指出,就过渡意识之于诗歌想象的重要性而言,诗歌应投射出诗人"在正在开展的事物面前所感觉到的那份自然的兴奋"。③ 列文(Jonathan Levin)也认为,"生活不以某个事物或条件而以某个动态过程为范式,在此过程中我们经历了一个又一个连接过去和未来的感知过渡,使这个过程既维持某种连续又形成某种改变"④。诗歌《燃烧树叶》以自然之火的燃烧过程照射出抒情诗歌主体自我感知的过渡阶段:火渴望实现崇高——燃烧着升入晴空,但自然并不能充分满足其欲求,因为树叶已不足够且受着外在的羁绊——"一堆石头圈围着它"。⑤ 当树叶被耗尽时,"石头垒起的同心圆和灰色的泥土/圈住星星火花;/农夫穿着靴子在上面踩踏"。⑥ 由于边界的设置,痛苦属于火花而非证人。然而,作为证人,格里克需要完成一次话语行为,虽然无法深入到事件的内部探明真相,但余火的存在状态令其做出判断:火花"仍在以为它们会最终得手",它们未被击败,"而只是蛰伏或稍息,尽管没人知道/它们表征的是生还是死"。⑦

第三首《燃烧树叶》("Burning Leaves")是将格里克的过渡性思维前景化的诗歌:"枯叶迅速着火。/它们急速燃烧;顷刻间,/从物质化为乌有。/中午,

---

① DIEHL J F. Introduction[M]//DIEHL J F. On Louise Glück. Ann Arbor: University of Michigan Press, 2005: 1.

② 在希腊语中,理论(theory)的词根与神学(theology)相同,即可理解为理论的根源出自对神的信仰和形而上的倾向。

③ GLüCK L. Proofs & Theories: Essays on Poetry[M]. Hopewell: Ecco, 1994: 35.

④ LEVIN J. The Poetics of Transition: Emerson, Pragmatism, and American Literary Modernism[M]. Durham: Duke University Press, 1999: 45.

⑤ GLüCK L. A Village Life[M]. New York: Farrar, Straus and Giroux, 2009: 35.

⑥ GLüCK L. A Village Life[M]. New York: Farrar, Straus and Giroux, 2009: 35.

⑦ GLüCK L. A Village Life[M]. New York: Farrar, Straus and Giroux, 2009: 35.

天空冷峭、蔚蓝。/火燃之下是灰色的泥土。"①枯叶着火意味着土与火的结合,这就使当下的火转化为欲念之火,它使一切发生变化,燃烧等于失去,等于死亡。巴什拉在《火的精神分析》中曾对"性化的火"做出如下解析:欲念之后,火焰应当达到目的,火应当熄灭,命运应当终了。②同样,格里克对枯叶燃烧的心理认知也是:"或许这就是你如何了解——当地球死亡时,/它将燃烧"。③然而,"性化之火"具有更深刻的哲学意义,借用巴什拉的话,它使唯物的知识理想化,使理想的知识物质化,因为它活在我们之中也在我们之外,它既是精神又是烟雾。④可以说,《燃烧树叶》中火的意象使诗歌主体成为实用主义的调解者,因为它斡旋于坚持天堂可及的理性主义和坚信外界可感的经验主义之间。

格里克将诗集《乡村生活》中抒情诗歌的语境返回自然,对"水、火、气和土"之宇宙四元素展开诗意的冥想并借此思量着抒情诗歌在后现代文化语境中的命运。有论者曾将"浪漫主义之死"的标签粘贴于格里克的诗歌,理由是诗人的浪漫主义理想和私人空间已受到当下社会文化思潮的腐蚀而表现为爱情的商品化、性别角色的固定化以及压抑的但却逐渐牢靠的神化幻想。⑤这样的说辞或许对《阿沃诺》(*Averno*,2006)之前的格里克算得上切中肯綮,但对此后的她则有失公允。事实上,格里克一直致力于在派抒情诗歌的困境中寻找希望,她的诗歌《预兆》("Omens")如是说:

我驱车去见你:幻梦
像生灵聚集在身边。
月亮在右侧
跟随,在燃烧。

我驾车返回:一切都变了。
恋爱中的灵魂是悲伤的。
月亮在左侧

---

① GLüCK L. A Village Life[M]. New York: Farrar, Straus and Giroux, 2009: 61.
② 巴什拉. 火的精神分析[M]. 杜小真等,译. 长沙:岳麓书社,2005:59.
③ GLüCK L. A Village Life[M]. New York: Farrar, Straus and Giroux, 2009: 35.
④ 详见巴什拉. 火的精神分析[M]. 杜小真等,译. 长沙:岳麓书社,2005:59-60.
⑤ SADOFF I. History Matters: Contemporary Poetry on the Margins of American Culture[M]. Iowa City: University of Iowa Press, 2009: 101.

无望地尾随。①

在追求浪漫主义理想的道路上,诗人的想象是灵动的:月亮燃烧着跟随,一切都如梦似幻,但逆转方向,诗魂却陷入悲伤,月亮也因此绝望。然而,"于这无休止的感觉,我们诗人完全地投身",希望"在静默中使单纯的事件成为预兆,/直到世界反射出灵魂最深刻的需求"。②格里克对自然的这种爱默生式的静悟——对诗人"超灵魂"能力的笃信在诗歌《乡村生活》("A Village Life")中演变为对灵魂之反本质主义的实用主义剖析:

窗棂之间,月亮悬挂在地球之上,
没有意义却满是信息。
它是死的,一直都是,
可却装作是别的什么,
燃烧如星星,叫人相信,以致你有时会感到
它真的可能让某种东西在地球上生长。

假如灵魂有意象,我想它就是这个样子。③

格里克通过月亮意象旨在说明,是隐喻而不是纯粹的实在本身构成了信念的源泉,而信念具有使事件发生的作用。月亮意象的隐喻性是增加的,是个体感觉的积累;同时,它的隐喻性又不断沉淀,作为知识被接受而成为信念的一部分。人的灵魂亦如是:它本无意义而人们对其假象的经验认知和信念赋予它以使动功能。格里克的这种认识表明,是我们的信念而不是逻辑决定了我们的经验及其后果,这是一种介于粗浅的自然主义和超验的绝对主义之间的实用主义,它一如詹姆斯所言之"如果真理依赖个体行动,那么基于欲望的信念就一定是合法的并且可能是不可或缺的东西"。④詹姆斯的实用主义哲学给予"信念的意志"以合法性,因为它能够通过一种虚构(装作是别的什么)

---

① GLüCK L. Averno[M]. New York: Farrar, Straus and Giroux, 2007: 70.
② GLüCK L. Averno[M]. New York: Farrar, Straus and Giroux, 2007: 70.
③ GLüCK L. A Village Life[M]. New York: Farrar, Straus and Giroux, 2009: 71.
④ JAMES W. Pragmatism and Other Writings[M]. New York: Penguin Books, 2000: 214.

的方式使悲伤的灵魂得到安抚。可以说,人本主义的实用性是詹姆斯也是格里克"信念的意志"的合法性的基础。

＊　　＊　　＊　　＊

格里克的诗歌以冷峭见长,罗根(William Logan)评价其作品是"某种告白诗格调的逻辑后果,呈现出形容词饥饿的症状,消瘦得只剩下一套动词;她的诗是黑暗的、受损的、很难让人将凝视的目光转移"。① 就格里克的诗学风格而言确如是,并且诗人自己也曾说过"消耗细节并不能增加真实"。② 但以经验与想象的关系视角解读格里克可发现,其诗歌所关切的黑暗已经内化于诗歌的主体性——"我在黑暗中行走仿佛它是自然的/仿佛我已是它的一个因素"。黑暗于格里克而言安详静谧且将化为黎明,此时的她已将黑暗作为一种日常生活模式来接受,它就像"有集市的时候,去市场卖生菜"③一样自然,这是一种对死亡的超脱姿态,一种对消极事物的积极感知力。通过回到平常事物的循环模式,格里克意识到抵制理想主义和经验主义二元对立的哲学可能。由是,她的诗歌主体既不完全自由地无所依傍、又不受个体细微感觉的羁绊,既不浮言其苦乐之无可比拟、又不丧失其存在与世界的关联。

格里克抒情诗歌中主体性的逐步建立似乎逆序于拉康的"三界说",即它始于现实界、经由象征界而最终返回到镜像阶段。早年的格里克以自我为轴心抒发现实中的苦痛,中期的她凭借对古典寓言的话语性改造实现着对痛苦的转化和消解,但晚近的格里克与其说希冀通过镜像中的他者反观自我,毋宁说在剖析镜像的意识活动中将自我的存在状态逐渐显露而最终实现了对自我的认知。本章主要就中后期的格里克诗歌进行了解读,从中的发现是:格里克的自我知识不是浪漫派的超验的主观意念,它是主体建构的与自身、与世界的关系之不断发展的结果,其诗歌中存在着一种"由其自身关系所圆融的自我真理"。④

---

① LOGAN W. Nothing Remains of Love[EB/OL].[2009-08-30]. http://www.ny-times.com//books/review/Logan-t.html?
② GLüCK L. Proofs & Theories: Essays on Poetry[M]. Hopewell: Ecco, 1994: 74.
③ GLüCK L. A Village Life[M]. New York: Farrar, Straus and Giroux, 2009: 71.
④ VENDLER H. Part of Nature, Part of Us: Modern American Poets[M]. Cambridge, MA: Harvard University Press, 1980: 311.

>> 浪漫派视域中的美国现代诗歌审美的实用主义

【附译诗】①

    1.野鸢尾
    在我痛苦的尽头
    曾有一扇门。

    听我把话说完：那个被你叫作死亡的东西
    我还记得。

    头顶上，一片嘈杂，松枝摇曳。
    而后悄然无声。羸弱的阳光
    在干燥的地面上忽闪忽现。

    可怕的是
    作为意识存活
    却被埋在黑暗的土里。

    后来一切都结束了：那个让你害怕的事——
    作为灵魂却又无法言语——突然终了了，
    僵硬的泥土
    微微隆起。还有那我以为是鸟的东西
    在低矮的灌木丛中飞蹿。

    记不起
    从另一个世界来路的你，
    我对你讲我又可以说话了：无论什么
    从忘却中返回，都回来
    发现了一种声音：

---

① 诗歌选自 GLüCK L. The Wild Iris[M]. Hopewell：Ecco，1992；GLüCK L. Meadowlands[M]. New York：Ecco，1996；GLüCK L. Vita Nova[M]. Hopewell：Ecco，1999；GLüCK L. Averno[M]. New York：Farrar, Straus and Giroux，2007；GLüCK L. A Village Life[M]. New York：Farrar, Straus and Giroux，2009，将随文以（诗集名称，页码）形式标注译文的原出处。

第十一章 格里克诗歌:"反对诚实"、抒情诗与实用主义

从我生命的中心涌出
巨大的泉流,湛蓝的
在海面上投影。(The Wild Iris,1)

2.原野之花
你在说什么?你想要
永恒的生命?你的想法真的
就那样令人信服?当然
你不看我们,不听我们,
在你皮肤上
晒斑是太阳留下的,粉尘
来自黄色的毛茛:我正在冲着你
说话,而你却在透过
高挑的草秆凝望,草秆摇动着
你的小拨浪鼓——哦
灵魂!灵魂!是不是
只消内视就已足够?轻蔑
人类是其一,但为何
鄙视辽阔的
原野,你的凝视越过
野毛茛清丽的头冠
投向何物?你那可怜的
天堂理念:缺乏
变化。天堂就比大地好吗?你怎么
会知道?你既不在
此处也不在彼处而是站在我们中间。(The Wild Iris,28)

3.诺斯托斯
院子里曾有棵苹果树——
这事只会发生在
四十年前——在它的后面
只有草场。成堆的
番红花生长在湿漉漉的草地。

我凭窗而立:
在四月底。春天的
花开在邻居的院子里。
曾有几度果树真的
在我生日那天开花,
恰在那一天,不前
亦不后?替代
永恒之物
换取变化的、发展的东西。
替代意象
换取薄情的土地。那些
我对此地的了解,
数十载果树的角色
被假景取代,声音
升腾在网球场——
那曾经的田地。草丛味是新割过的那种。
如同人们对抒情诗人的期待。
我们只看见了世界一次,那是在童年。
余下的便都是回忆。(*Meadowlands*,43)

4.鸽子的寓言
一只鸽子生活在村庄。
它张开嘴,
甜蜜便流出,声音
像银色的光涟萦绕在
樱桃枝。但
鸽子并不满足。

它看见村民
聚拢在开花的树下
听它的歌声。
它不认为:我
比他们高。

第十一章　格里克诗歌："反对诚实"、抒情诗与实用主义

它想穿行于村民中，
体验人情的暴力，
或许是为了歌唱的缘故。

于是它变成了人。
发现情感、发现暴力，
这些最初是合拢的，而后来
变成独立的情绪
并且不受
音乐的控制。于是
它的歌声改变了，
渴望做人的甜美音符
变得酸朽低沉。之后

世界退隐了；它的突变体
从挚爱中堕落，
就像从樱桃枝上掉下，
它跌落，沾着血样的
果浆。

这毕竟是真实的样子，而不仅
是艺术的法则：
改变了形式你就改变了特性。
时间对我们做了这个。(*Meadowlands*，31-2)

5.佛玛吉奥
世界
曾是完整的，因为
它破碎了。当它破碎了，
我才知道它原来的样子。

它从未痊愈。
但在裂缝深处，小世界出现了：

>> 浪漫派视域中的美国现代诗歌审美的实用主义

人类制造了它们是好事；
人类知道自己需要什么，
比任何上帝都知道。

在呼伦大道它们变成了
一片店铺；它们变成了
鱼贩子，佛玛吉奥。不管
他们曾是什么人或者卖过什么，他们
在功用上都一样：他们曾是
安全的幻觉。像
一片安息地。卖货的人
像父母；他们出现、
生活在那里。总的来看，
他们比父母慈善。

河的支流
喂养出大河：我有过
多条命。在偶然的世界里，
我站在曾经结出果实的地方，
在片片樱桃地，小柑橘地，
在海莉的花下。

我曾有过多条命。喂养
成了一条河，河
喂养成了大洋。如果自我
变得不可见它就消失了吗？

我兴旺过。我曾活得
不算全然的孤独，孤独
可不完全，陌生人
一直都在我的周围冒出。

那就是海的样子：

我们生活在秘密里。

这之前我有过多条命,茎干
绽放出花朵:她们变成了
某种东西,中央用丝带扎住,丝带
从手的下面露出。手的上端是
分叉的未来,茎干
的顶端是花。而握紧的拳头——
是当下的自己。(*Vita Nova*,13-4)

6.陈旧的断章
我一直努力地热爱物质。
我在镜子上面贴了标记:
你无法讨厌物质而钟爱形式。

这一天很美,尽管有些清冷。
于我而言,这是个奢侈的情感姿态。

……你的诗:
努力过,但却不能。

我在第一个标记上贴了另一个标记:
喊叫、哭泣、鞭挞自己、撕破你的衣服——

要热爱一连串的事物:
泥土、食物、果壳、人的头发。

……说了
啰里啰唆乏味的事情。后来我

撕掉所有的标记。

唉唉唉唉哭叫着,

光秃的镜子。(*Averno*,52)

7.预兆
我驱车去见你:幻梦
像生灵聚集在身旁。
月亮在右侧
跟随,在燃烧。

我驾车返回:一切都变了。
恋爱中的灵魂是悲伤的。
月亮在左侧
无望地尾随。

于这无休的感觉
我们诗人完全地投身,
在静默中使单纯的事件成为预兆,
直到世界反射出灵魂最深刻的需求。
——仿亚历山大·普希金(*Averno*,70)

8.黄昏
一整天他都在表兄的磨坊做工,
所以晚上到家,他就总是坐在这一扇窗前,
目睹这一个时辰——黄昏。
本该有更多这样的光景坐下来梦幻。
就像他表兄说的:
生存——生存叫你无法安坐。

窗内,不是世界而是方寸的风景
表征着的世界。季节变换,
每个季节在一天只可见几个时辰。
绿色的后面跟着金黄又跟着白色——
那些抽象的东西带来强烈的愉悦,
像桌上的无花果。

黄昏时分,太阳在两棵白杨树间
红火火落下。
夏天它落得迟,有时很难清醒地等着。

之后一切落幕。
过一会儿世界
就不可视见,再后就只能听见
蟋蟀、蝉虫。
或者有时只能闻见,柠檬树的香气、
橙子树的。
然后睡眠也会将它们带走。

但就时辰而言,
像这样试验性地放弃事物是轻易的。

我张开手指——
放走一切。

可见的世界、语言、
夜里树叶的摩挲声、
咸草的味道、林中的雾气。

我放走一切,燃起蜡烛。(A Village Life,3)

9.蚯蚓
不为人不悲哀,
完全生活在地下也不
降低身份或觉着空虚:思想的特点
是捍卫卓越,就像走在地面上的人的特点
是害怕深度——人的
位置决定了他的感觉。然而
走在物体的表面并不是占了它的上风——
更相反,这是一种遮掩的依靠,

借此奴仆成就了主人。同样
思想鄙视其无法掌控的事物,
并随之将其毁灭。返回是无痛的,
若没有语言和想象;若像佛教徒
退身以致丢下
自我的清单,人就会出现在某个空间,
对其思想无法企及,那里只有纯粹的物质
而无隐喻。你们用的那个词叫什么?无限,
意味着不可测度。(*A Village Life*,53)

10.燃烧树叶
火燃烧着升入晴空,
急切而暴戾,像设法获得自由的动物,
由着性子狂奔——

火以这个态势燃烧,
树叶已不足够——火是
渴求的、贪婪的,

拒绝被控制、接受限制——

一堆石头围着它。
越过石头,大地已被耙理得干净、裸露——

树叶终于烧光了,燃料用尽,
余焰向上、向侧面——

石头垒起的同心圆和灰色的泥土
圈住星星火花;
农夫穿着靴子在上面踩踏。

无法相信这会奏效——
不会的,对付这样的火。那些残余的火花

第十一章 格里克诗歌:"反对诚实"、抒情诗与实用主义

仍在抵抗,仍未燃尽,
仍在以为它们会最终得手,

因为它们显然未被击败,
而只是蛰伏或稍息,尽管没人知道
它们表征的是生还是死。(*A Village Life*, 35)

11.燃烧树叶
燃烧树叶
枯叶迅速着火。
它们急速燃烧;顷刻间,
从物质化为乌有。

中午,天空冷峭、蔚蓝。
火焰之下是灰色的泥土。

火逝烟消得多么急切。
枯叶堆积的地方,
霎那间变得空阔。

道路的那边,男孩在观望。
他停了很久,凝视着树叶燃烧。
或许这就是你何以知道——当地球死亡时,
它将燃烧。(*A Village Life*, 61)

第十二章 哈斯诗歌:语言还乡与审美之用

【本章提要】肇始于自然的语言,由于作为主体的人的干预,逐渐叛离其原初的自然属性而终于在现代行至极端,沦为被技术理性和极端政治利用的东西。美国当代诗人罗伯特·哈斯试图在对语言的怀疑中重建对它的信任:将语言带回其发生和进化的自然史境遇内进行重审,并将语言在自然发展中的人文戳记看作是人作为生物有机体与其生存环境进行互动的结果。哈斯诗歌以揭示主体感觉世界的过程并使感觉的伦理蕴含其中为重要的审美模式和特征,其诗歌对世界既非映射、亦非投射,而是介乎其间、在摹仿和虚构之间揭示和创造世界。同时,哈斯诗歌将语言的图像功能和政治表征融为一体,幻化出感觉经验的形而上学和浪漫派的实用政治。

作为哲学"语言论转向"的逻辑延伸,20世纪诗歌美学也以透视语言本身为焦点。围绕语言①审视诗歌的审美与作为成为诗人反身自省的要务,而集桂冠诗人、诗评家和诗歌教授于一身的罗伯特·哈斯(Robert Hass,1941—),其诗作和评论尤为凸显对语言主题和语言策略的关切。以哈斯的观察,现代诗歌在试图通过语言把握世界的路途中正面临岔道口,一是孜孜以求反身自指和出世隐逸的诗歌,一是热情探索如何屈从或是抵制外力对语言的消解。②语言因人作为主体的干预而逐渐叛离其自然属性("太初有言"之语言对世界的初始命名),行至现代已愈发趋近极端:要么被抽除肉身而只剩下类别或范畴的空壳,要么听使于欲望而沦为情绪或自我的容器。于此情境,应该以怎样的语言态度面对聒噪的世界,又如何在纷乱的现象中形成连贯的审美,成为诗

---

① 本文所指的语言是广义的,涵盖词汇学、句法学、篇章学和修辞学等意义上的语言。

② HASS R. what light can do[M]. New York:Ecco,2013:58.

人必须应对的难题。①

在对语言的怀疑中重建对它的信任,在语言的历史演进中审视诗歌审美的现代境遇,是哈斯诗歌美学的重要关注。为此,他总是回到语言的源头再做折返、以词源学的方案追寻语言发展的存在根基,努力将具体和灵动归还给语言。但哈斯让语言还乡,既不是借之祛除主体的介入而仅让思想在事物中显现,也别于探究语言的神话本源并使其局囿于存在论范畴。他将语言带回其发生和演变的自然史场景进行重审,将语言在自然发展中的人文戳记看作人之为生物有机体与其生存环境进行互动的结果。因之,语言需要兼具依附境遇的本体论意义和间离语境的修辞学价值;也因之,哈斯的诗歌审美将语言的图像功能和政治表征融为一体。在他那里,人作为主体介入诗歌意味着:人要回到现象世界去寻找诗歌发生的感性经验根据,诗歌审美应该摆脱理念的先导而记录感觉经验的事实,但它同时也受主体意识的控制而成为表征意识伦理的实用工具。

哈斯说,"成就诗歌的是诗歌对某种观念在感觉中形成过程的表述方式",②因此,相较于"感觉什么"及其前因,他的诗歌更关注"怎样感觉"及其后果,即"意识的意识"的影响力。③ 在诗艺上,同为诗人的哈斯之妻布兰达(Brenda Hillman)曾评价他的诗歌是"所有当代诗歌元素的集大成者——浪漫派抒情诗歌的口语体品质、惠特曼诗歌的远见卓识以及现代主义诗歌智性与意象的敏锐转换"。④ 哈斯的高明之处在于,他既能诗性地直击现代语言的枯槁,又能理性地把玩欲望语言的肉身,从而使诗歌审美中裹挟着身体与政治的无意识。哈斯诗歌对世界既非映射亦非投射而是介乎其间、在摹仿和虚构中揭示和创造世界,同时将感觉经验的形而上学和浪漫派的实用政治幻化于其中。

---

① HASS R. Twentieth Century Pleasures:Prose on Poetry[M]. 3rd ed. New York:Ecco,1997:61.

② HASS R. Twentieth Century Pleasures:Prose on Poetry[M]. 3rd ed. New York:Ecco,1997:286.

③ HASS R. what light can do[M]. New York:Ecco,2013:58.

④ HILLMAN B. On Robert Hass's "A Supple Wreath of Myrtle"[EB/OL].[2015-11-05]. http://www.poetryfoundation.org/article/178721.

一、语言的叛离与《词源学》方案

哈斯曾就后现代主义发声:如果存在能为后现代主义定义的东西,我想那就是极端的怀疑主义,对是否存在一个我们可以了解的世界的怀疑,对我们生于其中的社会交往世界的概念和意识形态机器的怀疑。[①] 当怀疑主义的矛头落在现代诗歌上,则直指其语言的名词化倾向:

> [……]名词的问题成为现代诗歌所面临的棘手问题。西里曼(Ron Silliman)等语言派诗人深度怀疑摹仿论坚持的词与物之间具有基本联系的观点,暗指它们的联系已经变成了作家、读者和商人的合谋,目的是使人相信欲望的客体是真实的。它们散发的光芒不是思维的特征而是它们全然虚构出的可获得性的特征,摹仿艺术的操作根本上就是重复资本主义经济学的谎言。[……]品斯基(Robert Pinsky)也做过类似的指控:现代主义诗歌的激情已经证明了是浪漫主义诗歌激情的翻版,一味靠使用概括词去掌控特殊性,致使语言总是竭力为其所不能。现代主义作为一项工程,其失败如同浪漫主义工程,必然产生一种诗歌,其主体是满怀激情的失望者。[②]

摹仿论旗下对语言的现代利用受市场经济的操控,表现为挖空心思地炮制概念性名词,并不遗余力地强制规定概念的所指,导致人们在脱离开对世界的直接和具体的体验时依然相信它的所指是真实有效的。浪漫主义的激情源自人类从伊甸园"幸福的堕落"而获得的自我创造力,他们对想象力无限地迷恋与信任,仿佛它能够使概念挣脱时间和空间而进入永恒的虚无。然而,正如现代诗人史蒂文斯所发现的浪漫主义的"坛子"虽能形成宏大的秩序却无法包容"鸟"和"树木",现代主义元叙事的谋划者在竭力实现主体同一的同时却也吊诡地裂解了主体的同一性。然而与此同时,在现代诗歌内部也出现了对名

---

① 详见 CAVALIERI G. Robert Hass:An Interview[J]. American Poetry Review,1997(2):41-46.

② HASS R. what light can do[M].New York:Ecco,2013:55-56.

词化暴力的抵制,其表现按哈斯的分类大致有二:一是庞德(Ezra Pound)所坚持的语言的表意性,即借助诗歌书写中的动词的力量,将诗歌视为一个动词、一场事件、一个思想行为的形象。其二是奥本(George Oppen)的客体主义对名词集合体中的小词的关注。奥本认为,诸如"树""山"等小词与精心谋划的大词一样具有划分能力;它们是类、纲、概念,是我们为自己发明的词。① 如果说庞德的诗歌记录了某种由外及内的跳跃性思维活动(如"人群中的脸"向"树干上的花瓣"之突兀的迁移),那么奥本诗歌则试图追踪和再生出世界是如何进入意识从而使诗歌成为记录感觉事件的过程。②

与奥本同样,哈斯也在乎"小词",但他们感知"小词"的方式及其诗歌审美模式却存在差异。奥本的感觉注意力因受宗教和政治的牵绊③而凸显为克制,其借诗歌书写出其不意的留白遮蔽对混沌世界设置界限的意图。哈斯曾这样评价奥本,称其诗歌对名词的处理就好像 X 光射线,"随着词语落在页面,你可以观看到一个将物感知为词的过程,而对物的抽象化处理具有神秘的特征"。④ 尽管哈斯在诗歌中呈现的也是对"小词"的感知过程——由感官刺激带动意识的发生与流动,但他却有意将词语出离的路径和词语返魅的可能性置于前景,并在意识的流动中把握词语的真相。

《词源学》出自哈斯获普利策奖的诗集《时间与质料》(*Time and Materials*,2007),诗歌考察了自然界纯粹的声音如何被黏附意义而成为语言的进化史,并通过爱欲与自然有机糅合的方式检视语言进化与人类文明境遇的关系。首句设立了诗歌的语境:"她的身体在火炉旁/模仿发光的午夜/关于哲学的",⑤将女性与身体同光芒与哲学对位,戏拟了冥想的先验哲学。而后,诗歌模仿了机械论语言学描述自然的方式:"外面猫头鹰的声音,/沿着它们脊椎中的感觉神经束发出。/树林间飒飒作响的风声/在它们的耳畔暂时停歇。"(8)机械语言论(语言由事物间的因果关系所决定)在对纯粹声音的描述中除却了人性,使它们变成了光秃的符号自治体——"无论你说它变成了语言还是说它什么都不是/谁又触动了谁?/又以什么样的星光冲击波?"(8)对此,哈斯

---

① HASS R. what light can do[M]. New York:Ecco,2013:55.
② NICHOLLS P. George Oppen and The Fate of Modernism[M]. Oxford:Oxford University Press,2013:12.
③ 乔治·奥本是犹太裔诗人,是美国诗歌客体派的重要代表。
④ HASS R. what light can do[M]. New York:Ecco,2013:56.
⑤ HASS R. Time and Materials[M]. New York:Ecco,2007:8.本章下文出自该文献的引文将随文标注页码,不再另注。

以杜威的实用主义语言哲学的思辨指出语言发展中的人文因素：

> ……头骨碎片
> 在埃及的博物馆看起来像风蚀过的
> 峡谷迷宫的地图，从那里，
> 站在峡谷边缘
> 在逐渐狭窄的瀑布的黄晕里，你听见
> 燕鸥叫喊的回声和回声的回声
> 搜寻着鬼斧神工的激浪银波。
> 对她的湿润能说些什么？盎格鲁—撒克逊人
> 给它取了个名字。他们称其为 *silm*。
> 他们曾是航海家。它也是
> 他们用来描述海上月光之貌的词语。(8)

杜威认为，语言是经验事件，涉及关系。语言是行动的形式、利益和继续生存的表达。[①]《词源学》揭示了语言的事件性，它有时间的向度，由人的生存需求和具体经验使其发生和发展，而它的后果则是介入人的生存并创造人性与自然的关联及其完善。词语 *silm* 意义的叠加是盎格鲁—撒克逊人围绕"s"音的感觉与联想（从燕鸥叫喊到瀑布冲滩的声音相似再到激流颜色与月光颜色的相似）的结果。声音在重复（回声）中寻找着并在变化中制造出意义（搜寻着被搜寻过的激浪银波），即词语的形成不仅被动地映射世界而且也积极地创造世界，因此具有对事物依附和超脱的双重特性。哈斯对语言的关注在此走向德国浪漫派，讲究"语言肇始不论是在主观关联还是在客观关联上都已经是一种改造中的表达，它既是自然而然的，又携带着人类自由的烙印"。[②]

借由勾连"埃及博物馆里的头骨碎片"与"峡谷迷宫的地图"，哈斯的《词源学》也意在指出语言的历史偶然性、自然神秘性以及隐喻认知性。但哈斯并未止步于此，而是更加深入地应和了杜威。杜威认为，在真正有力量的隐喻背后

---

① WHEELER K. Romanticism, Pragmatism and Deconstruction [M]. Oxford: Blackwell, 1993: 191.
② 菲利普·拉库—拉巴尔特，让—吕克·南希. 文学的绝对[M]. 张小鲁，李伯杰，李双志，译. 南京：译林出版社，2012：309.

应该存在情感的认同而非仅是智性比较的行动。① 在哈斯《有一根黄瓜在其中的诗》的题名中,未加冠词的"诗"和其后的限定片语并置,造成反常规的语言张力,指向某种神秘的天地之诗。黄瓜是语言的隐喻,因此诗歌是对语言的言说,它将主体欲念、身体想象和诗歌审美有机地缠绕在一起。诗歌在特定的时间和空间中展开:"有时在日落后从这片山坡看去/天边呈现出一抹/最苍白的绿,像一条黄瓜肉/如果你小心削去它的皮。"(57)这里,感知者的视线从(语言结构)内部移向边缘,但不是为了寻求外部的光明(理念),而是小心地进入愈发模糊的界域探查语言。在夏日午夜克里特岛的海边酒馆,他"观望着捕乌贼的船摇摆在月光里,/喝着带松香味的葡萄酒,吃着色拉/里面有清凉的、切碎的黄瓜和酸奶还有一点儿小茴香"。(57)处于时间交汇点的午夜、捕乌贼船有节奏的摇摆运动、色拉的混杂性等都融入月光中,这些连同"少许咸味",及舌头上"有种东西像淀粉,又像/草或绿树叶的精油",(57)使他在模糊的意识流动中产生了对语言本质的形而上学认识:那咸咸的东西"是舌头(指语言)/和黄瓜(指自然)/在朝彼此进化"。(57)

杜威指出,诗人具有"静默的逻辑"——可将作为意识焦点背景的模糊事物引入前景。通过探索模糊事物,那些因选择性的认知框架而被遮蔽的东西则有机会被注意到。② 哈斯以明喻("像而不是")的方式默认了"像……的东西"(something)中蛰伏的差异,那被感觉到的"少许咸味"引出诗人对与"黄瓜(cucumber)"具有家族相似性的词语的联想:

> 既然cumbersome(累赘的)是一个词,
> cumber(拖累)也一定是个词,
> 现在不属于我们了,可即便在那时,
> 对于一个有拖累(encumbered)的人,
> 站在水槽边切黄瓜(cucumber),
> 也准会觉得理性又伤感(orderly and right-minded)。(57)③

---

① WHEELER K. Romanticism, Pragmatism and Deconstruction[M]. Oxford: Blackwell, 1993: 344-345.

② WHEELER K. Romanticism, Pragmatism and Deconstruction[M]. Oxford: Blackwell, 1993: 346-347.

③ 此段引文中的括号注释为作者加。

哈斯要在此提示：其一，词语的进化应该与人的具体感觉相关，智性可以是日常经验中身体感觉的提升，逻辑有序与（右脑型思维中的）悲伤情绪是可以共存的。其次，现代语言的范畴化因其认知选择性，驱逐了像"cumber（拖累）"这样能够表达内在性的"小词"，因为"cumber"被施以后缀"some"后变成了属性词"cumbersome"（累赘的），它便再也无以同人的身体经验形成关联。对此，哈斯以颇为"性感"的想象力演绎了语言进化应具之貌：

> 在大地长期饱受的折磨中
> 当火焰冷却并把自己安置
> 在花岗岩和石灰岩和蛇纹石和泥板岩里，
> 可以想象，在微黄色的化学云下，
> 熔化了的泡沫，因为燃烧得够久，
> 已经在梦想着释放，
> 这个梦想，模糊
> 却渐渐清晰地，显出水的
> 样子，而就在那时，
> 它更加模糊地想象
> 黄瓜深绿色的皮和宝石绿的肉。(58)

杜威关于经验情境的"层创进化论"指出，"情境是成长的，具有时间的厚度。情境是'关乎'一个话题的，它们有目的论的焦点，有意向性的维度，朝向它们动态性所指的某种东西。"[①]以此观察哈斯，他将大地浪漫化为女性的身体器官——作为生命之源的子宫，并在其内设置语言的情境，这情境经历了变化，虽作暂时安歇却在幻想未来的变化。在大地的深处，欲望的火焰（无意识的语言）在各类岩石的限制里（进入意识后的语言的固化）化为形式灵活的水（语言的发展阶段），热切地渴望拓展边界和增加内涵（朝向更加纵深的边缘——深绿色的皮和更富有价值的实体——宝石绿的肉）。

---

① ALEXANDER T M. John Dewey's Theory of Art, Experience, and Nature—The Horizon of Feeling[M]. New York: SUNY Press, 1987: 105.

二、语言的局限与《诗人的劳作》

哈斯在解释其诗歌《描述树的问题》时说到,"有两种描述树的方式:一种如维特根斯坦所言,我们语言的局限是我们世界的局限,但我不十分认同这种说法。另一种是环境学家埃德威尔森所说,每个物种都生活在自己的感官世界里,而我们对它们的经验是无以言表的。但我们却有必要找出描述它们的方式,因为倘若艺术不能设法留住我们已经失落的对地球生命礼赞的记忆,则一切皆输。"① 维氏将语言从理想的逻辑(确定、清晰和完整)图景带回到日常使用的广义法则中,使其与生活形式(form of life)相关联,从而面向一个具体和开放的世界。但在哈斯的诗歌哲学中,信仰"物象"(image in a thing)和坚持诗歌具有"使相信"(make believe)的力量同时存在。他认为,需要对日常事物进行浪漫派的诗化观照,唯如此,质料、生命和思维之间的连续性才能得以维系。

被技术理性漂白的语言是《描述树的问题》所质对的渊薮。因恪守逻辑、原理以及碎片化的处理方式,技术语言在苛求专门化和确切性地描述世界的同时排斥掉世界的整体性和神秘感。面对技术的迷狂,哈斯说,"还好,有时诗歌会使我们清醒"。(10)诗句"山杨树在风中闪闪发光/而那让我们喜悦",强调了从"无我之境"到"有我之境"、从外感到内化的过程。在诗行的连接处,哈斯使用的是表示并列关系("And that[…]")而非从属关系("[…],which")的形式,表明是作为有机体的"我们"和环境(山杨)的协作构成了"我们"充分整合的经验。然而,这种生命感知的有机过程却被技术语言还原为"基因—现象"的因果逻辑("基因库产生摇摆的茎/于是山杨起舞"),并被施以切割、捣碎和抽象为概念化的"山杨"门类("山杨被大写化了"):

> 树叶飘扬,翻动,
> 因为在炎热的八月那种姿态
> 保护它的细胞不会枯干。同样舞动着

---

① HASS R. Eight Years of Activism, Writing, and Reflection[EB/OL].[2008-11-08]. http://berkeley.edu/news/berkeleyan/2007/11/08_hass.shtml.

三叶杨的叶子。(10)

对此,哈斯在诗中插入了自由间接引语,"与我共舞吧,舞者。哦,我愿意。"(10)通过抹去声音源,此处的"我"和"舞者"能得以互为指涉,共享世界。阿尔提瑞在解释"舞蹈"作为现代诗歌的隐喻的功能时说:"舞蹈是使存在完满的手段,因为就诗歌而言,这一物象解放了诗人,使其不必依赖任何对各种事件的逻辑陈述和说明或对这些事件本身的精确度。"[①]在与自然的舞蹈中,舞者会进入一种迷醉状态,生命活力与自然律动充分融合可能会使舞者在意念上摆脱主客观、孤立感和固定性的羁绊。

哈斯为"描述树的问题"所提供的"舞蹈"意象蕴含杜威意下之经验的形而上学的智识。杜威认为,身体通过自身的活动将世界组织进一种整合的秩序中,并以其组织行动的能力为意义提供主要的结构。所有的身体行为都有趋向完整的冲动,而艺术和美学经验不过是理解世界意义的基础欲望的提升发展。活的身体将生命与其环境主动地联系起来,因此提供了意义的真正可能性。[②]《描述树的问题》中的"我"愿意接受山杨的邀约而成为其舞伴,以初民兼并手舞足蹈的说话方式,把对树的描述转化为人与自然在空间中的协同运动。哈斯对"树"的反机械论语言学的诗化观照,表现出施莱格尔所谓的"坚持在物中看到一种形象化的不可穷尽性"[③]——"山峦,天空,/山杨在风中做着什么"。(10)固定的和流动的、可见的与不可见的、现在的与将来的一切,在俳句式的诗行里既形成张力又彼此依存。哈斯的"山杨在风中做着什么",借用帕里耶的话说,是"指向未来的实现,指向它尚无法以语言表征的事物的存在"[④],风中的山杨仪态万千,随物(风)赋形,其"象"就在惚兮恍兮间,它拒绝任何精确的描述。

技术理性下的语言,为了制造客观和同一的幻象,有意涂抹人的在场而规划出自为的法则,使诸如通过使用被动语态和名词化策略以遮掩施为者一类

---

① ALTIERI C. The Art of Twentieth-Century American Poetry[M]. Malden, MA: Blackwell, 2006: 99.

② ALEXANDER T M. John Dewey's Theory of Art, Experience, and Nature—The Horizon of Feeling[M]. New York: SUNY Press, 1987: xviii.

③ 菲利普·拉库—拉巴尔特,让—吕克·南希. 文学的绝对[M]. 张小鲁,李伯杰,李双志,译. 南京:译林出版社,2012:294.

④ POIRIER R. Poetry and Pragmatism[M]. Cambridge, MA: Harvard University Press, 1992: 148.

的操作成为技术书写的范式。在《描述树的问题》之后的诗歌《描述颜色的问题》中,哈斯采用"如果我说……"的重复句式设置了作为符号能指的"红"在各种可能语境下的所指,反向揭露语言散播所产生的意义累积和增补具有德里达所称的"弑父性",即关于颜色的一切描述其实都与颜色本身无关。哈斯诗中说:

  如果她用一层落叶占卜
  直到恰好露出——

  胭脂红的乳头,嘴——

  (你怎么可能不爱上一个打塔罗牌
  动了手脚的女人?)(9)

  诗歌就像占卜女人,她能够用过去的事情(落叶)、性感的身体和不可预测的行为为语言的未来招魂。为了让语言重现诗性,哈斯继续了施莱格尔的路线——重新制造出它的图像性并将非本真者、转述者和借喻者视为诗意表达的本质。① 非本真者指反理性秩序的语言、转述者等同于与言说对立的延宕的书写,借喻者是相对于本体而言的替代者。《诗人的劳作》写道:

  如果有进入的方式,或许
  要穿过委陵菜的花冠
  长着灰黄的花瓣
  在土与水混合的气味中
  在七月中旬的小路旁。(77)

  哈斯以借喻的方式书写进入诗歌的方式,所采用的意象(灰黄的花瓣、混合的气味、七月中旬、人与自然相接的小路等)几乎都有 AB 含混性,它们作为"花冠"的情境与其一道召唤出神秘的宇宙之"象"——"轻柔的:一缕黎明时分近乎磷光闪耀的东西"。(77)黎明预示开始,黎明中的"东西"虽在当下模糊却

---

① 菲利普·拉库—拉巴尔特,让—吕克·南希. 文学的绝对[M]. 张小鲁,李伯杰,李双志,译. 南京:译林出版社,2012:295.

有未来完善的时间可能。由此可见,诗歌不是神启、有理念先导,而是由物及物、由有入无、由意识进入无意识,它是"你端来一碟清水,/闻着有淡淡的柠檬味道,溅到/什么东西的黑暗之根里"。(77)诗人的劳作就是穿过"花冠"(语言的代指)直抵其内部的"黑暗之根"。

哈斯的诗歌总关欲望,而欲望在诗歌中的功能是为意识中松散的内容提供连续性。欲望将众多分散的事物连成一个长而独特的意符链,而在意符的流转中,一个让位于下一个但同时又不同程度地要求下一个进入运转状态。①在《诗人的劳作》中,"色拉碗"成为欲望的替代者,在无意识的"梦"中"不仅制造了混杂和断裂感还有连贯和归属感":②(3)

这个梦:在白色亚麻布上,在天花板高高的房间里,
玛丽耶和朱利亚摆上装有香草橄榄油面包的篮子,
热气腾腾的南瓜糕,切成几乎就要融化的细片的火腿,
色泽斑驳的椭圆形意大利腊肠,环绕着一只巨碗,里面的块块蟹肉,
散发着甜甜的、涨潮时分碘酊般的味道,点缀着
月牙形太阳色的西红柿片和某个品种的生菜叶
柔嫩的像孩子夭折时的样子。(77)

诗人的欲望(以"色拉碗"代指)是有边界的,"块块蟹肉""西红柿片""生菜叶"都是脱离母体的某些部分,它们在"色拉碗"的边界内相互联系又因携带着各自的属性而彼此差异。哈斯通过分行"Lettuce leaves/Of some species"制造了"生菜叶"离去和归属的张力:它一方面可理解为生菜离开了(leaves of 从……离开)某种属性;一方面生菜叶(生菜的提喻)又具有某种属性(of some species)。这种对峙在西红柿片中发生(月亮与太阳相遇),甚至在"孩子夭折"的比喻中也是如此。通过分行,哈斯先是隐匿后又通过谐音和奇喻暴露出其修辞性意图。去掉分行可以得到"Lettuce leaves of some species as tender-looking as the child's death had been"这样的表达,因为 lettuce 与 letters(文字)的谐音,这个表达可理解为,离开某种属性的文字与孩子的夭折是对等的,

---

① 详见 BOND B. An Abundance of Lack:the Fullness of Desire in the Poetry of Robert Hass[J]. The Kenyon Review,1990(3):46-53.

② BOND B. An Abundance of Lack:the Fullness of Desire in the Poetry of Robert Hass[J]. The Kenyon Review,1990(3):53.

它是与世界非自然的断裂。在哈斯的诗歌美学中,文字应该是肉做的,孩子死亡意味着"语言以及我们对语言之肉身的感觉的消逝"。①

于是,哈斯吁求语言回到存在的本体和经验的现场,让诗歌面对世界的知与不知的全部,在知与不知的模糊场内描述世界本来以及可能的样子。还乡的语言虽不能够道出所有的真相(只能以"月牙形太阳色"和"某个品种"描述西红柿片和生菜叶而无以为其确切地命名)却能触动想象和激发持续的修正。在哈斯看来,诗人的劳作与农夫无异:"在漫长的冬夜,农夫的梦境是窄小的。/一遍又一遍,他进入了沟畦。"(Hass 1)哈斯的诗歌爱欲弥漫,语言总能激起肉身的联想,却又总能靠近天地之心。诗人需要反复进入语言的"沟畦"或"花冠",在一次次的不确定和期待中,实现身体欲望与语言意义刹那间的实现——在黎明时分捕捉到那"一缕近乎磷光闪耀的东西"。

哈斯诗歌的"体"介于诗和散文之间,他将日常经验的细节纳入诗歌的审美,颇似爱默生的"流溢"。"流溢"是一种使世界重新悬浮起来的努力,使其减弱静态而增强流动,使对世界的描述相应地变得松弛,不那么机械而多一分不确定。② 但与爱默生的语言怀疑论强调彻底的断裂与混杂及其文化独立宣言的意味不同,哈斯的语言美学更关注日常经验中的联系和界限。他通过分行在语法内部做出的反语法的努力,目的不是为了断然脱离旧有的语法规则和祛除文化强加在句法上的东西,而是要显露对世界之他性和突变感知的美学模式,以及惠特曼式以自由民主的诗歌形式揭示反政治的政治之可能。

《诗人的劳作》中的"色拉碗"处于其所在诗行空间展布的中央,尽管它不是句子的行为主体,但整个诗节(由一长句分行组成)却皆为其定义而存在。此番布设可从哈斯对奥本的评论得以解释:奥本诗歌关注语言在诗歌中的音色或背景杂音以及对事物感觉的形而上学过程,他的诗歌书写将句子的意义视作感觉的伦理并进而将句子视作意识的行为。③ 回到哈斯,他避开了"色拉碗"所是之"重"而转向其周遭事物及其内容物,使一切无形和有形之物都在感觉之下获得同等的强度。作为能指的"色拉碗"既不妥协于某个终极所指亦不在能指链上无限地滑动。在意识行为中,视觉者对"色拉碗"的聚焦快速地被

---

① BOND B. An Abundance of Lack: the Fullness of Desire in the Poetry of Robert Hass[J]. The Kenyon Review, 1990(3): 53.

② POIRIER R. Poetry and Pragmatism[M]. Cambridge, MA: Harvard University Press, 1992: 40.

③ HASS R. what light can do[M]. New York: Ecco, 2013: 58.

"碗中物"分散为感知它们所处的差异的关系。哈斯的意识伦理由句子的秩序所显示,而句子是其以横向的毗邻关系瓦解垂直的相似关系的审美结果。

* * * *

哈斯认为,语言要"在寻回的行动中创造",而诗歌被赋其形"是因为语言与世界间没有绝对的连续性,是因为对语言与世界间连续性的最初确信的破碎"[①],语言不可能也不必特指到足以弥合与世界的裂痕[②]。诗人将词语置于运动中,而词语所具有的解释意义和否定意义的张力迫使其稳定性只有在与其他词语的流动关系中才能获得。[③] 哈斯的诗歌是"形式""存在"和"看"之间的无意识结构,他说,"当一个东西被仔细观看时,总会产生一种有关它的缺失感——印象派绘画就是这样——仿佛它越是可以触摸到,它的内部就似乎越是有种巨大而隐蔽的移位在发挥作用;仿佛在极其真切的观察点上,可见的与不可见的东西施加着巨大的反作用力。"[④]顺理,在语言这个观测点上凝视哈斯诗歌,可见的是其对现象世界审美的形式,而隐匿其下的则是审美的政治无意识。

当被"看"的东西向"身体"借喻时,哈斯诗歌指向实用主义的性别政治。作为大地替代的女性身体处于自身欲望的变换中(当火焰冷却并把自己安置在各种岩石里):她既是福柯式被历史刻记的驯良温顺的他性场所(经受了长久的折磨而委身于固化的观念中)也是燃烧得够久梦想着释放的主体精神;她的身体进化得愈发地有能力感觉愉悦而"有感觉力的身体是人赖以生存的载体"。[⑤] 当被"看"的东西向"色拉碗"借喻时,哈斯诗歌又指向实用主义的民主政治。现代诗歌在主题和形式上都对碎片化和去中心的文化情境做出了反应,但哈斯凭借对语言的觉悟使"色拉碗"成为杜威式的共同体意象。在这个

---

① HASS R. Twentieth Century Pleasures:Prose on Poetry[M]. 3rd ed. New York:Ecco,1997:63.

② BOND B. An Abundance of Lack:the Fullness of Desire in the Poetry of Robert Hass[J]. The Kenyon Review,1990(3):47.

③ POIRIER R. Poetry and Pragmatism[M]. Cambridge,MA:Harvard University Press,1992:149.

④ HASS R. Twentieth Century Pleasures:Prose on Poetry[M]. 3rd ed. New York:Ecco,1997:274-275.

⑤ 理查德·舒斯特曼.身体意识与身体美学[M].程相占,译.北京:商务印书馆,2011:75.

共同体内,朝向关联和连续的趋势是稳定性的来源,而面向差异和个体的趋势会造成危机,二者间的平衡构成民主性共同体的基础。① 哈斯通过分行和句法的作用维持着"色拉碗"的秩序,虽有"恶"散在其中,但"恶"的作用却促进了向心("善")的努力。

【附译诗】②

  1.爱荷华,一月
  在漫长的冬夜,农夫的梦境是窄小的。
  一遍又一遍,他进入了沟畦。(1)

  2.桃金娘柔韧的花环
  可怜的尼采在都灵,吃着他妈妈
  从巴塞尔寄来的香肠。租来的房子,
  一面小方窗勾勒出山脉之上
  八月的云。默想着
  事物的形式:阿尔卑斯耧斗菜
  悬垂的短枝,夏日阳光里
  饱受过冬季摧残的雪松树干,在树干的翘曲处
  山杨穿破积雪扭转向上。

  "到处荒原生长;倒霉的他
  荒原长在体内。"

  将死于梅毒。修剪着浓密的胡须。
  热爱比才的歌剧。(4)

  3.紫丁香中的未来种种
  "柔和的小佛陀",她说起

---

① PAPPAS G F. John Dewey's Ethics:Democracy as Experience[M].Bloomington:Indiana University Press,2008:244.
② 诗歌均选自 HASS R. Time and Materials[M]. New York:Ecco, 2007,译文原出处页码随文标出。

我那极不像佛陀的器官。
或许她在引用艾伦·金斯伯格，
而后者或许在意释沃特·惠特曼。
内战之后，林肯死后，
是拥有铁路股票的好时期，
但惠特曼却在国会图书馆，
研究别样的美国，
好奇地读着印度哲学，
研究着书本里相连怪异的
石雕上的蚀刻画。

她在脱去衬衫，
几乎透明，丝绸般的橘红色。
从国会山沃特·惠特曼准能看见
柳树正聚集着河上的薄雾
在凉爽下来但却依旧潮湿的黄昏。
他爱上一个无轨电车售票员
在哪年的夏天——哪一年？——1867？1868？（5）

4.词源学
她的身体在火炉旁
模仿发光的午夜
关于哲学的。
假定它们现在死了。
难道"死了的现在"不是一个奇怪说法？
外面猫头鹰的声音，
沿着它们脊椎中的感觉神经束发出。
树林间飒飒作响的风声
在它们的耳畔暂时停歇。
无论你说它变成了语言还是说它什么都不是
谁又触动了谁？
又以什么样的星光冲击波？
贫乏的语言，贫乏的理论

关于语言的。头骨碎片
在埃及的博物馆看起来像风蚀过的
峡谷迷宫的地图，从那里，
站在峡谷边缘
在逐渐狭窄的瀑布的黄晕里，你听见
燕鸥叫喊的回声和回声的回声
搜寻着鬼斧神工的激浪银波。
对她的湿润能说些什么？盎格鲁—撒克逊人
给它取了个名字。他们称其为 *silm*。
他们曾是航海家。它也是
他们用来描述海上月光之貌的词语。（8）

5.描述颜色的问题
如果我说——在夏天回忆着，
红衣凤头鸟在冬天赤裸的灰色树林里
那突兀的红色污点——

如果我说，三角草帽上的红缎带
噘着嘴唇的女孩
摆弄着小毛毛狗
在雷诺阿的绘画里——

如果我说火，如果我说从一道伤口涌流的血——

或是在泛着焦油草香的夏日空气中红罂粟花的斑点，
在法诺郊外向风的山坡——

如果我说，她的一只红耳环坠拉着她那丝滑的耳垂，

如果她用一层落叶占卜
直到恰好露出——

胭脂红的乳头，嘴——

（你怎么可能不爱上一个打塔罗牌
动了手脚的女人？）

红色,我说。出乎意料的,红色。（9）

6.描述树的问题
山杨树在风中闪闪发光
而那让我们喜悦

树叶飘扬,翻动,
因为在炎热的八月那种姿态
保护它的细胞不会枯干。同样舞动着
三叶杨的叶子。

基因库产生摇摆的茎
于是山杨起舞。不。
树积累资产。
不。用语言说
树做了什么
有局限。

还好有时诗会让我们清醒。

与我共舞吧,舞者。哦,我愿意。

山峦,天空,
山杨在风中做着什么。（10）

7.有一根黄瓜在其中的诗
有时在日落后从这片山坡看去
天边呈现出一抹
最苍白的绿,像一条黄瓜肉
如果你小心削去它的皮。

第十二章 哈斯诗歌:语言还乡与审美之用

*
曾在克里特岛,在夏天,
午夜依旧火热,
我们坐在水岸上的酒馆
观望着捕乌贼的船摇摆在月光里,
喝着带松香味的葡萄酒,吃着色拉
里面有清凉的、切碎的黄瓜和酸奶还有一点儿小茴香。
*
少许咸味,有种东西像淀粉,又像
草或绿树叶的精油
在舌头上是舌头
和黄瓜
在朝彼此进化。
*
既然 cumbersome(累赘的)是一个词,
cumber(拖累)也一定是个词,
现在不属于我们了,可即便在那时,
对于一个有拖累(encumbered)的人,
站在水槽边切黄瓜(cucumber),
也准会觉得理性又伤感(orderly and right-minded)。
*
如果你以为我在这首诗里开了一个
性感的玩笑,那你就错了。
*
在大地长期饱受的折磨中
当火焰冷却并把自己安置
在花岗岩和石灰岩和蛇纹石和泥板岩里,
可以想象,在微黄色的化学云下,
熔化了的泡沫,因为燃烧得够久,
已经在梦想着释放,
这个梦想,模糊
却渐渐清晰地,显出水的
样子,而就在那时,
它更加模糊地想象

黄瓜深绿色的皮和宝石绿的肉。(57—8)

8.诗人的劳作
(1)
你端来一碟清水,
闻着有淡淡的柠檬味道,溅到
什么东西的黑暗之根里。伤痛或是跳舞,发呆的
时候,支持和反对的争论:
这里的某处有一声轻叩。

(2)
这个梦:在白色亚麻布上,在天花板高高的房间里,
玛丽耶和朱利亚摆上装有香草橄榄油面包的篮子,
热气腾腾的南瓜糕,切成几乎就要融化的细片的火腿,
色泽斑驳的椭圆形意大利腊肠,环绕着一只巨碗,里面的块块蟹肉,
散发着甜甜的、涨潮时分碘酊般的味道,点缀着
月牙形太阳色的西红柿片和某个品种的生菜叶
柔嫩的像孩子夭折时的样子。

(3)
如果有进入的方式,或许
要穿过委陵菜的花冠
长着灰黄的花瓣
在土与水混合的气味中
在七月中旬的小路旁。
轻柔的:一缕黎明时分近乎磷光闪耀的东西。(77)

9.嘴微微张开
身体金灿灿和头
泛出橙黄色在一幅中国画里
浸染在夏日暮色中的众神旁
他们也在制造那焦躁的颤动
在白杨林中,与其是风毋宁是河,
在那你以为看见的鸟,
曾在,不管你相信你认为

看见的什么还是不信,后又不在,早已
逃遁,留下空寂
在你那里哼哼歇歇,不坏
不悲伤,只是有如敬畏或恐惧。
现在鸟在别处,而你在这里。(78)

>> 浪漫派视域中的美国现代诗歌审美的实用主义

尾　声
浪漫派、诗性哲学与哲理诗歌

　　浪漫派传统是本书就美国现代诗歌的实用主义哲学意义进行研究的场域,之所以作此选择是因为美国现代诗歌与实用主义哲学分享着浪漫派所关心的基本议题。卢赛尔·古德曼(Russell Goodman)曾归纳说:浪漫派关注"人类心灵的创造力与塑造形式的能力;将激情和感觉作为对世界的合法回应和理解世界的方式;人类从世界的异化和从异化中的恢复;日常生活中的精神潜能。"①尽管时过境迁,现代哲学家和诗人对这些议题的兴趣却依然未减,他们将浪漫派的意识模式和思想内容再度语境化,以求对它们重新进行理解和诠释,同时力图寻找解决与之相关的各种问题的方案。在哲学方面,借鉴了爱默生的自然哲学思维和人本主义思想,美国哲学家詹姆斯和杜威在其实用主义哲学理论中深刻地戳记上了浪漫派的精神纹理,并将哲学研究与解决人类生存的基本问题进行了有效的对接。在诗歌方面,美国现代诗人对浪漫派思想中的人的主体性和主体自由进行了深刻的反思,肩荷起解构与重构浪漫派主旨的责任。

　　实用主义哲学因不以理性、抽象和完备的思想为圭臬而转为关注感觉、具体和边缘的经验,就使其与浪漫派诗歌的相遇成了必然,而相遇的结果就是自身哲学方法的诗性化。在浪漫派的传统中审视实用主义哲学的源起和发展,也使我们有了重新认识爱默生哲学性情的契机。如果仅将爱默生看作超验主义哲学家的话,他的自然哲学则以"对自然事实实行统一、施以边框、进行抽象

---

　　① GOODMAN R B. Emerson, Romanticism, and Classical American Pragmatism[M]//MISAK C. The Oxford Handbook of American Philosophy. Oxford: Oxford University Press, 2008: 20.

的过程以及将部分编排进整体"为主要特征,①但这不免令其带上理想主义和去个人化的标签。事实上,爱默生对自然的认识中也不乏现象学的思维方法:他强调通过视觉对作为现象的自然进行观察,并将观察之所得转化为对自我的不断更新的认知;他对自然细节的视觉感知,与其说希望达到某种统一的、超验的所指,毋宁说更在乎感觉过程中的有区分性的经验意义。不仅关心对自我的认识与实现,爱默生因接受了英国和德国的浪漫派思想并将其与美国经验相结合,形成了以怀疑论为核心、以想象力为手段、旨在谋求美国文化革新的实用主义语言哲学理论。在英国浪漫派诗人华兹华斯和柯勒律治的诗学理念中,爱默生诠释出通过想象力的作用和语言的斡旋而将自我与世界实现联姻的思想,并进一步将其演化为以审美主体的视觉想象为主、以自然与精神的转化和变形为特征的有机整体审美理论。

爱默生从德国浪漫派那里获得了考察语言的自然发展史的途径和方法,认为语言在形成之初是与自然物一一对应的,但这种完美的图像关系却随着自然语言逐渐进入文本秩序而招致破坏。语言的成长和进步总是不断地受到作品被压缩成文本的威胁,②而这同时也给人类思想的灵活发展带来了限制。布兰卡·阿西克(Branka Arsic)在研究爱默生的语言哲学时发现,爱默生对语言之于思想的促进作用持有半信半疑的态度:"语词稳固思想,故会背叛思想;语句安置思想,故会修改思想。语言,就其安置、塑形、去个性化和设置边框的程度而言,否定了思想的真实特性,因为思想永远不能被定位,它总是处在活动中。"③为了满足思想的活跃,就需要克服语言的负面功能。为此,爱默生提出回到日常语言的使用中去,通过转义、词尾的屈折或语调的抑扬变化和隐喻等语言学的操练,记录和恢复语言的情感功能和能量流动。诟病语言的堕落的事实并在同时强调语言的再生能力,其背后的逻辑支撑是爱默生的补偿理论,即事物总是福祸相依和得失相抵的:"每一种过度都会引起缺陷,而每一种缺陷都会导致剩余。"④如果反向使用补偿逻辑,则可得:语言的限制性中

---

① COSTELLO B. Shifting Ground: Reinventing Landscape in Modern American Poetry[M]. Cambridge, MA: Harvard University Press, 2003: 6.

② 参见 GRANGER D A. Rediscovering the Everyday: John Dewey as Emersonian Pragmatism[J]. Educational Theory, 1998, 48.3: 331-349.

③ ARSIC B. On Leaving: a Reading on Emerson[M]. Cambridge, MA: Harvard University Press, 2010: 165.

④ EMERSON R W. Emerson's Prose and Poetry[M]. New York: W. W. Norton & Company, 2001: 139.

也一定会有语言的解放性。对语言的解放性的认识使爱默生的语言理论与实用主义联系起来,因为借助语言及其灵活性,人类可以实现自我进而实现文化的更新。

在浪漫派传统中,"爱默生和自然的狂喜约会与詹姆斯和杜威强调感觉联系个体与世界的实际作用形成了关联",①因为爱默生在将人与自然看作统一体时就已经将个体感觉作为与自然沟通的中介。"感觉的在场"成为爱默生的自然哲学、詹姆斯的意识理论和杜威的有机理论等序列的收敛点。詹姆斯继续了爱默生的语言哲学中的人本主义线路,其心理学和哲学研究的主要目的是为人能够拥有情感和智识的完整存在寻找出路。詹姆斯认为,现代科学和理性思想不能充分表征个体意识经验的不断变化,所以他的研究致力于保存和维护个体情感的内在空间,使其不受非人性的控制机制的困扰。② 在詹姆斯的人本主义的意识哲学语汇里,个体的信仰和意志占据了非常重要的位置,因为他坚持信仰的意志(the will to believe)会成为个体治愈心灵疾患的疗方。詹姆斯强调,其所指的信仰不是宗教意义上的对上帝的全身心的敞开和接受的概念,而是个体认识实在的心理状态或功能,它意味着每一种对实在的确信程度,都包括尽可能更高级别的确定性和信念。③ 意志,就广义而言,指示着我们整个受感性驱使的、积极的生活能力;意志,从狭义观之,由行动体现,而意志的行动(acts of will)是不能以漫不经心的状态执行的,也就是说,个体在行动之前,其心智中需要先对行动有着清晰的概念和审慎的慧光。④ 詹姆斯将属于宗教术语的上帝的"慧光(fiat)"用于个体心智,言下之意是,"个体经验自身足以能够证实其具有宗教效力的合法性,而一旦证实了,便没有什么能够证实其不合法。宗教因此就变成对主体的生命宽度的绝对附加"。⑤ 由此可见,詹姆斯的信仰个体经验合法性的意志中虽有任性的成分但也有理

---

① WHITE R. The Hidden God: Pragmatism and Posthumanism in American Thought[M]. New York: Columbia University Press,2015: 13.

② WHITE R. The Hidden God: Pragmatism and Posthumanism in American Thought[M]. New York: Columbia University Press,2015: 75.

③ RICHARDSON R. The Heart of William James[M]. Cambridge, MA: Harvard University Press,2010: 46-47.

④ RICHARDSON R. The Heart of William James[M]. Cambridge, MA: Harvard University Press,2010: 116.

⑤ RICHARDSON R. The Heart of William James[M]. Cambridge, MA: Harvard University Press,2010: 209.

性的加入，其信仰的意志是对所坚信的事物（它可能无关上帝）的拥抱。有了这个由行动所揭示的意志，个体就会感受到实在的厚重与深沉，会产生对众生的同情与悲悯。

在詹姆斯的心理哲学研究中，个体意识是主要的探究对象，但在个体意识中，他更感兴趣的是处于意识边界的那些不可言喻、无法决定但却又始终不可抑制的东西。詹姆斯将探索意识边界的努力说成是"模糊性的复原"，而对"模糊"之所指，莱恩·怀特（Ryan White）解释说，"模糊是包含感觉、直觉、可能的结果、联结、断裂和变化的整个神秘的影子世界，这一世界支撑了认知并激发了行动"。[①] 将模糊性语言的作用视作能够加强知识的增长和导致事件的发生（即语言具有施为能力），这等同于将其提升至与清晰性语言同样的地位，因此它也是构成真理的必要的部分。詹姆斯的"模糊性的复原"对实现爱默生所疾呼的恢复日常语言的能量也具有重要的意义，其重要性在于它要解放那些被理性排斥、文化规约和机构压制的日常表达方式和实质性名词之外的词类（而不是去发明一套新的语汇去应对上述问题）。詹姆斯对语言的过渡的可能性极其敏感，并将其与意识的结构和意义的创造形成类比关系：他将意识过程结构化为实词性部分和过渡性部分的交替发生，而模糊意识发生于过渡性的部分里。詹姆斯的意识理论赋予意识的模糊性和语义的含混性以合法的地位，这也使真理的意义从符合关系中解脱而进入使用关系。以此观照语词的意义则可知，意义是在语词使用的展开过程中不断地被形成、被改变和被重新形式化的。可以说，詹姆斯所关注的语言的过渡的可能性，指的是语言在被使用时所生成的意义而不是通常所指的语言固有的本质意义。语词的使用意义具有偶然性，其程度取决于使用者对世界的感受与认知。

因为重视个体意识的边界区域，詹姆斯将自我主体性的确立场所也选择在了那里。在边界处，主体将可感世界和理念世界、身体感受与理性思考结合起来，形成了兼具感觉能力和智识能力的主体。根据詹姆斯的意识理论，在主体的智识经验中，主体与客体、思想与事物、心智与物质等都是功能上的而不是绝对意义上的区分，[②] 这些对子之间的相互作用的功能构成了主体的智识能力。换言之，主体的智识能力是自我与世界之间相互作用的功能，其表现

---

① WHITE R. The Hidden God: Pragmatism and Posthumanism in American Thought[M]. New York: Columbia University Press, 2015:75.

② WHEELER K M. Romanticism, Pragmatism and Deconstruction[M]. Oxford: Blackwell, 1993:92-93.

在：一方面，自我对世界的感知（或意识）具有"构建性、创造性、自发性和主动性"，[1]它对现存世界不是被动地接受，而是自发的和主动的感受，并且在感受的基础上构建和创造现存世界的新的存在形式。另一方面，根据乔纳森·列文(Jonathan Levin)的解释，詹姆斯的自我是一种过渡的机制，自我的统一以过渡过程为条件并且受制于进一步的过渡过程，而每一次的过渡都将产生新的差异性的自我统一。这种自我的统一不是对外部统一的反射或实现，而是主体的想象力的投射，其想象力是对世界的感觉能力以及寻找这种感觉的能力。[2] 自我、世界、感觉、想象力、统一，单凭这些关键词就足可见詹姆斯的意识哲学与浪漫派的联系，但与后者强调反射性和主观性的自我不同的是，詹姆斯坚持自我的过渡机制以及自我与世界之间相互作用的功能，他所谓的自我不是向内的寻求本原的自我或是向外的渴望超拔的自我，相反，它是过程与关系中的自我，这个自我向外伸展但会受到关系的牵连，向前发展但却永不会完结，自我的前面总有新的自我在生成、在成长。

如果说詹姆斯将主体的感觉作为其意识理论不可或缺的基础的话，那么杜威则在更大程度上使其有机理论依赖主体的多元的感觉能力。杜威甚至将主体看作生物体，"对其而言，观看、倾听、热爱与想象都是与世界的主题形成内在联系的方式"。[3] 主体只有将身体的各个感觉器官充分地浸淫于世界，才会获得与其进行有效的互动和交流的可能性。"有效性"意味着自我在与世界交往的经验中，感受到背后的世界正在进行的方式并发现自我在世界中并因为世界而存在和成长的生命形式。为了获取足够的世界经验，杜威非常强调日常生活经验的重要性，因为在那里，世界在实际地进行着，它具有当下性以及持续向前发展的趋势。审视日常事件并在其中识解出审美形式，领悟到世界的苍凉与厚重、沉寂与辉煌等等，意味着主体正在实施对世界经验的艺术化，而这一行动创造了自我在变化不居的世界里艺术地生存的可能性。关心当下和未来，使杜威背离于强调过去和已知的经验主义者，也使其对传统的完成式的形式论发起了挑战。杜威所关心的自我在世界中的经验既具有认知性

---

[1] WHEELER K M. Romanticism, Pragmatism and Deconstruction[M]. Oxford: Blackwell, 1993: 95.

[2] LEVIN J. The Poetics of Transition: Emerson, Pragmatism, and American Literary Modernism[M]. Durham: Duke University Press, 1999: 65.

[3] GOODMAN R B. Emerson, Romanticism, and Classical American Pragmatism[M]//MISAK C. The Oxford Handbook of American Philosophy. Oxford: Oxford University Press, 2008: 31.

又具有主体性,它是物性与心性的有机合一,而他提出的有机形式既源于世界(或作品)又由来自自我(或品鉴者)的经验,是其相互作用而形成的动态和发展的形式。与爱默生强调心智与自然之间的类比关系不同,杜威的实用主义哲学强调心智与自然之间的连续性,并认为心智、知识、思想和意识不是实体而是具有构建性的变量。凯瑟林·M.维勒(Kathleen M.Wheeler)对杜威的研究发现,"虽然杜威反复强调我们所经历的是自然或文化中的物,而不仅是感觉以及孤立、分散的概念,不是颜色的补丁——而是物,但他也坚持智识的构建作用并拒绝这样一种观念,即认为事物,或物品,或经验——当我们经历它们时——完全独立于人作为有机体的活动而存在。"①正是在有机体与自然物的连续交互作用中,人的智识才能得以构建并动态性地增长,自然物的存在意义才能够得到不断的累积和发展。因为心智是有机体与环境互动的结果,这在一定程度上消泯了由超自然的心智论所滋生出来的主体性的洋洋自得与对他物的轻蔑。

如果将心智与自然之间连续性的思想迁移到语言领域,则可识得杜威实用主义语言哲学的真谛。维勒曾详尽地讨论了杜威对语言进行重新概念化的努力:杜威反对超验主义者预先设定的心智与自然的二元对立关系,他们将语言与心智等同,因此认为语言和心智一样都不出于自然而是超自然的东西。杜威也反对经验主义者将语言仅仅当作机械性的中介,即语言是一种实用的便利工具,因而不具有基础性的智识意义。然而,杜威的语言哲学坚持,心智是形成的,其与语言一同形成,而且伴随着语言与心智,作为已知和充满意义的世界也形成了。② 杜威认为,语言对世界的指示意义只是语言意义的一部分,而语言意义的其他部分来自语言的使用和语言在社会交往中的作用。语言有能力记录事物的使用与使用后果之间的关系并使这一关系在其他语境中产生新的结果,这样,事物就被语言带入了存在的状态。除了具有记录功能,语言在反思、前瞻和记忆等方面也发挥着构建性作用,因为语言是人类联想的自然功能,它给予事件以意义而其结果又将对其他事件产生影响。如果说构建性是语言的核心功能,那么参与性就是语言的核心特征。"参与"意味着加入某种语言环境,只有在语境中,诸如姿势、哭喊等原始的行为状况才会成为

---

① WHEELER K M. Romanticism, Pragmatism and Deconstruction[M]. Oxford: Blackwell, 1993: 119-120.

② 这一认识将心智、语言和世界都视作自然的创生之物并且将它们看作是在时间过程中的相互关系的实现,因而它是兼具自然主义和历史主义的认识论。

语言。语境能够将声音或事件转变成名称、符号和意指过程,但若让这种转变变得有意义,声音或事件还需要被当作能够达到所预想的圆满的事物来对待。杜威指出,语言是被经历的事件,而且与意义一样,它涉及关系。反过来,意义也像语言,其是关系性、差异性、功能性和工具性的。意义是组织行动的方式,它既依赖社会交往又指示可能的交往行动,而语言总是行动的形式、利益和生存的表达。[①]

杜威的心智和自然间的连续性原理及其有机体与环境间的意义创生论,为理解语言的功能和特征提供了哲学进路,并进而为理解文化的结构和构建提供了语言学思路,因为按照杜威的逻辑,文化是自然形成的,其形式与它们的自然主义语言学的原始形式是有连续性的。若以此文化逻辑为前提,那么夷平日常文化与高雅文化间的壁障便可以成立。像爱默生和詹姆斯志在解放语言的日常表达方式那样,杜威也承认日常生活具有无限的意义潜能,并认为实现这些潜能的上好方式就是响应爱默生的号召——发现和使用隐喻。[②] 然而,正如大卫·格兰杰(David A. Granger)所指出的,杜威并不像语言的认知派那样,将隐喻当作概念间的意识联想或事物间的相似比较的结果来对待,相反,他认为,隐喻与其在认知层面毋宁在非认知层面操作,因为在真正有影响力的隐喻的背后是情感认同而不是智识比较的行动。[③] 情感认同不以获取知识为目的,而是为了实现人的成长的目的,即帮助人们懂得如何在机械(或在当下的数字)时代破碎的世界现象里,通过日常生活隐喻的情感认同去寻回自我与世界之间的连续性。为了获得情感共鸣的能力,杜威与詹姆斯一样,离开意识的明亮的中心(即理性主义者希望到达之地,或认知意义存在的场所)而进入它的昏暗的边缘,在那里,通过具有强度的审美经验,自我对世界的感觉意义就会显现。感觉意义连同认知意义,构成了自我对世界的经验的整体意义。

综上可见,美国实用主义哲学深受浪漫派思想的浸染,同时又对后者进行了实用主义的改造。在诗歌领域,美国现代诗人也经历着哲人的相似经验,他

---

① 关于杜威语言哲学的内容评述,详见 WHEELER K M. Romanticism, Pragmatism and Deconstruction[M]. Oxford: Blackwell, 1993: 178-190.

② 爱默生认为,隐喻是一种变形和重新描述的操作,它具有使日常世界再度生动起来的潜能。详见 EMERSON R W. Emerson's Prose and Poetry[M]. New York: W. W. Norton & Company, 2001: 35-39.

③ 详见 GRANGER D A. Rediscovering the Everyday: John Dewey as Emersonian Pragmatism[J]. Educational Theory, 1998, 48.3: 331-349.

(她)们对被描述为美学的、想象的和理想的浪漫主义不是大规模地拒绝,而是对其关注的议题和意欲解决的问题——想象力的作为、情感的认知性与影响力、人类的异化以及日常经验的精神价值等——进行了反思和重解。珀特里西阿·雷(Patricia Rae)指出,詹姆斯的实用主义哲学对现代主义诗学的贡献之一是,它使后者对世界谨慎地维持着既"刚"亦"柔"的兼容态度。① 现代诗人以詹姆斯提出的介于理性主义和经验主义之间的实用主义的思维方式,既对理性持有谨慎的虔敬又对事实保留厚重的亲近,其审美想象力中同时包含着理性主义者的柔性思维(tender-minded)和经验主义者的硬性思维(hard-minded)。② 同时性是过渡性思维的基本特征,而现代诗歌在总体上把持的是反实词性而重过渡性的思维,因此,能够产生过渡性联想的"黎明""傍晚""海(河)岸""天际""窗边""门厅"等就成为现代诗歌的经典意象。如史蒂文斯的《它必须给予快乐》("It Must Give Pleasure")中的"黄昏"(twilight),它揭示的是诗歌主体"欣喜于非理性的东西是理性的"的悖论思维;毕肖普的《矶鹞》("Sandpiper")中的"海滩",其成为诗歌主体在"无意识"深渊和"意识"陆地之间纠葛的场地;奥本的诗歌主体身置窗前,通过"观看"的经验,把捉着"幸福"的物性及其与神灵交错的真实性,等等。从共时性的意义上讲,具有实用主义审美性情的现代诗歌也预示着后现代诗歌的审美趋势,只是在后者那里,诗歌主体对诸如此类的过渡性意象中的矛盾力量,不再像现代诗歌主体那样会将其达成(哪怕是短暂的)统一,而是让它们彼此差异性地存在着。

詹姆斯在《实用主义的真理概念》("Pragmatism's Conception of Truth")中提出了"感伤主义的谬误"和"理性主义的谬误"两个概念。前者指"对抽象的正义、慷慨和美能够潸然泪下,可若在街头与这些品质相遇时却从来不认得它们,因为那里的环境使它们变成了低俗的东西"。根据这种谬见,"理性因经验而导致畸形。理性一旦进入经验,经验便开始与其抵触"。"理性主义的谬误"与"感伤主义的谬误"相似,它"从经验的芜杂细节中抽取出某种品质,并认为一旦被抽离,这种品质就纯粹得与所有混沌的情况相对立并成为比它们更

---

① RAE P. The Practical Muse: Pragmatist Poetics in Hulme, Pound, and Stevens [M]. London: Associated University Press, 1997: 16.

② 詹姆斯指出,理性主义者具有按原则行事的柔性思维,属于他们的标签有:智识主义的、理性主义的、乐观的、信奉宗教的、有自由意志的或教条主义的;经验主义者按事实行事,他们是感觉论者、唯物者、悲观者、不信奉宗教者、宿命论者、多元主义者或怀疑论者。详见 JAMES W. Pragmatism[M]. New York: Dover Publication, Inc. 1995: 4.

高一级的品性"。① 由此可见,两种谬误都背离了混沌的经验而崇信超然物外的真理,都将真理视为事物表象下的本质或绝对的东西。然而,实用主义哲学将真理概念置于具体经验的丛林中、置于街头场景和鲜活的日常生活里,其所关注的真理概念不是悬空的就理论理而是针对事物现象的实际发现。詹姆斯所谓的真理意义不是事物内部的静态关系,而是对经验中的事物与其他事物的关系及其发展过程的求索,也就是现代诗人奥本的诗歌《是众多的》("Of Being Numerous")所说的,"有些事物/我们活在其中'发现它们/就是了解我们自身'",以及他的《利维坦》("Leviathan")所言之,"真理也是对真理的追逐"。② 为了不至在现象事实中沦陷,詹姆斯提出了"真概念"与"假概念"之说,前者指那些"我们能同化、确认、坚定和证明的概念",而后者则是不能的。在此基础上,他给予了真理的定义:"一个概念的真理不是内在于概念的静态属性。真理对概念发生。概念变成真理,由事件使其成真。概念的真实事实上是一个事件,一个过程:也就是概念证实自身的过程,它的真实化过程。概念的有效性是它的有效化。"③

实用主义哲学主张,凡能产生真实效果的东西就是真的,而感觉具有这样的效能,因此,以感觉作为对世界的回应和理解就被赋予了合法性。具有实用主义性情的现代诗人积极探索视觉和视觉以外的听觉、触觉、嗅觉等感觉的认识论价值,尽管它们带来的可能并不是对世界及其意义的明晰的认知。史蒂文斯的《无关事物理念而关乎事物本身》("Not about the Thing but the Thing Itself")中的关于"实在的新知识"来自"外面一声干瘦的鸣叫",其所关注的"事物本身"是大于可视之物的"廖远的声响"。④ 安吉拉·雷顿(Angela Leighton)对毕肖普《在渔房》("At the Fisherhouse")中海水与知识间的比喻关系所做的评论恰切地说明了感觉的认知功能。毕肖普的"寒冷幽暗深邃和绝对清澈,/清澈灰色冰冷的水……/就像我们所想象的知识的样子",将主体对海水(喻体)的多元感觉转化为对"知识"(喻旨)的想象。混杂的视觉、触觉和知觉被迁移到对"知识"的理解,知识不是先验的命题而是源自"岩石的胸

---

① 详见 JAMES W. Pragmatism[M]. New York：Dover Publication，Inc. 1995：88-90.

② OPPEN G. New Collected Poems[M]. New York：A New Direction，2008：163，89.

③ JAMES W. Pragmatism[M]. New York：Dover Publication，Inc. 1995：77-78.

④ STEVENS W. Collected Poetry and Prose[M]. New York：The Library of America，1997：451.

腔",不仅如此,知识是主体在行动中的"知晓"(a knowing in action)。行动具有时间性,因此"知晓"在时间中的行进宛如"流淌,并且流过"的海水。① 当代诗人哈斯在《艺术与生活》("Art and Life")中将人的灵魂喻作动物——"灵魂是四处忙碌的动物","松鼠,……,用身体试探树枝/下沉时保持沉静,然后谨慎地伸出爪子",也制造出喻体与喻旨间的含混,松鼠对世界的反应既靠身体感觉也凭智性判断,直叫人产生究竟人是动物还是动物是人的认知模糊。

在关于人类对世界的异化和发掘日常生活的精神潜能的问题上,或许没有谁能像杜威那样提出更具有艺术特质的解决方式了。② 杜威在将艺术视为经验的同时,也将作为经验之一种的日常生活经验当作艺术来看待,从而提出了"艺术地生活"的实用美学主张。杜威将艺术品的形式定义为艺术品的经验者与艺术品之间互相作用的结果,即艺术品的形式必须根据互动关系、根据各部分间的实际加强来解释。形式是动态的生成物而非静态的固定物;对艺术品形式的发现意味着经验者获得了一次完满的感觉和智识的统一(即一次经验的完成)。杜威认为,艺术品的形式与日常生活的形式之间具有连续性,因此学习把握艺术品的形式是实现创造性生活的最佳培养方式。现代诗人在对待人与世界的关系时也有意或无意地采纳了杜威的经验论和形式论,他(她)们将"经验"的结构移植进诗歌,使后者成为满足杜威意下的经验结构的诗歌经验。例如毕肖普在其《六节诗》("Sestina")中尽管格守"六节诗"诗体的格式要求,③但目的却是借以实现诗歌主体对世界的具体经验的圆满。每个诗节重复的名词"房屋、祖母、孩子、火炉、历书、眼泪"显示,诗中的孩子遭受着父母的缺失,而"房屋、祖母、火炉和历书"以不同的形式对孩子提供着保护和安慰,最后的3行诗节写道:"'该种植眼泪了',历书说/祖母对着奇妙的火炉唱歌/而孩子画下了另一幢隐秘的房屋。"④历书仪式般地宣告了将眼泪转化为

---

① LEIGHTON A. Poetry's Knowing[M]. GIBSON J. The Philosophy of Poetry. Oxford: Oxford University Press, 2015: 172-173.
② 尽管海德格尔提出人要"诗意地栖居"在世界中,但其"诗意"更多地指向个体的劳作,而非指艺术中的诗性。杜威的实用主义美学也强调劳作,但其指的是创造性的劳作。
③ "六节诗"在形式上要求,全诗由39行组成,它们被分成6个6行诗节和1个3行诗节,第1个诗节每行的最后一个名词以特殊的顺序在后5个诗节中各行的末尾重复,而在最后的3行诗节中,这6个词在3个诗行之内和最后1行再次出现。参见 MIKICS D. A New Handbook of Literary Terms[M]. New Haven: Yale University Press, 2007: 276.
④ BISHOP E. The Complete Poems: 1927—1979[M]. New York: Farrar, Straus and Giroux, 1983: 124.

自然物的行动,祖母的歌声与火炉一道散发出化解泪水的温暖力量,最终,孩子的痛苦经验也以艺术的方式告一段落,但"画下了另一幢隐秘的房屋"却意味着,此次经验的圆满中潜伏着引起下一次经验的秘密……

* * * *

詹姆斯指出,与理性主义向后追溯以求永恒的回归相反,实用主义向前瞻望索求真理的未来实现。① 事实上,"向前看"似乎已然是接受世界的"偶然性"并喜欢"自我指称"的美国人共享的生存态度。但实用主义哲学所指的未来是"由被感知为占有'此时此地'之物的各种可能性所构成",②而对"可能性"的感知是想象力的功能,因此,"向前看"意味着以基于实在的想象力去寻找并实现自我和世界朝向未来圆满发展的可能性。爱默生在《诗与想象力》("Poetry and Imagination")中指出,"事物的本性是流动、变形。自由精神不仅与现有的形式而且与可能的形式的影响力产生共鸣。"③爱默生意中的诗人需要担当起将自由与精确、事实与形式合成的任务,但这不仅是诗歌作者的本分,事实上,爱默生的诗人泛指一切以想象力去创造向善生活的人。与爱默生同情于事物的流动和变形、对主体和客体进行有机合成的想象力不同,杜威的想象力"是经验在时间中的转变,其间,新奇性与连续性相互融合而各种意义得以充分体验;想象力是意义能够进入主体与世界互动关系的唯一门户"。④如果说爱默生的想象力是主体对世界的刹那间的顿悟和稍纵即逝的超然,那么杜威的想象力则是在时间中的延展,它是一种将对待世界的"目的和手段整合起来的经验,通过这种经验,自我成长起来"。⑤ 由此观之,杜威的实用主义美学哲学是浪漫主义、历史主义和自然主义的有机统一,这种统一不是对外部的所谓终极意义的应和而是内部的各个部分达成的和谐的、完满的并预示着

---

① JAMES W. Pragmatism[M]. New York:Dover Publication,Inc. 1995:87.
② J DEWEY J. Art as Experience[M]. New York:Capricorn Books,1958:17.
③ EMERSON R W. Emerson's Prose and Poetry[M].New York:W. W. Norton & Company,2001:318.
④ ALEXANDER T M. The Art of Life:Dewey's Aesthetics[M]//HICKMAN L A. Reading Dewey:Interpretations for a Postmodern Generation. Bloomington:Indiana University Press,1998:4.
⑤ ALEXANDER T M. The Art of Life:Dewey's Aesthetics[M]//HICKMAN L A. Reading Dewey:Interpretations for a Postmodern Generation. Bloomington:Indiana University Press,1998:4.

尾 声　浪漫派、诗性哲学与哲理诗歌 <<

未来发展的整合关系。

实用主义美学为美国现代诗歌提供了在"自我—世界"关系的维度上承袭并超越浪漫主义的审美途径，其兼顾了主体心灵的创造和塑形能力、主体情感的认知效力、主体与世界的交互作用，以及主体对世界的精神感受力。在一定程度上，美国现代诗歌是对浪漫派诗歌进行实用主义改造的结果，而这一改造的趋势在当代诗歌的写作中依然持续着。伊拉·萨道夫(Ira Sadoff)在《历史问题：处于美国文化边缘的当代诗歌》(*History Matters*：*Contemporary Poetry on the Margins of American Culture*，2009)中指出，"当代美国诗人受困于这样一种文化危机当中，它的意识形态辞令既抬举个性同时又系统性地贬损和规范个体对文化的参与和塑造能力。鉴于此，浪漫主义已然成为一条死胡同，若在这条路上继续行进则只会陷入瘫痪和孤绝。"[①]尽管美国当下的文化情境遏制了诗人的浪漫想象，加深了他(她)与世界的异化，并因此导致一些诗人或悲叹于情感的无所寄托或执着于感伤的内部消化，但仍然存在像哈斯和格里克这样坚持对浪漫派的议题进行实用主义调整和创新的当代诗人。这些被杰尔皮称作新浪漫派的诗人，以实用主义哲学兼容理性主义与经验主义的精神及其将美学视为日常的实践活动的主旨，回到自身存在的生活世界并在所处的文化和自我的历史纠葛中，进行着对存在的叩问和美学的冥想。现存的世界是他(她)们的想象之所也是其审美理想的实践之地，他(她)们在不断地给予现象世界以形式的同时，也因为现象世界的启示而获得自我成长的方式和意义。而这或许就是本书研究美国诗歌形式的实用主义哲学意义的意义之所在。

---

① SADOFF I. History Matters：Contemporary Poetry on the Margins of American Culture[M]. Iowa City：University of Iowa Press，2009：98.

参考文献

1. ALBRECHT J M.What's the Use of Reading Emerson Pragmatically? The Example of William James[J]. Nineteenth-Century Prose, 2003, 30.2: 388-432.

2. ALEXANDER T M. The Human Eros[M]. New York: Fordham University Press, 2013.

3. ALEXANDER T M.The Art of Life: Dewey's Aesthetics[M]//HICKMAN L A. Reading Dewey: Interpretations for a Postmodern Generation. Bloomington: Indiana University Press, 1998: 1-22.

4. ALEXANDER T M.John Dewey's Theory of Art, Experience, and Nature—The Horizon of Feeling[M]. New York: SUNY Press, 1987.

5. ALLISON R C.Walt Whitman, William James, and Pragmatist Aesthetics[J]. Walt Whitman Quarterly Review, 2002(Summer), 20: 19-29.

6. ALTIERI C.Wallace Stevens and the Demands of Modernity[M]. Ithaca: Cornell University Press, 2013.

7. ALTIERI C. The Art of Twentieth-Century American Poetry[M]. Malden, MA: Blackwell, 2006.

8. ALTIERI C.The Fate of the Imaginary in Twentieth Century American Poetry[J]. American Literary History, 2005, 17.1: 70-94.

9. ARSIC B.On Leaving: a Reading on Emerson[M]. Cambridge, MA: Harvard University Press, 2010.

10. AXELROD S G, GERBER N. Introduction[J].The Wallace Stevens Journal, 2017 (Spring), 41.1: 1-3.

11. BAKHTIN M M. The Dialogic Imagination[M]. Austin: University of Texas Press, 1981.

12. BARKER W.Lunacy of Light: Emily Dickinson and the Experience of Metaphor [M]. Carbondale: Southern Illinois University Press, 1987.

13. BARRET T W. Irrational Man[M]. New York: Anchor Books, 1990.

14.BARRON J N.Subject and Bric-a-Brac: Frost and Stevens, Snowman and Woodchucks[J]. The Wallace Stevens Journal, 2017(Spring), 41.1: 38-49.

15.BEACH W.The Cambridge Introduction to Twentieth-Century American Poetry[M]. Cambridge: Cambridge University Press, 2003.

16.BIDART F.On Louise Glück[M]//DIEHL J F. On Louise Glück. Ann Arbor: University of Michigan Press, 2005: 23-27.

17.BISHOP E.Edgar Allan Poe & The Juke-Box—Uncollected Poems, Drafts, and Fragments[M]. New York: Farrar, Straus and Giroux, 2006.

18.BISHOP E.The Complete Poems: 1927—1979[M]. New York: Farrar, Straus and Giroux, 1983.

19.BISHOP E. Time's Andromedas[M]//SCHWARTZ L, ESTESS S P. Elizabeth Bishop and Her Art. Ann Arbor: The University of Michigan Press, 1983: 271-272.

20.BLOOM H.Wallace Stevens: The Poems of Our Climate[M]. Ithaca: Cornell University Press, 1980.

21.BOND B.An Abundance of Lack: the Fullness of Desire in the Poetry of Robert Hass[J]. The Kenyon Review, 1990(3): 46-53.

22.BOSTOCK D.Plato's Phaedo[M]. Oxford: Oxford University Press, 1986.

23.BROGAN J V.The Violence Within The Violence Without: Wallace Stevens and the Emergence of a Revolutionary Poetics[M]. Athens: The University of Georgia Press, 2003.

24.BUELL L I.Reading Emerson for the Structures: The Coherence of the Essays[J]. Quarterly Journal of Speech, 1972, 58.1: 58-69.

25.CARRETTE J.William James's Hidden Religious Imagination: a Universe of Relations[M]. New York: Routledge, 2013.

26.CAVALIERI G.Robert Hass: An Interview[J]. American Poetry Review, 1997(2): 41-46.

27.CAVELL S.Afterword[M]//ARSIC B, et al. The Other Emerson. Minneapolis: University of Minnesota Press, 2010: 301-306.

28.CAVELL S.What's the Use of Calling Emerson a Pragmatist? [J]. Cardozo Law Review, 1996, 18.1: 171-180.

29.COOK E.A Reader's Guide to Wallace Stevens[M]. Princeton: Princeton University Press, 2007.

30.COOPER W.The Unity of William James's Thought[M]. Nashville: Vanderbilt University Press, 2002.

31.COSTELLO B. Planet on Tables: Poetry, Still Life, and the Turning World[M]. Ithaca: Cornell University Press, 2008.

32.COSTELLO B.Meadowlands: Trustworthy Speaker[M]//DIEHL J F. On Louise Glück. Ann Arbor: University of Michigan Press, 2005: 48-62.

33.COSTELLO B. Shifting Ground: Reinventing Landscape in Modern American Poetry[M]. Cambridge, MA: Harvard University Press, 2003.

34.COSTELLO B. Elizabeth Bishop: Questions of Mastery[M]. Cambridge, MA: Harvard University Press, 1993.

35.CRICK N. Democracy and Rhetoric: John Dewey on the Arts of Becoming[M]. Columbia, SC: University of South Carolina Press, 2010.

36.CULLER J.The Pursuit of Signs: Semiotics, Literature, Deconstruction[M]. Ithaca: Cornell University Press, 2001.

37.CURRIE M.Postmodern Narrative Theory[M]. New York: Palgrave, 1998.

38.CUSHMAN S.Fiction of Form in American Poetry[M]. Princeton: Princeton University Press, 1993.

39.DEWEY J. Emerson: The Philosopher of Democracy[M]//HICKMAN L A, ALEXANDER T M. The Essential Dewey. Bloomington: Indiana University Press,1998: 366-370.

40.DEWEY J.Art as Experience[M]. New York: Capricorn Books, 1958.

41.DICKINSON E. The Poems of Emily Dickinson[M]. Cambridge, MA: The Belknap Press of Harvard University Press, 1999.

42.DIEHL J F.Introduction[M]//DIEHL J F. On Louise Glück. Ann Arbor: University of Michigan Press, 2005: 1-22.

43.DI PIERO W S. Public Music[M]//PARINI J P, MILLIER B C. The Columbia History of American Poetry. New York: Columbia University Press, 1993: 564-580.

44.DONOGHUE D.Reading America[M]. New York: Alfred A. Knopf, 1987.

45.DORESKI C K.Elizabeth Bishop: The Restraints of Language[M]. Oxford: Oxford University Press, 1993.

46.DORESKI W.The Modern Voice in American Poetry[M]. Gainesville: University Press of Florida, 1995.

47.DUPLESSIS R B, QUARTERMAIN P. Introduction[M]//DUPLESSIS R B, QUARTERMAIN P. The Objectivist Nexus: Essays in Cultural Poetics. Tuscaloosa: University of Alabama Press, 1999: 1-22.

48.EAGLETON T. How to Read a Poem[M]. Malden: Blackwell, 2007.

49.ECKHOUT B.Stevens and Philosophy[M]//SERIO J N. The Cambridge Companion to Wallace Stevens. Cambridge: Cambridge University Press, 2007: 103-117.

50.ELDER J.Imagining the Earth—Poetry and the Vision of Nature[M]. Urbana: University of Illinois Press, 1985.

51.ELIOT T S.The Poems of T. S. Eliot, Vol.1[M]. Baltimore: John Hopkins University Press, 2015.

52.ELLISON J.Detachment and Transition[M]//BLOOM H. Ralph Waldo Emerson. New York: Chelsea House Publication, 2007: 91-108.

53.EMERSON R W.Past and Present[EB/OL].[2017-06-06]. http://transcendentalism-legacy. tamu.edu/authors/emerson/essays/pastpres.html.

54.EMERSON R W.Emerson's Prose and Poetry[M].New York: W. W. Norton & Company, 2001.

55.EMERSON R W. Uses of Great Men[M]//RICHARDSON Jr. R D. Ralph Waldo Emerson: Selected Essays and Lectures, and Poems.New York: Bantam, 2007: 269-286.

56.EMERSON R W.Journals and Miscellaneous Notebooks, vol.3[M]. Cambridge, MA: Harvard University Press, 1960—1982.

57.FELSTINER J. Can Poetry Save the Earth? [M]. New Haven: Yale University Press, 2009.

58.FESMIRE S.John Dewey and Moral Imagination[M].Bloomington: Indiana University Press,2008.

59.FLANAGAN O. Consciousness as a Pragmatist Views It[M]//PUTNAM R A. The Cambridge Companion to William James. Cambridge: Cambridge University Press, 1997: 25-48.

60.FLECHER A.A New Theory for American Poetry[M]. Cambridge, MA: Harvard University Press, 2004.

61.FREDMAN S.Form and Experience: Williams, Dewey, and the Origins of American Postmodernism[J]. William Carlos Williams Review, 2015, 32(1-2): 33-52.

62.FROST R. Collected Poems, Prose, & Plays[M]. New York: The Library of America, 1995.

63.GARRISON J.Walt Whitman, John Dewey, and Primordial Artistic Communication[J]. Transactions of the Charles S. Peirce Society, 2011(Summer), 47.3: 301-318.

64.GELPI A. American Poetry after Modernism: the Power of the Word[M].Cambridge: Cambridge University Press, 2015.

65.GLüCK L. A Village Life[M]. New York: Farrar, Straus and Giroux, 2009.

66.GLüCK L. Averno[M]. New York: Farrar, Straus and Giroux, 2007.

67.GLüCK L. Vita Nova[M]. Hopewell: Ecco, 1999.

68.GLüCK L. Meadowlands[M]. New York: Ecco, 1996.

69.GLüCK L. Proofs & Theories: Essays on Poetry[M]. Hopewell: Ecco, 1994.

70.GLüCK L. The Wild Iris[M]. Hopewell: Ecco, 1992.

71.GOLDENSOHN L.Elizabeth Bishop: The Biography of a Poetry[M]. New York:

Columbia University Press, 1992.

72.GOODMAN R B. American Philosophy and the Romantic Tradition[M]. Cambridge: Cambridge University Press, 1990.

73.GOODMAN R B. Emerson, Romanticism, and Classical American Pragmatism[M]//MISAK C. The Oxford Handbook of American Philosophy. Oxford: Oxford University Press, 2008: 19-37.

74.GRANGER D A.Rediscovering the Everyday: John Dewey as Emersonian Pragmatism[J]. Educational Theory, 1998, 48. 3: 331-349.

75.GRIMSTAD P.Experience and Experimental Writing: Literary Pragmatism from Emerson to the James[M]. Oxford: Oxford University Press, 2013.

76.HANDELMAN S A.The Slayers of Moses: The Emergence of Rabbinic Interpretation in Modern Literary Theory[M]. Albany: SUNY Press, 1982.

77.HASS R. what light can do[M]. New York: Ecco, 2013.

78.HASS R. Introduction[M]//HASS R.Song of Myself, and Other Poems. Berkeley: Counterpoint, 2010: 3-6.

79.HASS R. Introduction[M]//HASS R.Song of Myself, and Other Poems. Berkeley: Counterpoint, 2010: 205-206.

80.HASS R.Time and Materials[M]. New York: Ecco, 2007.

81.HASS R. Eight Years of Activism, Writing, and Reflection[EB/OL].[2008-11-08]. http://berkeley. edu/news/berkeleyan/2007/11/08 _ hass. shtml.

82.HASS R.Twentieth Century Pleasures: Prose on Poetry[M]. 3rd ed. New York: Ecco, 1997.

83.HASS R B. A Violence from Within and Without in the Poetry of Stevens and Frost[J]. The Wallace Stevens Journal, 2017(Spring), 41.1: 74-80.

84.HERINGMAN N. Romantic Rocks, Aesthetic Geology[M]. Ithaca: Cornell University Press, 2004.

85.HILLMAN B.On Robert Hass's "A Supple Wreath of Myrtle"[EB/OL].[2015-11-05]. http://www.poetryfoundation.org/article/178721.

86.HOPKINS G M. Poetry and Prose[M]. London: J. M. Dent Orion Publishing Group, 2002.

87.HOPKINS V C.Spires of Form: A Study of Emerson's Aesthetic Theory[M]. Cambridge, MA: Harvard University Press, 1951.

88.HUDNUT R K. The Aesthetics of Ralph Waldo Emerson[M]. Lewiston: The Edwin Mellen Press, 1996.

89.HUTCHEON L.A Poetics of Postmodernism: History, Theory, Fiction[M]. New York: Routledge, 1988.

90.JACOBSON D. Emerson's Pragmatic Vision: The Dance of the Eye[M]. University Park, PA: The Pennsylvania University Press, 1993.

91.JAMES W.Pragmatism and Other Writings[M]. New York: Penguin Books, 2000.

92.JAMES W.Pragmatism[M]. New York: Dover Publication, Inc. 1995.

93.JAMES W.Writings 1878—1899[M]. New York: The Library of America, 1992.

94.JAMES W.Writings 1902—1910[M]. New York: The Library of America, 1988.

95.JAMES W. The Principles of Psychology, Vol. 1[M]. New York: Dover Publications, Inc., 1950.

96.JESEN J. Art, the Public, and Deweyan Cultural Criticism[M]//PERRY D K. American Pragmatism and Communication Research. Mahwah, NJ: Lawrence Erlbaum Association, 2001: 111-129.

97.KAMBER R.Introduction to Perception and Reality[M]//KAMBER R. William James: Essays and Lectures. New York: Pearson and Longman, 2006: 111-121.

98.KEATS J.Ode on a Grecian Urn[M]//DONALDSON E T, SMITH H, ADAMS R M, et al. The Norton Anthology of English Literature, Vol.2, 4th ed. New York: W.W. Norton & Company, 1979: 825.

99.KENDALL T.The Art of Robert Frost[M]. New Haven: Yale University Press, 2012.

100.KIMMELMAN B. 'The "Heartlessness" of Words': Michael Heller and Hugh Seidman,Objectivist Poetics and the Problem of Language[J]. Textual Practice, 2011(5): 867-892.

101.KOHLER M. Miles of Stare: Transcendentalism and the Problem of Literary Vision in Nineteenth-Century America[M]. Tuscaloosa: The University of Alabama Press, 2014.

102.KRISTEVA J. Time and Sense: Proust and the Experience of Literature[M]. New York: Columbia University Press, 1996.

103.LANGBAUM R.The Mysteries of Identity: A Theme in Modern Literature[M]. New York: Oxford University Press, 1977.

104.LAROCCA D.Emerson's English Traits and the Natural History of Metaphor[M]. New York: Bloomsbury, 2013.

105.LAYNG G W. Rephrasing Whitman: William and the Visual Idiom[M]// HATLEN B, TRYPHONOPOULOS D. William Carlos Williams and the Language of Poetry. Orono, Maine: The National Poetry Foundation, 2002: 181-200.

106.LEIGHTON A. Poetry's Knowing[M]. GIBSON J. The Philosophy of Poetry. Oxford: Oxford University Press, 2015: 163-183.

107.LEIGHTON A. Thresholds of Attention: On Listening in Literature[M]//

MUKHERJI S. Thinking on Thresholds: The Poetics of Transitive Spaces. London: Anthem Press, 2013: 199-212.

108. LEVIN J. Frost and Pragmatism[M]//RICHARDSON M. Robert Frost in Context. Cambridge: Cambridge University Press, 2014: 135-141.

109. LEVIN J.The Poetics of Transition: Emerson, Pragmatism, and American Literary Modernism[M]. Durham: Duke University Press, 1999.

110. LOGAN W.Nothing Remains of Love[EB/OL].[2009-08-30]. http://www.nytimes.com//books/review/Logan-t.html?

111. LONGENBACH J.Louise Glück's Nine Lives[M]//DIEHL J F. On Louise Glück. Ann Arbor: University of Michigan Press, 2005: 136-150.

112. MACGOWAN C. William Carlos Williams[M]//PARINI J P, MILLIER B C. The Columbia History of American Poetry. New York: Columbia University Press, 1993: 395-417.

113. MARSHALL A.American Experimental Poetry and Democratic Thought[M]. New York: Oxford University Press, 2009.

114. MARSOONBIAN A T.Aesthetics[M]//PIHISTROM S. The Continuum Companion to Pragmatism. London: Continuum, 2011: 112-125.

115. MARTIN W. Introduction [M]//MARTIN W. The Cambridge Companion to Emily Dickinson. Cambridge: Cambridge University Press, 2002: 1-9.

116. MAZUR K.Poetry and Repetition: Walt Whitman, Wallace Stevens, John Ashbery[M]. New York: Routledge, 2014.

117. MCCABE S.Elizabeth Bishop: Her Poetics of Loss[M]. University Park, PA: The Pennsylvania State University Press, 1994.

118. MERRIFIELD A. Henry Lefebvre: A Socialist in Space [M]//CRANG M, THRIFT N. Thinking Space. London: Routledge, 2000: 167-182.

119. MIKICS D.A New Handbook of Literary Terms[M]. New Haven: Yale University Press, 2007.

120. MILLER C.Emily Dickinson: A Poet's Grammar[M]. Cambridge, MA: Harvard University Press, 1989.

121. MILLER C R.The Invention of Evening. Perception and Time in Romantic Poetry [M]. Cambridge: Cambridge University Press, 2006.

122. MILLER J H.The Univocal Chiming[M]//HARTMAN G H. Hopkins: A Collection of Critical Essays. Englewood Cliffs, NJ: Prentice-Hall, Inc., 1966: 89-116.

123. MORRIS S.Poetry and Poetics[M]//MOTT W T. Ralph Waldo Emerson in Context. Cambridge: Cambridge University Press, 2014: 75-83.

124. NAYLOR P K. The Pre-Position 'Of': Being, Seeing, and Knowing in George

Oppen's Poetry[J]. Contemporary Literature, 1991(1): 100-115.

125. NEW E. The Line's Eye[M]. Cambridge, MA: Harvard University Press, 1998.

126. NICHOLLS P. George Oppen and The Fate of Modernism[M]. Oxford: Oxford University Press, 2013.

127. OPPEN G. New Collected Poems[M]. New York: A New Direction, 2008.

128. PAPPAS G F. John Dewey's Ethics: Democracy as Experience[M]. Bloomington: Indiana University Press, 2008.

129. PARINI J. Robert Frost and the Poetry of Survival[M]//PARINI J P, MILLIER B C. The Columbia History of American Poetry. New York: Columbia University Press, 1993: 260-283.

130. PARLEJ P. Imagine the Outside: Metaphor in William Carlos Williams[M]//HATLEN B, TRYPHONOPOULOS D. William Carlos Williams and the Language of Poetry. Orono, ME: The National Poetry Foundation, 2002: 157-168.

131. PINSKY R. The Sound of Poetry[M]. New York: Farrar, Straus and Giroux, 1998.

132. POIRIER R. Poetry and Pragmatism[M]. Cambridge, MA: Harvard University Press, 1992.

133. RAE P. The Practical Muse: Pragmatist Poetics in Hulme, Pound, and Stevens[M]. London: Associated University Press, 1997.

134. REDDING P. Whitman Unbound: Democracy and Poetic Form, 1912—1931[J]. New Literary History, 2010, 41.3: 669-690.

135. RICHARDSON J. Pragmatism and American Experience[M]. Cambridge: Cambridge University Press, 2014.

136. RICHARDSON R. The Heart of William James[M]. Cambridge, MA: Harvard University Press, 2010.

137. RICHARDSON R D. Mind on Fire[M]. Berkeley: University of California Press, 1995.

138. RICOEUR P. The Metaphorical Process as Cognition, Imagination, and Feeling[J]. Critical Inquiry, 1978, 5.1: 143-159.

139. RORTY R. Philosophy and Social Hope[M]. New York: Penguin, 1999.

140. SADOFF I. History Matters: Contemporary Poetry on the Margins of American Culture[M]. Iowa City: University of Iowa Press, 2009.

141. SCHWARZ D R. Narrative and Representation in the Poetry of Wallace Stevens[M]. New York: Palgrave Macmillan, 1993.

142. SPINKS L. Oppen's Pragmatism[J]. Journal of American Studies, 2009, 43.3: 477-495.

143. STEVENS W. Collected Poetry and Prose[M]. New York: The Library of America, 1997.

144. STROUD S. John Dewey and Artful Life[M]. University Park, PA: Penn State University Press, 2011.

145. SHUSTERMAN R. The Pragmatist Aesthetics of William James[J]. British Journal of Aesthetics, 2011(4): 347-362.

146. TUFARIELLO C. The Remembering Wine: Emerson's Influence on Whitman and Dickinson[M]//PORTE J, MORRIS S. The Cambridge Companion to Ralph Waldo Emerson. Cambridge: The Cambridge University Press, 1999: 162-191.

147. TURSI R. Emily Dickinson, Pragmatism and the Conquests of Mind[M]//DEPPMAN J, et al. Emily Dickinson and Philosophy. Cambridge: Cambridge University Press, 2013: 151-174.

148. VENDLER H. Dickinson: Selected Poems and Commentaries[M]. Cambridge, MA: The Belknap Press of Harvard University Press, 2010.

149. VENDLER H. Soul Says: On Recent Poetry[M]. Cambridge, MA: Harvard University Press, 1995.

150. VENDLER H. Wallace Stevens[M]//PARINI J P, MILLIER B C. The Columbia History of American Poetry. New York: Columbia University Press, 1993: 370-394.

151. VENDLER H. Wallace Stevens: Words Chosen Out of Desire[M]. Cambridge, MA: Harvard University Press, 1984.

152. VENDLER H. Part of Nature, Part of Us: Modern American Poets[M]. Cambridge, MA: Harvard University Press, 1980.

153. VENDLER H. The Poetry of Louise Glück[J]. The New Republic, 1978, 24.1: 34-37.

154. VON DER HEYDT J E. At the Brink of Infinity: Poetic Humility in Boundless American Space[M]. Iowa City: University of Iowa Press, 2008.

155. WAYNE T K. Critical Companion to Ralph Waldo Emerson[M]. New York: Facts on File, 2010.

156. WHEELER K M. Romanticism, Pragmatism and Deconstruction[M]. Oxford: Blackwell, 1993.

157. WILLIAMS W C. The Collected Poems of William Carlos Williams, Vol. 1, 1909—1939[M]. New York: New Directions, 1986.

158. WHITE R. The Hidden God: Pragmatism and Posthumanism in American Thought[M]. New York: Columbia University Press, 2015.

159. WHITMAN W. Complete Poetry and Collected Prose[M]. New York: The Library of America, 1982.

160.WINDOPH C J.Emerson's Nonlinear Nature[M]. Columbia：University of Missouri Press，2007.

161.WLOSKY S.Emily Dickinson：Being in the Body[M]//MARTIN W. The Cambridge Companion to Emily Dickinson. Cambridge：Cambridge University Press，2002：129-141.

162.WOLFF C. Emily Dickinson[M]. New York：Knopf，1986.

163.WORDSWORTH W. Selected Poems[M]. New York：Penguin，2005.

164.WORDSWORTH W.The Poetical Works of Wordsworth[M]. Boston：Houghton Mifflin，1982.

165.WORDSWORTH W.A Guide to the Lakes[M]. London：Henry Frowde，1906.

166.巴什拉. 火的精神分析[M]. 杜小真等，译. 长沙：岳麓书社，2005.

167.陈晓明. 审美的激变[M]，北京：作家出版社，2009.

168.菲利普·拉库—拉巴尔特，让—吕克·南希. 文学的绝对[M]. 张小鲁，李伯杰，李双志，译. 南京：译林出版社，2012.

169.傅有德等. 犹太哲学史[M]. 北京：中国人民大学出版社，2008.

170.G.斯坦纳. 语言与沉默[M]. 李小均，译. 上海：上海人民出版社，2013.

171.胡戈·弗里德里希. 现代诗歌的结构[M]. 李双志，译. 南京：译林出版社，2010.

172.杰弗里·亚历山大. 相似意识：意义的物质感[J]. 高蕊、赵迪，译，文艺理论研究，2016(2)：41-51.

173.理查德·舒斯特曼. 身体意识与身体美学[M]. 程相占，译. 北京：商务印书馆，2011.

174.马大康. 审美形式、文学虚构与人的存在[J]. 文学评论，2012(1)：33-41.

175.斯蒂文·费什米尔. 杜威与道德想象力：伦理学中的实用主义[M]. 徐鹏、马如俊，译. 北京：北京大学出版社，2010.

176.斯蒂文·洛克菲勒. 杜威：宗教信仰与民主人本主义[M]. 赵秀福，译. 北京：北京大学出版社，2010.

177.詹姆斯·坎贝尔. 杜威的共同体观念[M]//拉里·希克曼. 阅读杜威：为后现代做的阐释. 徐陶等，译. 北京：北京大学出版社，2010：36-54.

178.詹姆斯·坎贝尔. 理解杜威：自然与协作的智慧[M]. 杨柳新，译. 北京：北京大学出版社，2010.

后　记

　　20世纪80年代中叶，几个意气风发的文学青年用自创的油印刊物《采薇》开始了对自我、对世界、对未来的最初的轻叩……与诗搅拌的青春，轻狂或哀伤、沉醉或幽愤；与青春做伴的诗，上扬或下潜，华美或缟素；风华正茂时不曾设想，"诗"竟会如此徘徊于岁月、缱绻于心怀。当读诗、解诗变成挚爱的事业时，叶芝的《当你老了》已不觉常溜出嘴边。然而，诗永不失色。每每吟诵，总能以不同的强度绽放意义、显现价值。

　　研究"美国现代诗歌审美与实用主义哲学的关系"这一主题的构想，缘起于2010年我在美国波士顿大学英语系的访学。导师Bonnie Costello教授在其最为擅长的现代自然诗歌评论方面，以职业的高度和热忱为我提供了详尽的书单并指导研究的路线。2014年我以访学后续成果为主要基础，获得教育部社科规划基金项目的立项支持，主持"过程与关系：美国现代诗歌形式的实用主义哲学研究"课题。为圆满完成研究任务，2016年受国家留学基金资助，前往美国加州大学伯克利分校撰写课题专著。伯克利分校英语系在美国诗歌研究方向的软硬件实力令人瞩目，既有成就卓越的诗人教授群体，又有强大的图书资料储备。在伯克利的访学富有成效且充满温情，Charles Altirei、Eric Falci、Geoffery O'Brien和John Shoptaw等教授所给予的学术点拨与写作指导，及其对教育事业执着而真诚的态度和所展现的教学与研究相互印证的品貌，都会潜移默化为我今后教学与科研的养分与动能。

　　本书关于爱默生和杜威的实用主义审美理论及关于威廉姆斯、毕肖普、哈斯、格里克诗歌评论的章节，是对先行发表在《文艺理论研究》《国外文学》《外国文学》《当代外国文学》等期刊的相关文章所做的修改与充实。上述期刊的认可奠定了我筹划和完成当前学术专著的信心，在此我愿对所有扶持我进步的编辑老师和匿名审稿人再道谢意。本书的写作也得到我所就职的大连理工大学外国语学院的同事和朋友的支持，她们不计得失的关心与帮助曾让我所面临的困难都变得不那么难以克服。本书的出版得益于厦门大学出版社高水准的出版要求,没有各个环节严格的质量把控,目前的样貌将不可能。最后,感谢我始终心怀诗性和耐心的先生,每当烦忧之绪袭来总能以寥寥几语化解。感谢我那曾经不问世事如今却情怀家国的孩子,他的成长总是不经意间带动了为母的进步。更要感谢我那已在天堂静享清福的父母,谨以此书铭刻对他们无尽的思念。

有诗抵抗之,流年将无可奈何!忆起"采薇采薇,薇亦作止"的时光,惶乱或是闲愁都化作淡云轻风。当韶华不再且目光渐涩,品诗的心却愈加澄明。诗不光"目击道存",也是"游心于物"。诗"意"不必精准,其"魅"惚恍之间。狂奔的年代,唯诗声声慢。有诗的时光总不觉虚浑噩噩,有诗的交汇总是能深情款款。采薇采薇,薇亦柔止……

2017年8月初稿于美国加州伯克利
2018年8月定稿于中国辽宁大连